Das Erbe der Alten
H.J. Hettley

DAS ERBE DER ALTEN

HORROR

H.J. HETTLEY

Überarbeitete Neuauflage
2020
© H.J. Hetterling

Text: H.J. Hettley

Umschlagskonzept & Gestaltung: Helga Sadowski
unter Verwendung von Fotos:
Helga Sadowski

Lektorat: Helga Sadowski

Satz: Helga Sadowski

Korrektur: Anke Tholl

ISBN: 978-3-7519726-04

**Herstellung und Verlag: BoD- Books on Demand,
Norderstedt**

Inhalt

H.P.Lovecraft (1890-1937) in
Verehrung zugeeignet.
Dem Meister aus Providence, der einst
das Dunkel schaute.

Vorwort „Erbe"

Woher kommt die Angst? Was fürchten wir?

In der Geschichte des menschlichen Geistes sind zwei Antworten gegeben worden in einer Auseinandersetzung, die historisch so nie stattgefunden hat – und dennoch weiterhin geführt wird.

Die eine Position wird vertreten von Sigmund Freud (1856-1939), dem Vater der Psychoanalyse, welche besagt, Angst resultiert aus einstmals Vertrautem, aber Verdrängtem, das in veränderter, symptomatischer Form aus dem Reich des Unbewussten wieder an die Oberfläche gespült wird, und dort als das Unheimliche erscheint. Furcht hat etwas mit unserem persönlichen (Er)leben zu tun, mit unserer Biografie. Angst ist Angst vor dem Bekannten.

Die andere, die Gegenposition, nimmt H.P. Lovecraft(1890-1937) ein, dem dieses Buch gewidmet ist. Angst ist Angst vor dem total Fremden. Dem Unbekannten. Dem, was jenseits allen Begreifens lauert, und, den Titel einer seiner besten Stories zitierend, jenseits der Mauer des Schlafes.

Furcht ist das Lebensgefühl der Kreatur Mensch, eines vollkommen bedeutungslosen Wesens, das auf einem sterbenden Planeten halt- und hilflos durch die Unendlichkeit taumelt. Einer Unendlichkeit, die sich einen Dreck um die Belange des vermeintlichen Vernunftwesens Homo Sapiens schert.

Aber, so der Einwand des Romans, den Sie gerade in Händen halten, liebe Leserin, lieber Leser, und dessen Konzept in freier Form angesiedelt ist im Schreckenskosmos des Meisters aus Providence, vielleicht ist auch alles ganz anders. Eventuell ist Gleichgültigkeit gar nicht der Ausdruck, mit dem uns der Kosmos anschaut. Sondern vielmehr könnte auch unser aller Leben eine einzige Lüge sein. Geschaffen von allmächtigen, aber bösartigen und wahnsinnigen Kreaturen aus Räumen, aus Dimensionen, die anderen Gesetzen gehorchen als den uns vertrauten. In denen der Irrsinn die Regel und Verderben und Vernichtung der Pulsschlag eines rettungslos verlorenen Daseins sind.

Bei denen es gar keine Rolle spielt, ob sie in den Tiefen der eigenen Seele lokalisiert sind, oder weit, weit draußen, jenseits der Reichweite selbst der besten Weltraumteleskope.

Die Geschichte des Planeten und des Lebens auf ihm ist ganz anders.

Denn in Urzeiten, als unser Planet noch jung war, kamen einst die Großen Alten von den Sternen, die bislang noch auf keiner Sternenkarte verzeichnet sind. Sie waren mächtige Götter, doch böse, grausam und voller Irrsinn. Aus brodelndem Urschleim erschufen sie das Leben, ihnen zu dienen. Damit verletzten sie die Gesetze des Universums und noch mächtigere Wesen erschienen, die Älteren Götter. Es entbrannte ein fürchterlicher Krieg, an dessen Ende die Großen Alten in ferne Dimensionen, in die Tiefe des Meeres oder an andere Orte verbannt wurden, wo sie ewige Strafe erwartete.

Doch sie sinnen auf Rache, tobend vor Zorn, rasend vor Hunger, und schwarzmagische Orden helfen ihnen dabei, beschwören und rufen sie.

Denn in manchen von uns ist das Erbe der Alten tief verankert in Geist und Genen, und unter der Oberfläche, unter dem Menschsein, das eine bloße Maske ist, lauert unmenschliches Unheil, bereit hervorzubrechen, und die dunkle Herrschaft der Alten zu erneuern …

Ich wünsche eine spannende und unterhaltsame Lektüre und in der Folge angenehme Träume …

Kapitel 1

Als ich an jenem Sonntagnachmittag den Friedhof betrat, deutete zunächst nichts auf die bestürzenden, ja, zutiefst verstörenden Ereignisse hin, die alsbald sowohl meine Heimatstadt, als auch mich selbst heimsuchen würden wie ein namenloser, entsetzlicher Fluch aus uralter Zeit. Der alte Gottesacker duckte sich, der Natur und dem allgegenwärtigen Verfall schon seit Generationen preisgegeben, an den westlichen Rand der Stadt, wie um sich selbst und die Geheimnisse, die er in seinen Tiefen verbarg, für immer in Vergessenheit sinken zu lassen.

Die Sonne verblasste in einem matten und ungesunden Fahlgelb über den kiefernbewachsenen, dunklen Hügeln, die ihre eigenen, schauerlichen Geheimnisse bargen. Ihr Schein wirkte, als ob eine böse Krankheit wieder aufflamme, und tauchte meine vom Winter ohnehin gebleichte Haut in den Widerschein nahen Todes.

Ich stand vor dem Grab meiner Eltern.

Zweierlei Gründe hatten mich lange, zu lange von dem Besuch des Grabes abgehalten. Zum einen die Tatsache, dass man auf einem Friedhof nichts mehr von den Menschen finden wird, die einem das Schicksal so grausam entriss. Von jenen, die dem Mahlstrom der Zeit, jenem gottlosen, gefräßigen Ungeheuer, anheimgefallen sind, bleibt nichts zurück, außer einem bloßen Namen aus kalten Lettern, in toten Stein graviert. Wer die lebendige Gesellschaft der Toten sucht, der blättere im Buch seiner Erinnerungen, so hatte ich mir stets gesagt.

Zum andern war es eine heimtückische Krankheit gewesen. Eine vermutlich angeborene Übererregbarkeit des Nervenkostüms, die längst zu einer grotesken, Mitleid erregenden Eigenschaft meines Charakters geworden war

13

und trotz ihrer ungesunden Widernatürlichkeit zu mir gehörte wie mein rechter Arm.

Nun stand ich vor dem Grab, das unter braunen, toten Blättern fast versank und ebenso von einem dicken, dunklen Teppich aus Efeu erstickt wurde wie der gesamte Friedhof, seine zerfallenden Mauern, Grabsteine und Mausoleen. Ich wischte mit meiner Hand die Blätter zur Seite und entriss dem Boden ein paar Ranken des grünbraunen Efeus, sodass ich die Namen entziffern konnte, als mein Blick auf den Stein neben dem Grab meiner Eltern fiel. Er schien erst kürzlich gesäubert worden zu sein.

Der Name, der in frischen Lettern darauf prangte, als eine Art sichtbares Zeichen der Unentrinnbarkeit vor Zeit und Schicksal, erregte meine Aufmerksamkeit.

Das war doch – ja, ich war ganz sicher, mit dem, der dort nun modernd im feuchten Erdengrund lag, die hoffnungsvolle Blüte meiner Jugend und fast meine gesamte Schulzeit verbracht zu haben!

Ein seltsames Gefühl der Wehmut, aber auch des Grauens beschlich mich. Hält man doch einige Menschen, zumal, wenn man sie in jungen Jahren gekannt hat, für geradezu unsterblich aufgrund ihrer Robustheit, ihrer Gesundheit und Heiterkeit ihres Wesens. Vor allem dann, wenn man selbst durch Abgründe des Leidens hindurchmusste, von denen diese Personen, die unsere Bewunderung, ja, unseren Neid genießen, niemals etwas wissen können.

Da ich mit dem armen Tropf dort in der Erde freundschaftlich verbunden gewesen war – sofern ich aufgrund der Schwermut meines Wesens zu solchen Regungen überhaupt fähig war – erregten die Umstände und Art seines Todes mein Interesse. Doch wen sollte ich nach ihm fragen? Mir war nicht einmal bewusst gewesen, dass er noch in der Stadt gelebt hatte.

Später erst rief ich mir die folgenden, beängstigenden

Ereignisse noch einmal vor Augen in dem Versuch, sie mit dem Licht der Vernunft zu durchdringen. Und ich kam nicht umhin, zu glauben, dass gewisse diabolische Mächte, die uns umlauern wie Leviathans Rachen, in genau jenem Augenblick ihr dämonisches Spiel begannen, als mich ein Geräusch ganz in meiner Nähe aufblicken ließ.

Ich erschrak, als ich einen dunklen Schatten auf mich zukommen sah. Er entpuppte sich als sehr alter Mann. Er war in einen zerlumpten, schwarzen Mantel gehüllt, der fast bis auf den Boden reichte, trug ebenso dunkle Handschuhe, aus denen die Fingerspitzen lugten, und einem großen Schlapphut auf dem Haupt.

Doch ich war gar nicht das Ziel des Alten, sondern das Grab meines Schulfreundes. Der alte Mann beachtete mich nicht, sondern stellte sich vor das Grab, senkte den Kopf und schien alsbald in einem Gebet versunken.

Ich kam nicht umhin, ihn heimlich zu beobachten und mich zu fragen, ob er wohl tatsächlich, das hieß, mit dem Herzen betete. Oder hatten der Kummer, die Trauer über manchen Verlust seinen Glauben abgetötet und zu einer bloßen Geste verkommen lassen? Sodann fragte ich mich, an welchen Gott er wohl seine Gebete richtete. Wie sah sein Gott aus? War er gnädig und gütig oder ein eifersüchtiger, rächender Gott? War es der Gott der Philosophen oder trug der Fremde ein abergläubisches, volkstümliches Gottesbild mit sich herum? Ich beschäftigte mich seit frühester Jugend mit den Mythen aller Völker und mir waren viele Götter vertraut. Doch konnte ich ein solches Grübeln, Suchen und Nachsinnen gewiss nicht bei jedem, auch nicht bei einem so alten und sicherlich erfahrenen Menschen voraussetzen.

Gleichwohl hatte dieser Mann etwas Besonderes an sich. Er verströmte eine Aura des Geheimnisvollen, ja, Unheimlichen, die sofort mein Interesse weckte. Und nicht zuletzt konnte mir dieser Mann, der scheinbar in einer Art

Verwandtschaftsverhältnis zu dem Toten stand, Auskunft über dessen Schicksal erteilen!

»Dinge, die so lange so tief verborgen und vergraben waren, wieder ans Tageslicht zu holen, das ist eine Schande, finden Sie nicht?«

Ich hatte schweigend abwarten wollen, bis der alte Mann sein Gebet beendet hatte, um ihn dann anzusprechen und fuhr zusammen, als er völlig unvermittelt mit tiefer, volltönender Stimme das Schweigen brach.

Ich wusste nicht recht, was auf diese Aussage zu erwidern sei und schwieg.

»Es ist ein großes Unrecht, was die dort getan haben und noch immer tun! Es gibt Dinge, die besser für immer verborgen bleiben. Und es kommt einer Blasphemie gleich, sie ans Tageslicht zu zerren, um sie zu untersuchen und zu analysieren, mit all ihren Schrecken und den Abgründen, die sie verbergen. Als ob der Verstand des Menschen imstande sei, derartige Dinge zu begreifen! Er hat sie nicht begriffen, als er noch am offenen Feuer sein Fleisch briet, und er wird sie auch heute nicht begreifen – niemals!«

Der alte Mann hatte bislang wie zu sich selbst gesprochen. Nun hob er den Kopf, um mich direkt anzublicken; ich sah die Trauer in seinen trüben, verlöschenden Augen und noch etwas anderes, etwas, das mich erschauern ließ. Ich war sicher, mich nicht genug im Griff zu haben, meine Regung ganz zu verbergen.

Es flackerte eine an Irrsinn grenzende Angst in diesen Augen, der Ausdruck eines verletzten, gehetzten Tieres, das um sein Ende weiß, oder eines Menschen in der Agonie ...

»Jetzt wird es nicht mehr aufzuhalten sein ... Diese Narren!« Der Alte hob die wie eine Klaue gekrümmte Hand in Richtung meines Gesichtes. »Hüten Sie sich, junger Mann! Sehen Sie sich vor, denn Grauenhaftes wird geschehen oder geschieht bereits! Diese unfähigen Idioten haben eine

Lawine ins Rollen gebracht, die uns alle verschlingen wird! Gehen Sie ... gehen Sie heim und verlassen Sie das Haus nicht mehr, vor allem nicht des Nachts ... Und lassen Sie Licht brennen, wenn Sie auf mich hören ... Lassen Sie Licht brennen, die ganze Nacht von nun an, lassen Sie es nicht mehr verlöschen ...«

Ein Mitleid erregendes Seufzen beendete den Ausbruch des Alten, der aus tiefster Verzweiflung geboren war. Mir schien, als habe er das, was er zu sagen hatte, schon viel zu lange unter falschem Schweigen verborgen.

»Sie haben den Toten gekannt? Ihm nahegestanden?«, fragte ich leise.

»Ihm nahe ...? Ich bin sein Vater.«

Der Alte wirkte mit einem Male völlig klar und gefasst, dann verzog sich sein Gesicht zu einer weinerlichen Grimasse. »Mein armer Junge ... Was haben sie ihm nur angetan, was haben sie ...«

»Auch ich habe Ihren Sohn gut gekannt. Wir sind zusammen zur Schule gegangen.« Der Alte sah mich mit hochgezogenen Augenbrauen an. Ich stellte mich vor und wir reichten einander die Hand.

»Ich bedauere Ihren Verlust«, sagte ich leise. Als er schwieg, fügte ich hinzu. »Darf ich fragen ... Es würde mich interessieren, wie er gestorben ist ... falls Ihnen diese Frage nicht zu aufdringlich erscheint ...«

»Wie ist mein Sohn gestorben ... Ja, wie?« Der Alte schüttelte den Kopf.

Er schlurfte zu einer Bank aus moosbewachsenem Stein, über der sich ein mächtiger Baum wölbte und sein enormes Blätterdach über sie breitete, als wolle er sie mit seinem Schatten verhüllen. Ich setzte mich neben den alten Mann und blickte ihn gespannt an. Neugier und Furcht schienen sich in meinem Herzen abzuwechseln.

»Mein Junge war als Ingenieur tätig, wussten Sie das?« Ich

17

verneinte. »Er hat als Bauleiter für die verschiedensten Projekte auf der ganzen Welt gearbeitet. Er war in den Dschungeln Südamerikas ebenso zuhause wie in den endlosen Steppen Sibiriens und der Mongolei; in den sengenden Felsenwüsten Nordafrikas ebenso wie im ewigen Eis der Gletscher Grönlands oder der Antarktis. Man könnte meinen, sein Beruf oder seine Berufung – wie Sie wollen – zu planen, zu bauen und zu erschaffen, habe ihn zu seinen Reisen getrieben. Man könnte annehmen, seine Tätigkeit sei verantwortlich gewesen für seine Unrast und dafür, sich niemals zu binden und Wurzeln zu schlagen an einem Ort, aber das ist nur ein Teil der Wahrheit. Es gibt da eine Wahrheit, die ich selbst noch nicht durchschaue und auch jetzt, Wochen nach seinem Tod, besteht wohl kaum eine Hoffnung, das düstere Rätsel seines Todes zu lösen. Aber die Architektur, die Statik und das Bauwesen waren nur ein Teil der intensiven Leidenschaft und der Studien meines Sohnes, vielleicht der geringere. Es war die Suche nach dem Unbekannten, die ihn trieb. Die Jagd nach den Geheimnissen des Lebens uralter Zivilisationen und ihrer Götter. Die Erforschung von antiken Mythen, von Schöpfungserzählungen und wie sich all dies in der Architektur und dem Kunstschaffen alter Völker niederschlug.« Mein Herz hatte auf eine beunruhigende Weise zu schlagen begonnen und Hitze stieg mir in den Kopf. »Die Erforschung des Unbekannten in alten Mythen und Legenden, in Sagen und Märchen, und welche Wahrheiten in ihnen enthalten sind, ist auch meine Leidenschaft«, flüsterte ich rau. »Ich wusste nicht, dass Ihr Sohn und ich da Gemeinsamkeiten hatten. Wir haben uns zu lange nicht gesehen.«

»Er war uns allen fremd geworden, in der letzten Zeit. Vor allem, seit sie dieses gottverfluchte Projekt begonnen hatten und das, obwohl er stets als Fremder unter Fremden gelebt hat. Es ist mir, als hätte ich ihn nie gekannt, jetzt, da er ... tot ist.« Die Stimme des Alten erstarb in Bitternis und Kummer.

»Er ist wohl auf einer seiner Reisen gestorben?«, versuchte ich, das Schweigen zu brechen, das sich trübselig wie Novembernebel über uns gelegt hatte.

Die in Kummer erloschenen Augen des alten Mannes tauchten auf wie aus einem unendlichen Ozean. Er schnaubte, und es klang zornig und verächtlich.

»Auf seinen Reisen ist ihm nie etwas zugestoßen, egal, wie weit er sich in das Unbekannte vorgewagt hat. In den finstersten und unwegsamsten Winkeln ist er gewesen, mein Junge. Und dann gab es da noch etwas, über das er mich nie aufgeklärt hat, noch sonst jemanden auf dieser Welt, etwas, das er die »schwindelerregenden, unendlich lichtlosen Abgründe« nannte, über die Sie vielleicht mehr wissen, wenn Sie genauso töricht und unvorsichtig sind wie er, junger Mann. Aber nein, hier ist er gestorben, hier, in der Stadt seiner Väter, die er kaum noch gesehen hat. Ist dies nicht bittere Ironie?«

Ich vermochte die Wut in den Augen des Alten nicht zu deuten, hatte keine Ahnung, worauf er hinaus wollte, und doch spürte ich, dass wir an einem Punkt angelangt waren, an dem ein großes und schreckliches Geheimnis lauerte wie eine riesige, entsetzliche Spinne in der Mitte ihres Netzes in einem lichtlosen Kellerverschlag.

»Worauf ist er gestoßen?«

Ich hatte den Eindruck, als ob sich in dieser einen Frage mein gesamtes eigenes Streben und Trachten kondensierte. Ich sah mich durch sie selbst zurückgeworfen auf meine persönliche Suche nach dem Mysteriösen, Dunklen und Übersinnlichen. Auf das, was mich nun schon ein ganzes Leben lang antrieb. Mein Herz pulste in unheiliger Vorahnung, wie angesichts einer dunklen Offenbarung der Gräuel des Abgrunds, den mein alter Schulkamerad geschaut haben musste.

»Worauf er gestoßen ist? Nicht er ist auf etwas gestoßen, sondern die Honoratioren der Stadt, genauer, die Arbeiter, die von ihnen beauftragt wurden.«

Wieder schnaubte der alte Mann aus lange aufgestautem Zorn.

Ich bat ihn, mir das näher zu erklären.

»Wie Sie wissen, ist man im Kerngebiet der Stadt, nahe des alten Parks, gerade dabei, den Fluss, der seit Generationen unterirdisch dahinfloss, wieder nach oben zu holen. Statt ihn unten bei den Abwasserkanälen zu belassen, will man ihn durch den Park leiten. Mein Gott, schon als mein Großvater noch ein junger Mann war, ist das trübe Wasser des alten Flusses dort unten verlaufen, tief unter der Stadt, wohin man ihn einst verbannt hatte. Diese Idioten von heute haben nicht einmal einen Gedanken daran verschwendet, dass die Stadtväter von einst ihre guten Gründe hatten, als sie es für besser hielten, dieses Wasser aus unserer Stadt zu verbannen! Hätte ihnen nicht klar sein müssen, dass es die Stadtväter damals zu einem ganz bestimmten Zweck für besser hielten, dieses verfluchte Dreckwasser unter einer meterdicken Schicht aus Schutt und Gesteinstrümmern zu begraben? Es einzusperren in Kanälen, die sie gar nicht tief genug anlegen konnten?

Schwarzes Wasser, so nannten die Alten den Fluss. Er kommt aus den Wäldern, von den Bergen herab, dort hinten im Westen, sehen Sie? Und er hat schon so manches dunkle und schreckliche Geheimnis mit sich geführt, das können Sie mir glauben, junger Mann! Aber nein, ans Licht musste man ihn holen, heraufzerren an die Oberfläche musste man, was besser für alle Zeit vergessen geblieben wäre.« Mir begann ein schrecklicher Verdacht zu dämmern. »Ihr Sohn hat ... für die Stadt gearbeitet bei dem Flussprojekt«, murmelte ich.

»Er war als Tiefbauingenieur der Bauleiter des Ganzen«,

ergänzte der Alte, nicht ohne einen Unterton von Stolz in der Stimme. »Und das hat ihn das Leben gekostet.«

»Was ist passiert?« Eine Wandlung schien bei meiner Frage in dem Alten vor sich zu gehen. Er wurde zunehmend nervöser, seine Hände begannen ein unruhiges Spiel und sein Blick flackerte.

»Sie haben etwas gefunden«, antwortete er ausweichend. »Etwas ... Verbotenes. Etwas, das zu alt ist, um es verstehen zu können.«

Ich erinnerte mich plötzlich, in der Zeitung darüber gelesen zu haben. »Eine alte Steinplatte?«, sprach ich meinen Verdacht aus. »Eine Platte bedeckt mit ...« Der Alte war aufgesprungen.

»Mit Schriftzeichen darauf, die niemand enträtseln kann – dem allmächtigen Gott sei Dank! – die überhaupt nie wieder jemand entziffern *sollte!* Eine furchtlose Seele muss die verdammte Platte nehmen und ... und ...«

Auch ich hatte es bemerkt.

Da war etwas.

Eine Veränderung hatte plötzlich stattgefunden, ohne dass ich hätte sagen können, worin sie bestand. Es war wie eine subtile Veränderung in der gesamten Stimmung, in der Luft, die mit einem Male vergiftet schien. Als bemerke man, wie an einem warmen Frühlingstag der Schweiß kalt auf der Haut verdunstet. So, wie ein Brief mit einer entsetzlichen Nachricht unser Nervensystem in einen Schockzustand versetzt oder der Arzt eine schlechte Diagnose für uns hat.

Ja, es wurde von einem Herzschlag zum andern plötzlich eiskalt um uns herum. Etwas schien mit dem Licht der schräg stehenden Sonne zu passieren, als wandle ein grotesker und monströser Schatten vorüber: groß genug, um die Sonne selbst zu verdunkeln und die Welt für einen Herzschlag in beklemmende Finsternis zu tauchen.

Der Alte stierte in die Wälder hinüber und sein Gesicht

war eine einzige Grimasse der Furcht. Mit zitternder Geste deutete sein dürrer Finger in die viel zu dunkle Masse des Waldes hinein. »Da! – Da! – Sehen Sie doch! Das kann doch nicht ... Es ist nicht möglich!«

Seine Stimme erstarb in einem leisen Röcheln. Er rang nach Atem, Schweiß stand auf seiner Stirn. »Ich habe nicht ... ich habe doch ... Es kann nicht sein ...«

Mit einer fahrigen Bewegung wandte er sich urplötzlich zur Flucht. Die Bewegungen, die seine altersschwachen Beine bei dem Versuch, zu rennen vollführten, waren grotesk.

»Warten Sie!«, rief ich ihm hinterher.

Er wandte sich um und Irrsinn flackerte in seinen Augen. Immer wieder deutete er in Richtung Wald. Ich vermochte allerdings nichts Ungewöhnliches zu erkennen.

Doch, da ... was war das? Ein Schatten?

Mein Herz raste. Als Huschen, nur im Bruchteil einer Sekunde erkennbar, hatte ich etwas gesehen. Nicht mehr als eine Zusammenballung von Schatten und doch schien es, als wolle mir mein Herz bei ihrem Anblick die Brust sprengen.

Zugleich schien etwas mit dem Himmel, ja, mit dem Licht der Sonne selbst zu passieren. Die fahle Dämmerung verdunkelte sich für ein, zwei bange Herzschläge komplett, wie bei einer plötzlich hereinbrechenden Sonnenfinsternis. In meinem von jähem Schrecken erfüllten Geist erschien das Bild einer Kerzenflamme in einem tiefen Gewölbe, wie sie von einem scharfen Windstoß fast zum Erlöschen gebracht wurde. Dann war das Licht des Tages wieder schwach, aber normal. Als ich zum Wald hinüberblickte, gab es in der dunklen Masse seiner Bäume nichts Ungewöhnliches zu erkennen. Himmel, dieser Schatten, dieses Knäuel aus einer Schwärze, tiefer als das Dunkel, das es umgab. Was war das gewesen? Ich zermarterte mir den Kopf, bei dem Versuch, diese Form zu identifizieren, aber ich kam nicht darauf. Ich konnte nicht benennen, was meine Augen gesehen hatten.

»Warten Sie!«, rief ich erneut dem Alten hinterher, nach Atem ringend. Noch einmal wandte er sich um.

»Lassen Sie es!«, keuchte er. Seine Hand vollführte eine abwehrende Geste. »Fragen Sie nicht weiter! Mein Sohn ist tot ... möge Gott geben, dass es nur dabei bleibt! Aber wenn Ihnen Ihr Leben lieb ist, dann stellen Sie keine Fragen mehr! Ich bitte Sie!«

Dann verschwand er unvermittelt, als hätten ihn die Schattenfinger der viel zu früh hereinbrechenden Nacht verschluckt.

Kapitel 2

Seltsam aufgewühlt, in ebenso trüben wie fantastischen Gedanken versunken, kehrte ich nach Hause zurück. Dort warteten meine Studien, die ich für den Spaziergang zum Friedhof unterbrochen hatte.

Das Licht der ersten Sterne fiel auf meinen Schreibtisch, der von allerlei Manuskripten, Pergamenten und Schriftrollen belagert wurde. Um ihn herum erhoben sich hohe, dunkle Regale, die sich unter dem Gewicht zum Teil uralter Bücher und einer Unzahl archäologischer Artefakte aus allen Teilen der Welt bogen. Aus den Ecken und Winkeln meiner Studierstube begannen finstere Schatten zu kriechen, so dass ich gezwungen war, Licht zu machen.

Ich spürte eine geistige Verwandtschaft mit meinem toten Schulfreund. Wir hatten beide, ohne dies zu wissen, das gleiche Ziel gehabt. Er da draußen in der Welt und ihren entlegenen Winkeln, ich hier drinnen in meinen Schriften, in Meditation und Kontemplation versunken. Uns hatte beide das Abgründige, Tiefe, Monströse mehr angezogen als alles andere auf der Welt. All die Rätsel, die uns mit finsterer, zauberischer Macht umgeben und von denen doch nur die wenigsten wissen!

Ja, es war mehr als nur das Gefühl geistiger Verwandtschaft, das mich in den eigenartigen Augenblicken erfüllte, da sich das Licht der Sterne mit dem der Lampe auf dem alten Holz und Papier vermischte. Es war, als spürte ich die reale Präsenz des Toten, als schwebe er über meinen trostlosen Studien und trübseligen Grübeleien. Mir schien, als wiesen mir seine knochigen Totenfinger den Weg durch das lichtlose Dunkel des Labyrinths, das zu durchmessen ich mich angeschickt hatte.

Eine schwarz lodernde Leidenschaft, stets nur eine

Handbreit von Fanatismus entfernt, hatte mich schon von Kindesbeinen an dazu bewogen, die Nachtseite des Lebens zu erkunden. Die dunkle Seite der mondhaften Mysterien mit ihren Phantomen, Schrecknissen und Zerrbildern – auf nur schwer zu bestimmende Weise hatte sie mich stets gelockt! Völlig gebannt hatte ich schon als Kind den unheimlichen Sagen und Legenden der alten Tante gelauscht. Hatte stets versucht, mehr und mehr über die geheimnisvolle Welt des Schreckens zu erfahren, die uns, unsichtbar für die meisten, umgibt. Und aus diesem Grund viele Erwachsene mit meinen Fragen gelöchert!

Selbst zu einem Erwachsenen gereift, verließ mich dieser Drang keinen Augenblick. Gewappnet mit den Waffen eines kritischen Geistes, hatte ich mich der Erforschung von Spukerscheinungen und Flüchen, Geistern und Gespenstern, Nachtmahren und Unholden gewidmet. Hatte alte, verrufene Plätze aufgesucht. Sagen, Märchen und Legenden erforscht. Mythen studiert, die von Schrecknissen und übernatürlichen Gräueln handelten. Und wiederum die Alten befragt, doch stets mit unzureichendem Ergebnis: Man konnte oder wollte mir nichts sagen.

Auf diese Weise hatte ich mich immer tiefer in die Vergangenheit vorgewagt, historische und archäologische Studien betrieben, stets in dem Bestreben, den Schleier, der die Welt des Sichtbaren von der des Unsichtbaren trennt, zu zerreißen.

Und wie schnell kann der, der ein Ziel mit derartigem Eifer verfolgt, in eine Sackgasse geraten und nicht weiterkommen! Wie offen waren da die aus persönlichem, unsäglichem Schmerz geborenen Worte des Alten gewesen und welch ein neues Licht warfen sie auf meine eigenen Untersuchungen! Ein junger Mensch, der an den Abgründen, die der Fund einer Steintafel aufgeworfen hatte, zugrunde ging. Die fürchterliche Angst seines Vaters, dessen entsprechende

Warnungen. Ein Fluch aus uralter Zeit, so flüsterte mir meine erhitzte Fantasie zu, schien sich Bahn brechen zu wollen ins Jetzt …

Deshalb wirkten die Worte des Alten eigentümlich beflügelnd auf meine Arbeit, befreiend und neue Impulse gebend. Ja, sie wirkten erhellend wie ein Strahl eisigen Mondlichtes, das auf einen algenverseuchten Tümpel fällt und die Konturen von etwas lange Versunkenem in seinen Tiefen erahnen lässt …

Um es kurz zu machen: Mir war vor Monaten eine Sage über die Sichtung von mehreren Weißen Frauen auf einer Burgruine ganz in der Nähe zu Ohren gekommen.

In der volkstümlichen Überlieferung heißt es nun oft, wer nach dem Tod als Geist umgehen muss, hat sich zu Lebzeiten entsetzlicher Vergehen schuldig gemacht. Ich fragte mich, ob es eine Verbindung gab zwischen dieser These und den gehäuften Erscheinungen gespenstischer, zumal weiblicher Wesen gerade in dieser Ruine, und wurde fündig. Adelma, die Gattin Graf Gisberts, war von ihrem Ehemann nach dessen lange gehegtem Verdacht der Ausübung der Schwarzen Künste für schuldig befunden und von ihm aufs Grausamste zu Tode gefoltert worden.

Meine Untersuchungen, welcher magischen Praktiken sie sich genau bedient habe, hatten nicht viel zutage befördert, außer, dass sie eine Steintafel besessen … Eine Steintafel?!

Ich sprang auf, eilte zu dem Korb, in dem ich die Tageszeitungen nebst anderem alten Papier aufzubewahren pflegte, und suchte in fieberhafter Eile so lange, bis ich das Begehrte fand.

Sollte es sich bei der Steinplatte, die bei den Grabungen für das neue, oberirdische Flussbett gefunden worden war, um eben diese Platte der Burgherrin handeln und sollte sie etwas mit dem Tod meines Schulkameraden zu tun haben?!

Ich fand die Zeitung und die Fotografie, die man von der Platte angefertigt hatte. Ich verglich sie mit einer Zeichnung, welche die von der Burgherrin Benutzte darstellen sollte. Selbige hatte ich in einem alten Buch über mittelalterliche Hexenprozesse gefunden.

Beide Abbildungen waren, bis auf ein paar wenige Details, die aus Ungenauigkeiten des Zeichners resultieren mochten, identisch!

Die Platte war mannshoch, aus hellem, gelbem Sandstein und mit in regelmäßigen Zeilen angeordneten Hieroglyphen bedeckt, die ich trotz meiner Sachkenntnis nicht zu entziffern vermochte; am unteren Ende befand sich ein Relief, das einen Totenkopf auf einem Nest aus Schlangen oder Tentakeln zeigte.

In den Text eingestreut waren mehrere von Kreisen umgebene, siegelartige Zeichen, die ich ebenfalls noch in keinem meiner Bücher gefunden hatte.

Was hatte das alles zu bedeuten?

Die Burgruine, die einst einem zu Raubrittern verkommenen Grafengeschlecht gehört hatte, lag in den westlichen Hügeln jenseits der Stadt. In etwa dort, nur noch viel weiter drinnen in den Wäldern, befand sich auch der Quell des Flusses, von dem der Alte gesprochen hatte, und floss von dort ost- also stadtwärts.

Sollte man sich vor Jahrhunderten, als man den Frevel, den die Gräfin durch ihr Tun begangen, entdeckt hatte, der Steinplatte derart entledigt haben? Hatte man sie einfach in den Fluss geworfen? Und war sie von dessen schwarzen Fluten bis in jene unterirdischen Gefilde gespült worden, aus denen die Arbeiter der heutigen Tage sie nun wieder befreit hatten?

Ich war gewiss kein Mann der Kirchenfrömmigkeit und hieß noch weniger die Gräueltaten der Inquisition gut, ganz im Gegenteil. In meinem Denken war kein Platz für irgendwelche 'teuflischen' Mächte, die das Seelenheil des braven Christenmenschen bedrohen. Doch der Abscheu, mit dem der alte Mann von der Tafel und den Geheimnissen, die sie umgaben, gesprochen hatte, ließ mich die Frage aufwerfen: Welcher Art war das Schreckliche, das man mit ihr beschwören konnte, und welche Kräfte waren es, die ihr angeblich gehorchten?

Fieberhaft, eine okkulte oder mythologische Sensation witternd, suchte ich nach einem Weg, Antworten zu finden.

Mein Jagdinstinkt war geweckt.

Der leidenschaftliche Drang, unter der Oberfläche der Dinge ruhende dunkle, gefährliche Geheimnisse zu bergen, begann in mir zu pulsieren.

Mein Blick fiel in den Nachthimmel. Er hatte die Farbe eines Gewässers von dunkler, gefährlich schillernder Tiefe angenommen, in dem man zu ertrinken glaubte, wenn man zu lange hineinblickte. Auch der diamantene, eisige Glanz der fremden Sterne ließ mich schaudern.

Ich dachte an die düsteren Mythen über die unbeschreiblichen Kreaturen kosmischer Bösartigkeit, die einst von den Sternen auf die Erde herabgekommen sein sollen, als diese noch im Urschleim brodelte. Und mir kam in den Sinn, dass man sagte, sie hätten Zeugnisse hinterlassen, deren Spuren man in uralten Artefakten, von nicht-menschlichen Händen gefertigt, finden konnte. In den Schreckensmythen vieler Völker konnte der in okkulten Dingen Geschulte gewisse Hinweise erhalten, und in Büchern, von denen es hieß, dass ihre Lektüre den Wahnsinn brachte, sollte das Wissen um diese Wesen und ihren Kult niedergelegt worden sein. In Form verschlüsselter, vager Andeutungen, aus denen die nur geflüsterte, von Entsetzen gepeinigte Stimme desjenigen herauszuhören war, der um solche Dinge wusste.

. Jenen Kräften, jenen unaussprechlichen Wesenheiten hatte

stets mein besonderes Interesse gegolten. Ich war fasziniert von ihrer Fremdartigkeit, von der ungeheuren Macht und Bösartigkeit dieser Wesen, die alles, wovon die mythologischen Welterklärungen der menschlichen Rasse sonst handelten, in den Schatten stellte.

Das Symbol am unteren Ende der Steintafel hatte einen Verdacht in mir aufkeimen lassen. Der Totenkopf auf den Schlangenarmen – war das ein Hinweis auf jene vormenschlichen, mächtigen Kreaturen, geschaffen von den Händen eines mittelalterlichen Steinmetzes?

Ich war mir nicht sicher, doch mein Instinkt sagte mir, dass es genauso war. Das bedeutete, dass ich dem Ziel meiner Jagd nach dem Übersinnlichen so nahe war wie nie zuvor!

Wenige nur hatten bislang die Präsenz jener unbeschreiblichen Wesen, jenes unaussprechlichen Grauens gespürt.

Einige Künstler, Schriftsteller, Intellektuelle, Sensitive hatten durch ihre jeweils besondere Begabung Zugang zu gewissen Sphären erhalten. Alle hatten einen hohen Preis für ihr Wissen und die Wege, es zu erlangen, gezahlt. Sie waren oft auf entsetzliche Weise geendet. Niemand überlebte den unheilvollen Hauch der Gegenwart dieser abscheulichen Kreaturen, nicht physisch, nicht geistig – doch das schreckte mich nicht. Ganz im Gegenteil!

Ein plötzlicher Einfall durchzuckte meinen Verstand wie eine schwarze Lohe. Der Alte wusste mehr über die Tafel, als er mir gesagt hatte, viel mehr! Er hatte keinen Hehl daraus gemacht, dass er sie, zumindest aber die Grabungsarbeiten, die sie zutage gefördert hatten, für verantwortlich am Tode seines Sohnes hielt.Ich musste unbedingt die Art, wie mein Schulfreund gestorben war, herausfinden.

Sodann wollte ich mir die Platte selbst ansehen. Ob man meinem Ansinnen beim städtischen Museum, wohin man sie zur näheren Untersuchung gebracht hatte, nachkommen würde, blieb abzuwarten.

Doch zunächst musste ich den Alten finden. Ich erinnerte mich an die Adresse des Geburtshauses meines toten Freundes. Wenn die Familie nicht im Laufe der Zeit umgezogen war, würde ich dort fündig werden!

Kapitel 3

Über schlüpfriges, buckliges Kopfsteinpflaster eilte ich durch finster gähnende Torbögen, welche die schmalen Gassen und alten, windschiefen Häuser miteinander verbanden. Merkwürdig geformte Bogenlampen warfen ihren fahlen Schein auf bröckelnde Fassaden. Der Geruch nach uraltem, feuchtem Mauerwerk und allgegenwärtigem Verfall weckte Erinnerungen schmerzlicher, wie pastellfarben-verblasster Art in mir. Bilder aus den Tagen meiner Kindheit und Jugend, da ich zum Spielen in dieses Viertel gekommen war, zogen an meinem inneren Auge vorüber. Doch da waren auch Erinnerungsfetzen aus späterer Zeit. Etwa als mein Freund und ich im Schein einer alten Lampe mit lachsfarbenem Stoffschirm unsere ersten kühnen, doch unbedarften und arrogant unmethodischen Ausflüge in die Welt des Geistes unternommen hatten. Bizarre Höhenflüge fantastischster Art, unbekümmert und ungestüm vorwärts stürmend, während schwerer, roter Wein in unseren Adern kreiste und den Gedanken eigenartige Schwingen verlieh ...

Heute wirkte das Viertel wie eine zerfallene Ruine aus grauer Vorzeit. Staub, Schmutz und die Spuren einer verfehlten Stadtpolitik überall. Die Luft war schlecht, voll Ruß und viele der alten Häuser und Ställe im einstigen Kerngebiet der Stadt waren unbewohnte Trümmer, mehr nicht.

Eine atmosphärische Dunstglocke, die von fernen, vergangenen Dingen wisperte, schwebte über den Häusern. Der Wind, der um die rußgeschwärzten, spitzgiebeligen Dächer strich, schien von Unheil zu künden. Von einem finsteren Geschick, das längst vergangen war und vielleicht niemals geendet hatte.

Es überraschte mich in einer solchen Umgebung zunächst

keineswegs, als ich die ältere Frau mit den wirren Haaren und den alten, zerschlissenen Kleidern bemerkte. Wild gestikulierend und schreiend lief sie über die Straße. Sie lamentierte in einer Sprache, die ich nicht verstand.

Erst als sich die Eingangstür jenes Hauses, an dem ich mein Ziel vermutete, knirschend in den Angeln schwang, als habe sie eben jemand heftig aufgestoßen, kam mir das Geschehen seltsam vor. Ich wollte nach der Frau rufen, als sie mich erblickte und auf mich zu lief. Sie übergoss mich zunächst mit einem Wortschwall in ihrer Sprache. Natürlich hatte ich überhaupt keine Ahnung, was sie von mir wollte. Dann sprach sie endlich für mich verständlich. Die Worte, von einem harten, rollenden Akzent durchzogen, entrangen sich nur mühsam ihren Lippen.

»Der alte Herr! Entsetzlich! Schrecklich! Er ist krank ... Er stirbt ... Er ist nicht er selbst ...«, stammelte sie.

Auf meine Frage, was passiert sei, deutete sie mit zitternder Hand auf den Hauseingang.

Ohne zu zögern, trat ich ein.

Im Haus war es dämmrig und selbst für so alte, Feuchtigkeit schwitzende Mauern überraschend kühl. Langfingrige Schatten überzogen die alten, ausgebleichten Tapeten und die wurmstichigen Möbel aus fast schwarzem Holz. Jeder meiner Schritte wurde von staubigen, dicken Teppichen verschluckt, sobald ich die kleine, gefliese Diele verlassen hatte. Die Luft schien erfüllt von einem Flüsterchor unheimlicher Stimmen.

Es roch nach Krankheit wie in einem Zimmer, in dem lange jemand vor sich hinsiechend gelegen hatte. Meine Augen brauchten eine Weile, sich an das Dunkel zu gewöhnen.

Ich ging von Raum zu Raum, verstohlen, schleichend, als sei dies etwas Verbotenes. Ich besah mir die alten Möbel, die den wehmütigen Hauch einer fernen Zeit atmeten. Ließ meinen Blick auch über die Fotografien an den Wänden streifen und über die Portraits in den alten, wurmzerfressenen Rahmen. Sie waren weit älter als die Fotos und zum Teil kaum noch zu erkennen. Sicher zeigten sie Personen, die schon lange, lange Zeit tot waren.

Auf einmal vernahm ich Schritte hinter mir. Es war die alte Frau. Ihre Augen glühten wie im Wahnsinn – nein – es war Angst, die aus ihnen schrie! Schlimme Angst! Und sie bewegte sich wie angesichts einer tödlichen Gefahr.

Ich fragte, wer sie eigentlich sei, und sie flüsterte mit heiserer Stimme: »Die Haushälterin. Ich heiße Laban«

»Der Hausherr – wo ist er?«, wollte ich wissen. »Ich muss ihn dringend sprechen ...« Unbewusst ahmte ich den furchterfüllten Flüsterton nach.

Sie schüttelte mit Nachdruck den Kopf, ihre Hände beschrieben eigenartige Gesten in der Luft, als bedeutete sie mir, das Haus schnellstmöglich zu verlassen.

»Er hat sich verändert, seit der junge Herr ... sein Sohn, tot ist«, murmelte sie und sah sich dabei um, als sei hier jemand, der ihr verboten habe, über solche Dinge zu sprechen.

»Der Herr hat den Tod des Sohnes nie verwunden. Er hat immer gesagt, es gäbe viele auf der Welt, die den Tod verdient hätten, aber nicht sein Sohn, nicht ein so gutes, junges und reines Leben. Er machte sich Vorwürfe, dass er nicht verhindern konnte, was geschehen ist. Aber er konnte doch nichts dafür. Er wollte nie, dass der junge Herr seine Nase in diese Dinge steckt, aber wie hätte er es verhindern sollen? Sein Sohn war besessen, wie alle, die diese Pfade beschreiten ... sie alle gehen unter, versinken in den schwarzen Strudeln gesichtslosen Unheils.«

»Wie ist der junge Mann denn gestorben?«

Frau Laban sah sich um, als seien wir von Schatten umgeben, in deren Macht es stünde, sie am Sprechen zu hindern.

Da hörte ich zum ersten Mal die Geräusche. Ich wusste nicht, worum es sich handelte. Es war eine Art Pfeifen oder Keuchen, von einem Schleifen und Rutschen begleitet. Dann wieder klang es, als würden schwere Eisentüren geöffnet oder geschlossen. Auch gelang es mir nicht, die Geräusche zu lokalisieren, aber sie jagten mir eisige Schauer über den Rücken.

Im Gesicht der Haushälterin erschien erneut ein Ausdruck ungeheurer Furcht, ja, Panik. Sie blickte hierhin und dahin und die Art, wie sie das tat, geduckt, gehetzt wie ein verfolgtes Tier, ließ mich den Eindruck gewinnen, als sähe sie tatsächlich etwas, das uns umgab, unsichtbar für mich, doch nicht für sie. Aber sie antwortete mir immerhin: »Die sagen, er habe sich umgebracht, doch das stimmt nicht. Natürlich war er vollkommen verrückt geworden vor Angst, als er damit begonnen hatte, diese verdammte Platte zu entziffern, die ihm dort unten, in dem Schacht unter der Stadt, in die Hände gefallen war.«

Mein Herz setzte in diesem Augenblick einen Schlag lang aus. Zum einen, weil mich mein Instinkt nicht getrogen hatte: Der Fund dieser ominösen Platte hatte also tatsächlich etwas mit dem Tod meines alten Freundes zu tun! Zum andern, weil im gleichen Moment ein dumpfer Laut irgendwo in den Tiefen des Hauses – oder darunter – erscholl, als sei etwas Schweres, Massives umgefallen, gefolgt von einem furchteinflößenden Stöhnen, das menschlich klang – und auf beunruhigende Weise auch wieder nicht. Frau Laban schrak zusammen. Ihre Augen starrten wie im Fieber.

»Er hat versucht, die Platte zu entziffern?!«, murmelte ich. »Und? Hatte er damit Erfolg?«

»Ja! Sonst wären *SIE* ja nicht gekommen, und hätten ihn nicht geholt«, wisperte die alte Frau und ihrem gequälten Gesichtsausdruck war anzumerken, dass sich grauenhafte, das menschliche Fassungsvermögen übersteigende Bilder vor ihrem inneren Auge abspielten. Das hieß, sie hatte etwas gesehen ... Sie war Zeuge gewesen von den Vorgängen, die meinem Schulfreund das Leben gekostet hatten!

»Wer ist gekommen? Was haben Sie gesehen, so reden Sie doch!«, drängte ich.

»Diese ... Wesen ... diese Kreaturen der absoluten Dunkelheit sind meinem Volk nicht unbekannt. Es ist an finsteren Orten herumgekommen in der Welt und musste viel Elend ertragen. Manche von uns sind zauberkundig und mächtig, doch der mächtigste unserer Zauberer lässt die Dinge unerwähnt, die *SIE* betreffen, und schweigt über die Art, wie *SIE* hervorgeholt werden können aus der gottlosen, unendlichen Finsternis, die *SIE* bevölkern. Aber der junge Herr hat es getan ... und ... und ...«

Das Stammeln der Alten erstarb in einem hysterischen Schluchzen, als in diesem Moment das gesamte Haus von einem dumpfen Schlag erbebte. Ein grauenhafter Schrei erscholl.

Ihre Augen weiteten sich vor Entsetzen: »Er ist in den Keller gegangen ... der alte Herr ist in den Keller gegangen. Er ist bei *IHNEN* ... jetzt, in diesem Augenblick!«

Ich versuchte angestrengt, mir einen Reim aus dem Gehörten zu machen.

»Ihr junger Herr hat die Tafel, die man in der Erde fand, entziffert und damit Wesen beschworen ...«

»Teufel!«

»... die ihn dann in den Wahnsinn getrieben haben? Deshalb hat er sich umgebracht! War es so?«

Die alte Frau nickte. »*IHR* Flüstern war überall ... seitdem habe ich nicht mehr hier im Haus geschlafen ... *SIE* scheuen das Licht, so sagen unsere Zauberer. Aber *IHRE* Stimmen waren überall ... und sind es noch immer ... hören Sie doch!«

Ich hörte tatsächlich etwas und spürte eine subtile Angst

durch meine Eingeweide kriechen. Es war, als versetze eine riesige Membran die Luft in Schwingungen des reinen Terrors.

»IHRE bloße Anwesenheit ... die Tatsache, dass SIE hier sind, macht die Menschen verrückt ... SIE hassen das Licht ... Deshalb haben SIE sich zurückgezogen, unter das Haus ...«

»Sie leben im Keller?«, keuchte ich.

»Wussten Sie, dass der junge Herr herausgefunden hat, dass da Gänge sind, wie sie unter der gesamten Stadt verlaufen?«

»Was?«

»Bis in die Wälder und in die weiten Felder im Osten! Alles voller Stollen und Gänge. Keiner weiß, woher, keiner weiß, wohin sie führen ... Diese Stimmen ...!« Die alte Frau hielt inne. Ich spürte, wie sich die Furcht in mir zur Übelkeit steigerte, denn ein grauenhaftes Röcheln erscholl von unten, aus der Dunkelheit, die SIE bewohnten. Das Stöhnen eines Menschen im Todeskampf.

»Der junge Herr starb einen grässlichen Tod«, wisperte die Haushälterin. »Er hat sich glühende Nadeln in die Ohren gerammt und hat geschrien: 'Ich kann sie immer noch hören!' Er hat sich die Augen herausgerissen, dort draußen, im Flur, und sich die Kellertreppe hinabgestürzt. Der alte Herr und ich standen oben und hörten, wie SIE unten angekrochen kamen und ihn holten ... Und er hat geschrien, obwohl er längst hätte tot sein müssen ... er hat noch vier Tage und Nächte geschrien! Oh, allmächtiger Gott!«

»Aber wer sind SIE? Woher sind SIE gekommen? Aus den Tiefen? Den Schächten da unten? Oder ...«

Ein erneuter Schrei aus dem Keller ließ mir das Blut in den Adern gefrieren.

»Das weiß niemand«, murmelte die Haushälterin. »Unsere Leute sagen, dass SIE einst von den Sternen herab gekommen sind ... und nicht von den Sternen, die man kennt. Aber das hier, das war die Tafel ... die verfluchte Tafel, die noch älter ist, als die Schächte da unten ... als die gesamte Menschheit ...«

»Und was hat der Alte damit zu tun? Weshalb ist er jetzt da unten?«

Ich musste die Worte fast brüllen, denn der Lärm aus den Räumen unter dem Haus schwoll entsetzlich an. Es war, als zerrissen Fleisch und weiches Gewebe unter zuschnappenden Kiefern, als zersplitterten Knochen und würden zu Brei zermalmt. Und da waren Schreie. Die verzweifelten Schreie eines Menschen im Todeskampf, übertönt von dem Gebrüll einer gewaltigen Bestie ...

»Der alte Herr ... hat nichts von dem Ganzen gehalten ... sagte immer, er glaube nicht an Hexerei. Doch er hat den Einfluss gesehen, den die Tafel auf seinen Sohn hatte, und die uralte, abgrundtief böse Macht gespürt, die von ihr ausging. Er hat jene, die das Bauprojekt für den Fluss begonnen haben, verantwortlich gemacht für den Tod seines Sohnes. Er hat die Zeichen gelesen. Er hat sie gedeutet, und ihre Aussprache versucht, wieder und wieder. Er hat sie wiedergekäut und ausgespien, bis die Worte wie Geschosse waren. Ein tödlicher Fluch! Schwärzeste Magie! So wollte er sich an denen, für die sein Sohn tätig war, rächen. Er wollte die Viecher, die diese bösen, machtvollen Worte beschwören, auf sie hetzen wie ein Rudel tollwütiger Hunde. Auf die Stadtväter und die gesamte Brut und jetzt ... Oh mein Gott!«

»Jetzt haben *SIE* ihn sich geholt, ist es so?«

Der Gesichtsausdruck der alten Frau verwandelte sich in eine Fratze panischen Irrsinns. Ihre Augen stierten auf einen Punkt hinter meiner rechten Schulter, wo sich der Durchgang zum Flur und somit zum Keller befinden musste. Die menschlichen und die nicht menschlichen Schreie hatten aufgehört. Nur noch ein Schleifen und Rutschen wie von schweren, nassen Säcken war zu hören.

Es kam näher.

»Sie müssen gehen!« Die Alte drängte mich zur Tür, hin zu dem Durchgang, hin zu dem, was da kam, doch der Raum hatte keinen anderen Ausgang als diesen!

»Gehen Sie, rasch!«

»Und Sie?«

»Ich muss versuchen ... ich kann es nicht aufhalten ... bin nicht so stark wie die alte Hebzibah, aber ich habe keine Wahl ...«

»Hebzibah? Wer ist das?«

Ich würgte die Worte hervor, denn ein nie zuvor wahrgenommener Gestank zog durch den Raum wie ein giftiges Gas, betäubend und lähmend.

»Ich wollte sie um Hilfe rufen ... Sie lebt in den Wäldern bei der Ruine des alten Forsthauses. Sie ist vollkommen verrückt, aber eine von uns. Sie weiß Sachen, SIE betreffend ... Gehen Sie, um des lieben Heilands willen!«

Die alte Frau schob mich mit einer Gewalt, die ich ihr niemals zugetraut hätte, aus der Tür in den Flur. Ich stolperte an dem schwarz gähnenden Rachen des Kellereingangs vorbei, in dessen finstere Tiefen, durch eine verzogene Holztür verborgen, ausgetretene, schlüpfrige Stufen führten.

Von dort unten stieg der Gestank herauf. Und mit ihm drang etwas anderes aus der höhlenartigen Öffnung heraus, etwas wie eine unsichtbare und doch Gestalt gewordene Angst. Ein brütendes, schleichendes Grauen, das in mein Gehirn und mein gesamtes Nervensystem einzusickern schien. Um dort Visionen von grauenhafter Bedrohung, Verlassenheit und tödlicher Bösartigkeit zu erzeugen.

Ich schwöre noch heute – und meine allnächtlichen Albträume sind meine Zeugen – dass ich etwas sah. Etwas, das sich unbeholfen, vor ungesunder, schleimiger Nässe triefend und blutig roh wie Schlachtabfälle die Treppen heraufzog. Unter unsäglicher Qual, immensem Schmerz oder ... Hunger.

Ich hatte nicht fliehen, nicht die alte Frau alleinlassen wollen mit dem, was auch immer in diesem Haus geschah. Auch nicht den Hausherrn, der vielleicht noch lebte und Hilfe brauchte. Aber ich gestehe, dieser kurze Moment, der flüchtige Anblick dessen, was da aus der Kelleröffnung heraufkroch, um sich mit seinem giftigen, tödlichen Miasma in den Flur zu ergießen, reichte aus, mich aus dem Haus stürzen zu lassen wie einen Verrückten.

Doch damit war das Grauen noch nicht zu Ende, denn aus dem Haus drangen die entsetzlichsten Laute, die ich je gehört hatte! Zuvor waren das Knurren wilder Bestien und das Schreien eines Menschen aus den dumpfigen Kammern des Kellers gedrungen. Nun gellten die Laute absoluter Zerstörung überlaut durch die Dunkelheit, die sich mittlerweile über das verfluchte Stadtviertel gesenkt hatte. Es war, als wütete eine ungeheure, namenlose Macht gegen die Idee des Lebens selbst

Ich hörte Frau Laban die fürchterlichsten Laute ausstoßen, die ich je von einem Menschen gehört hatte. Mit vor Panik fieberndem Verstand fragte ich mich, was dort mit ihr geschah. Nur die schlimmste physische Folter konnte einem Menschen derartige Äußerungen kreischenden Irrsinns entlocken! Doch ich war nicht in der Lage zurückzukehren, um nachzusehen. Ich lauschte selbst vor Schrecken völlig erstarrt, wie dem Wahn verfallen, der sich dort, wenige Meter von mir entfernt, abspielte. Ich presste mir die Fäuste auf die Ohren, um das Entsetzliche nicht hören zu müssen, und konnte die grauenhaften Laute doch nicht abstellen. Noch weniger die Bilder unerträglichen Schreckens in meinem Geist, mit denen mein Verstand nach Erklärungen suchte.

Und da waren auch diese anderen Geräusche, die eindeutig

nicht von einem Menschen stammten, sondern von einem schrecklichen Raubtier, einem Ungeheuer. Das Schmatzen, das, schrecklicher noch, die eigentlichen Laute des Fressens begleitete, erinnerte mich an gewaltige Bewohner der Tiefsee. Es erweckte Bilder in mir von schleimigen Kreaturen, die sich wimmelnd wie unzählige Schlangen, schneckengleich an Land fortbewegten. Ich sah vor mir die starrenden Rachen einer Hydra, ihre Beute suchend, um sie zu zerreißen.

Am schlimmsten aber waren die letzten artikulierten Worte, die Frau Laban ausstieß: »Oh, Herr Rosenroth, was tun Sie ... warum ... aiiiiiihhhhh!«

Rosenroth war der Name auf dem Grabstein neben dem meiner Eltern, der Name meines Schulfreundes und somit des Hauses, dessen Untergang ich gerade erlebte ...

Mit der Nennung dieses Namens schien der magische Bann aus Entsetzen und Irrsinn, der mich gepackt hielt, gebrochen, ich fuhr herum und stürzte davon, hinein in die Nacht. Das Hasten meiner Schritte, ein wildes Stakkato der Panik, hallte von den gleichgültig seit Generationen vor sich hinbrütenden Hauswänden wider. Ein Trommeln des Irrsinns, und ich lief ... lief ...

Kapitel 4

Ein paar Tage später hielt ich zwei Exemplare der lokalen Tageszeitung in Händen. Ich zitterte, denn ich schlief schlecht und wurde von Albträumen, besser noch, Visionen heimgesucht. Es handelte sich um ein älteres Exemplar, das ich mir im Archiv besorgt hatte, und um die aktuelle Ausgabe. Mich interessierte zweierlei: zum einen der Nachruf seitens der Stadtväter für meinen Schulfreund. Sie bedauerten, einen »fähigen und engagierten Mitarbeiter an einem großen und für die weitere infrastrukturelle Entwicklung der Stadt sehr wichtigen Projekt durch einen plötzlichen, unvorhersehbaren und tragischen Tod« verloren zu haben – »Wir werden ihm stets ein ehrendes Andenken bewahren.«

Das übliche verlogene Gewäsch. Es enthielt keine Informationen, die mich weitergebracht hätten.

Der zweite Artikel in der noch druckfrischen Ausgabe betraf den tragischen Tod Herrn Rosenroths und Frau Labans:

»Vergangenen Mittwoch, in den frühen Abendstunden, fanden Anwohner im Kernsanierungsgebiet der Innenstadt die Leichen zweier Bürger. Es handelte sich um einen 71-jährigen ehemaligen Ingenieur und seine Haushälterin. Die Anwohner waren zuvor durch entsetzliche Schreie alarmiert worden.

Es bedurfte intensiver Untersuchungen, um den männlichen Leichnam einwandfrei identifizieren zu können, da sich dieser aufgrund noch ungeklärter Ursachen in einem ungewöhnlich schlechten Zustand befand. «Nach Angaben des zuständigen Pathologen gehe allerdings keinerlei Gefahr für die Bevölkerung von der Leiche aus, da es sich nicht um eine Infektion, sondern eher um eine atypische Form von Degeneration handele, hieß es weiter.

Der Tod der Haushälterin, der nichts mit dem ihres Dienstherrn zu tun habe, sei wohl auf den Angriff eines wilden Tieres zurückzuführen, da sie vollkommen zerfleischt worden sei und man die meisten ihrer Überreste noch nicht gefunden habe.

»Augenzeugen werden gebeten, sich zur Klärung der noch völlig im Dunklen liegenden Ereignisse mit der Polizei in Verbindung zu setzen. Dies gilt vor allem für eine männliche Person, die beobachtet wurde, als sie kurz vor Auffindung der Toten eilig den Ort des grausamen Geschehens verließ.«

Ich war verwirrt, ich war besorgt, aber am meisten war ich zornig darüber, in welcher Form die Behörden versuchten, die auf der Hand liegenden Zusammenhänge zu vertuschen. Oder waren sie einfach unfähig, gewisse Zusammenhänge zu erkennen? Wussten sie vielmehr, welcher Art die Natur der Ereignisse war, die zum Tode der beiden Menschen geführt hatten, und betrieben eine gezielte Desinformation der Bevölkerung?

Ich wusste nicht recht, was ich tun sollte. Ich war dem Ziel meiner langen Nachforschungen noch niemals so nahe gewesen und hatte im entscheidenden Moment doch versagt. Aber wenn die Natur dieser Wesen wirklich so war, wie von einigen wenigen, visionär begabten Zeugen und nun auch Frau Laban behauptet wurde, dann war mir gar keine andere Wahl geblieben, als panikerfüllt zu fliehen.

Das aber bedeutete, niemand konnte sagen, wie nahe diese Kreaturen, von denen aberwitzige und düstere Legenden behaupteten, sie seien in prähistorischer Zeit die Herrscher dieser und anderer Welten gewesen, uns nun waren.

Ich hatte das Gefühl, mich im Zentrum eines Orkans okkulter Ereignisse zuvor nie gekannten Ausmaßes zu befinden. Möglicherweise waren dies bereits Zeichen eines

Umsturzes kataklystischen Ausmaßes. Doch ich durfte mich nicht verstecken! Ich musste nachdenken. Etwas tun!

Wusste ich wirklich, wie Theodor Rosenroth, mein Schulfreund und unbekannter Mitstreiter bei der Jagd nach dem Übersinnlichen, genau gestorben war? Hatte mein Aufenthalt in seinem Geburtshaus nicht mehr Fragen aufgeworfen als Antworten zutage gebracht?

Und wer war die alte Hebzibah, die in den Ruinen des früheren Forsthauses lebte? Sie befanden sich in jenem alten, düsteren Wald, auf den Herr Rosenroth bei unserer Begegnung auf dem Friedhof gezeigt hatte. Genau dort, wo sich scheinbar eine sichtbare Manifestation von etwas noch Namenlosem, Unaussprechlichem ereignet hatte.

Von unheimlichem Schaudern erfüllt dachte ich an jenen düsteren Schatten zurück und an das Flackern des Tageslichtes, als wollte die Sonne ihr Antlitz vor jener dunklen Macht verhüllen. Schon als Kind war ich nachts von eigenartigen Albträumen heimgesucht worden, wenn ich am Tage zuvor jenen nebelverhangenen Wald mit seinen unheimlichen Schatten und uralten Bäumen betreten hatte. Spürte ich nicht schon damals, welch eigenartige, düstere Stimmung zwischen den Stämmen der alten Kiefern lastete? Wie sehr die Luft erfüllt schien von geisterhaftem Raunen, von fahlen Sumpflichtern und gespenstischen Nebelschleiern, die sich in den Stunden schwindenden Lichtes zu dunkel drohenden Schemen und bleichen Phantomen verdichteten? Seltsam verrenkte, verkrüppelte Bäume und immer wieder aufzufindende Felsen und Steine, die wie Menhire geformt waren, oder die Dolmendächer alter Hünengräber schienen den Weg zu weisen in eine andere Welt.

Eine Welt, deren Grenze gebildet wurde von den Trümmern des alten Forsthauses selbst …

Dies waren die Spuren, die es nun zu verfolgen galt. Ich musste noch einmal in das grässliche Mordhaus zurück, wenn sich mein gesamtes Wesen auch vor Furcht allein bei dem Gedanken daran zusammenkrampfte, mein Verstand mich anschrie, es nicht zu tun! Ich musste hinauf in die nebelerfüllte Einsamkeit des finsteren Waldes, um Hebzibah zu treffen. Doch eines nach dem anderen!

Mein Weg, der mich durch die labyrinthartig gewundenen Straßen mit dem schlüpfrigen Kopfsteinpflaster, den schmalbrüstigen Häusern und mit den hohen Giebeldächern führte, endete vor den Toren des Heimatmuseums, des ältesten Gebäudes der Stadt.

Da ich Licht im Innern des riesigen, hohen und verwinkelten Baus sah, betätigte ich den Türklopfer in Form eines brüllenden Löwen.

Der Museumskurator, ein dürres, altes Männchen, das auf den Namen Thomasius Molokastor hörte, öffnete die Tür unter Aufbietung all seiner Kräfte. Aufgrund meiner häufigen Besuche zum Zwecke nachhaltiger Recherchen und Forschungsarbeiten waren wir einander wohlbekannt. Wenn er auch meine speziellen Interessen nicht gerade teilte, so war er doch in den Regionen des geistigen Lebens wohl beheimatet, selbst in solchen der absonderlichsten Art, wie sie meine Nachforschungen darstellten. Er war eine derartige Kapazität auf nahezu allen Gebieten der Wissenschaft, dass ich bei jedem Gespräch das Gefühl hatte, eine unermessliche Fundgrube an Wissen, Gelehrsamkeit und Erfahrung vor mir zu haben. Selbst in jenen dunklen Bereichen unserer Existenz, nach denen es mich von meinem Wesen her verlangte, und noch in tausenderlei Dingen mehr.

Der lauernde, misstrauische Ausdruck in seinem hageren Gesicht war stets derselbe. Doch nun mischte sich etwas darein, das ich als lauernde Vorsicht, ja geradezu als Furcht interpretierte. Auch war das Gesicht des alten Mannes gerötet wie nach einer großen Aufregung oder einem Kampf. Er schien sich am Rande totaler Erschöpfung zu befinden. Die Hand, mit der er mühsam die Tür offenhielt, zitterte.

»Aah … Sie sind es. Sie sind es nur! Ich dachte, es seien der Wachtmeister und die Ambulanz, nach der ich gerufen habe …«

»Herr Molokastor, ist hier etwas passiert?«

»Sie können es ja noch nicht wissen. Es geht um das verfluchte Artefakt, das sie bei den Grabungsarbeiten in den alten Schächten gefunden haben. Man hat versucht, es zu entwenden.«

Ich spürte, wie sich bei der Erwähnung der dämonischen Steinplatte das Blut in meinem Herzen in Eis zu verwandeln schien.

Ich konnte meine Erregung nicht verbergen, also beschloss ich, mit offenen Karten zu spielen. Etwas anderes machte bei dem Kurator ohnehin keinen Sinn.

»Erzählen Sie bitte alles, was passiert ist! Wegen der Platte bin ich nämlich hier. Ich hatte gehofft, sie mir ansehen zu können.«

»Was ist an diesem schwarz-magischen Ding nur so interessant?«, murmelte Molokastor abfällig.

Also wusste er doch schon wieder, worum es sich da handelte!

Er schnaubte verächtlich, öffnete aber die Tür etwas mehr, sodass ich eintreten konnte. Doch gleich darauf prallte ich zurück, weil mich das pure Entsetzen ansprang wie eine Bestie. Ich erblickte einen Sterbenden, der in seinem Blut zuckte, roch den heißen Gestank des Lebens, das aus seinen grässlichen Wunden rann!

Der Schwerverletzte gab ein herzzerreißendes, unartikuliertes Stöhnen von sich, das der Kurator jedoch zu verstehen schien.

»Nein, noch nicht die Ambulanz! Nur noch jemand, der wegen dieser verfluchten Teufelsplatte gekommen ist!«

Der Blick, den Molokastor mir zuwarf, war ein unmissverständlicher, abgrundtiefer Vorwurf.

»Mein Gott, wir müssen ihm helfen …!«, würgte ich hervor und zeigte auf den Mann.

»Hilfe ist schon unterwegs«, murmelte Molokastor, der mit einer Mischung aus Wut, Mitleid und Abscheu auf den Verletzten blickte.

»Was ist passiert?«, fragte ich.

Die Augen des Wachmanns weiteten sich in dem Versuch, sich mitzuteilen, obgleich der Kurator ihm sagte, er solle es lassen und sich schonen.

»Einen unserer Wachleute haben Sie getötet«, murmelte Molokastor.

»Was?! Einer von den drei Wachleuten ist … ?!«, entfuhr es mir.

»Sie kamen kurz, nachdem es dunkel geworden war", fuhr er fort. „Das Museum war schon abgesperrt, aber ich hörte eigenartige Geräusche aus dem Keller, wo dieses verfluchte Steinding stand. Ich ging hinab und da sah ich sie …

Roman lag da und rang nach Luft, sein Gesicht in höchster Todesnot verfärbt. Ich weiß nicht, was sie mit ihm gemacht haben. Die Augen quollen ihm aus den Höhlen und ein schwarzes, monströses Ding von Zunge hing aus seinem Mund und hinderte ihn zu atmen. Seine Haut sonderte einen eigenartigen, streng riechenden Schleim ab. Die Leiche liegt nebenan. Ich habe sie abgedeckt, wenn Sie sie sehen wollen?«

»Nein, nein«, wehrte ich ab. »Später vielleicht.«

»Sie … trugen … Kutten«, murmelte Molokastor, wie zu sich selbst. Der Wachmann versuchte unter größter Anstrengung, zu sprechen, doch nur ein grausiges Röcheln kam aus seinem Mund. Blutige Blasen platzten auf seinen gedunsenen Lippen. Sein Gesicht war eine einzige Ruine aus rohem, zerwühltem Fleisch. Kratertiefe Krallenspuren, in denen das Blut schwarz gerann, hatten die Knochen an Stirn und Wangen, die völlig zertrümmert schienen, freigelegt.

»Kutten ohne eigene Farbe ... oder in der Farbe ihrer Umgebung. Ich konnte ihre Gesichter nicht sehen, aber wie sie sich bewegten ... welche Laute sie von sich gaben ... das waren keine Menschen ...!«, stieß Molokastor mit zischender Stimme hervor.

Seine Hand krampfte sich so plötzlich und mit brachialer Stärke um meinen Arm, dass ich erschreckt auffuhr. Seine Augen stierten riesengroß aus seinem totenfahlen Gesicht.

»Ich habe einen von ihnen gesehen!« hauchte er.

Ich hatte noch nie erlebt, dass dieser Mann um seine Fassung kämpfte.

»Ich habe den Alarm ausgelöst, nachdem der arme Teufel da auf sie geschossen hatte ... da ist die Kapuze von einem verrutscht ... Oh, mein Gott...!«

Molokastor sah aus, als wolle er gleich in Tränen ausbrechen oder sich übergeben. Sein Gesicht näherte sich dem meinen so dicht, dass seine schreckgeweiteten Augen meine Sicht einengten.

»Es war, weiß Gott, kein Mensch!«, flüsterte er mit vor Grauen zitternder Stimme. »Es war ... ein Ding!« Er schüttelte den Kopf, vor seinen Augen schienen sich noch immer die entsetzlichen Bilder abzuspielen.

»Sie ... haben sich um die Platte versammelt, als sei sie ein Heiligtum ... was sie für diese Wesen wohl auch ist« fuhr er fort.

Sie versuchten, sie mitzunehmen ... Haben einen Kreis um sie gebildet und einen monotonen Singsang angestimmt. Dann haben Sie mit den Händen – oder was immer diese Wesen anstelle von Händen haben – etwas gemacht. Da erschien plötzlich dieses grünliche Leuchten, wie tief unten aus dem Meer. Ein entsetzlicher Gestank bereitete sich aus, nach Fäulnis, brackigem Wasser, Tang und Schlick, und die Luft vibrierte, als würde sie komprimiert ...«

»Dieser Singsang! «, unterbrach ich.

»Haben Sie da irgendwelche Worte verstanden?«

»Ja, da waren Worte, die Sie immer wiederholt haben. Es klang wie CTHULHU ... *AZATHOTH* ... *YOG SOTHOTH* ... «

Wieder gefror mein Herz zu Eis.

Das war der Beweis! Diese Platte besaß die Kraft, die schrecklichen Großen Alten zu rufen. Jenes Gezücht entsetzlicher Dämonengottheiten, die in prähistorischer Zeit von ihren namenlosen, schwarzen Planeten auf die Erde herabgekommen waren, um hier ihre Schreckensherrschaft zu errichten ...

Nach Äonen des Terrors und der Kriege untereinander und mit anderen Wesen aus den Tiefen des Kosmos wurden sie von Wesen, die als die Älteren Götter bekannt waren, in fremde Dimensionen verbannt. Die Älteren Götter unterwarfen sie und zwangen sie in die Tiefen der Ozeane und unter die Gebirge der Welt. Dort harrten sie – blind vor Hass und Rache – ihrer Rückkehr, zu der die schwarzmagische Orden ihnen verhalfen.

»Der Druck auf den Ohren, in den Augen und auf den Lungen wurde immer schlimmer«, fuhr Molokastor fort. »Und dann war da auf einmal ein Kreischen, erst leise, doch immer lauter werdend. Unerträglich schrill, wie von einer Kolbenmaschine, die feststeckt und heiß läuft. Umso lauter es wurde, desto mehr begriff ich, dass es sich um einen Schrei handelte. Den Schrei eines nichtmenschlichen Wesens, einer blasphemischen Kreatur, wie sie diese Welt noch nicht gesehen hat.«

Oder schon sehr lange nicht mehr, dachte ich bei mir.

»Und dann war da plötzlich noch etwas. In dem grünen Leuchten, das die schwerelos zwischen den Klauen der

Magier schwebende Platte umgab. Etwas Dunkles, Furchteinflößendes, Bedrohliches, ein Klumpen obszöner, widerlicher Schwärze, aus dem Tentakel ragten, die sich wanden wie Schlangen. Die Masse begann zu wachsen, dehnte sich aus, je schlimmer der Druck, je lauter das Kreischen wurde. Anfangs wollte ich die Pistole des Wachmanns an mich nehmen und in die Masse hineinschießen, doch ich wagte es nicht. Keine Waffe der Menschen kann gegen diese Macht etwas ausrichten. Da löste ich den Alarm aus.« Molokastor schüttelte den Kopf. Die Rötung seines Gesichtes wich allmählich einer tödlichen Blässe. »Das hat sie irgendwie gestört. Ich hoffe nur, ich habe nichts falsch gemacht. Das schwarze Ding und das Leuchten verschwanden, und die Kuttenträger flohen.«

»Sie haben nichts falsch gemacht«, sagte ich mit Nachdruck. »Hätten Sie es nicht getan, existierte diese Welt vielleicht nicht mehr. Jedenfalls nicht in dieser Form.«

Kapitel 5

Der Nebel wallte zwischen den alten, moosverkrusteten Baumstämmen wie der Rauch schrecklicher, unterirdischer Feuer. Nässe tropfte von den knorrigen, klauengleichen Zweigen, die hier oben niemals Blätter und Grün zu tragen schienen, nicht einmal im Frühjahr und Sommer.

Das vorherrschende Grün, das es hier in diesen alten, von finsteren Geheimnissen umrankten Wäldern gab, entsprach dem stumpfen Oliv von Farnen und Moosen. Diese und ein paar andere Pflanzen waren schon in der Frühzeit des Planeten hier gewachsen. Schachtelhalmgewächse gab es und knorrige Krüppelkiefern, dazwischen braunes, matt schimmerndes Gestrüpp, das selbst von einem verhungernden Tier verschmäht worden wäre. Immer wieder nickten Büschel von Farnen träge im ungesund kühlen Wind. Sie verströmten den für diese Wälder charakteristischen, dumpf-modrigen Geruch.

Schwere Nässe hing in der Luft und gemahnte mit den Ausdünstungen des Bodens an den nahen Herbst mit seinem Sterben und seiner Dunkelheit.

Ich hüllte mich fester in meinen Mantel. Der Wind hier oben, nur wenige Meilen oberhalb der Stadt, blies mit Eiszungen, die ihren Weg mitleidlos durch die Ritzen der Kleidung suchten. Nur unter mächtigem Kraftaufwand stapfte ich weiter, da die dunkle, morastige Erde sich an meinen Sohlen festzusaugen schien, um meine Schritte zu hemmen und mich womöglich in ihre nachtschwarzen Tiefen zu zerren. Ich musste daran denken, wie oft ich in den einsamen Tagen meiner späten Kindheit und Jugend in diesen Wäldern gewesen war, versunken in den Landschaften meiner eigenen Träume, die mit der düster-melancholischen Umgebung und ihrer urwüchsigen

Vegetation eine eigenartige, phantasmagorische Melange einzugehen schien. An den heißen Tagen des Sommers genoss ich ihre schattige Kühle und von dunklen Visionen erfüllte Weltabgeschiedenheit.

Wie lange war ich nicht mehr hier gewesen seit jenen Tagen! In den nun fernen Zeiten meiner Jugend hatte meine gesteigerte Imaginationskraft die schattenkühlen Tiefen der Wälder mit den Reichen fantastischer Wesen, mit gotischen Bauwerken versunkener Zeiten und den exotischen Kuppelstädten ferner Länder erfüllt. Und jetzt war ich wieder hier, um einem entsetzlichen Geheimnis näherzukommen, von dem ich schon damals dunkel geahnt hatte, dass es sich hier oben verbarg. Ohne, dass ich damals etwas gewusst hätte von den Energiebahnen, die manchen Anschauungen zufolge die gesamte Oberfläche des Planeten durchzogen, ohne Kenntnis von Kraftorten und energetisch aufgeladenen Feldern. Von Spukorten wusste ich nur aus jenen alten Geschichten, die der strenge Geist meines Vaters und meiner Lehrer Lügen nannte. Somit las ich jene Geschichten heimlich, ja, verschlang sie geradezu, immer getrieben, vorwärts gepeitscht von meiner innersten Überzeugung, dass es mehr geben müsse als Zahlen und Fakten und jetzt …

Ich hatte die Tafel gesehen!

Nachdem Ambulanz und Sicherheitskräfte abgezogen waren, hatte Molokastor sie mir gezeigt. Das war mehr als eigenartig gewesen. Auf dem Gesicht des alten Mannes hatte sich ein eigenartiger Widerschein von Emotionen gezeigt. Er hatte überhaupt nicht mehr geschockt gewirkt, eher wie ein Kind, das einem Vertrauten einen seiner kostbaren Schätze aus der Geheimkiste zeigt.

Molokastor hatte mir das Gefühl gegeben, an einer gewaltigen Verschwörung teilzuhaben, und mir den Fund mit einer eigentümlichen Mischung aus Ehrfurcht und Stolz präsentiert.

Nun befand ich mich in einem Zustand der Betäubung, wie ich ihn noch nie erfahren hatte. Ich fühlte mich wie unter Drogen oder in einem Wachtraum. Gerade so, als ob meine jugendlichen Fantasien in den Wäldern hier oben nur das Präludium gewesen seien zu jenem Crescendo an Angst, Faszination und Grauen, das mich nun erfüllte. Ich hatte die Zeichen auf der Platte gesehen, jene in meinem alten Buch über Hexenkunst und jene im Bild der Zeitung.

Ich konnte sie mit nichts vergleichen, was mir an Wissen über derartige Dinge in der mir zur Verfügung stehenden Literatur über magische Theorie und Praxis bekannt war. Was nicht hieß, dass diese falsch war oder die Bibliothek, über die ich verfügte, gar schlecht sortiert. Es bedeutete nur, dass sich der Kult der Großen Alten mit nichts vergleichen ließ, was sonst an menschlichen Versuchen, mit der Geisterwelt in Kontakt zu treten, unternommen worden war. So abartig, dämonisch, ja, alle Schöpfung verhöhnend war er. Diese ungeheure Ausstrahlung des Fremdartigen, des Ganz-Anderen schwebte über der Tafel und ihrer Magie. Vermutlich war ich noch nicht tief genug in die Geheimnisse der Dämonenmagie eingedrungen, nicht so tief, wie ich geglaubt hatte. Andere schienen da offenbar erfolgreicher gewesen zu sein als ich.

Doch es waren auch nicht die Zeichen gewesen, die mich von der absoluten Macht und Magie der Platte überzeugt hatten, sondern Dinge, die ich gesehen hatte, Dinge, welche die Platte mir gezeigt hatte. Eine Art Vision, die plötzlich, wie in einen urzeitlichen Nebel gehüllt, über mich gekommen war, wie das grüne Leuchten, das die Schwarzmagier laut Herrn Molokastor hervorgerufen hatten.

Das Artefakt selbst hatte sich dabei nicht verändert, sondern eine Art Kraftfeld erzeugt. In diesem nebulösen Wabern, das von einem Vibrieren begleitet war wie von tödlicher Hochspannung, hatte ich Dinge gesehen, Dinge, die nicht für menschliche Augen bestimmt waren.

Pulsierende, geometrische Formen, die kein Mathematiker hätte bestimmen können, erblickte ich. Sie kreisten um ein Zentrum aus uranfänglicher Schwärze, tiefer als die klaffenden Abgründe des Kosmos. Das Zentrum bildete Auswüchse, die wie Fraktale aussahen oder wie Spiralarme unbekannter Galaxien oder wie Fangarme eines ungeheuerlichen, blasphemischen Wesens von der Größe einer ganzen Galaxis.

Die Auswüchse wurden immer feiner, bis sie in meinen Kopf, in meinen Geist eindrangen. Ich weiß nicht, ob ich schrie, als ich diese Formen, Gestalten und Prozesse sah …

Die Heimat der ungeheuerlichen, blasphemischen Wesen, die sich plötzlich überall in dem vibrierenden Energienebel ringelten, darin pulsierten und zuckten …

Schwarze, geschwürartige Klumpen waren es, mit unzähligen Tentakeln, schleimig, aufgedunsen und schier platzend vor äonenaltem, aufgestautem Hass. Pure, Form gewordene Bösartigkeit, aber auch zerstörerische Macht, der nicht einmal ein gnädiger Gott im religiösen Sinne hätte widerstehen können. Doch es war völlig offenkundig, dass in einem Universum, in dem sich solche Gräuel befanden, kein Gott existieren konnte.

Mäuler hatten sie, flügelartige Fortsätze und viele Extremitäten und Organellen, von deren Zweck ich mir keine Vorstellung machen konnte, doch keine Augen. Wenn sie aber welche gehabt und mich damit angestarrt hätten, ich wäre sofort entseelt zu Boden gestürzt!

Doch ich sah noch mehr. Ich sah die in ewige Finsternis gehüllten Ursprungsorte dieser abscheulichen Kreaturen, denen eine teuflische Intelligenz innewohnte, der menschlichen weit überlegen. Ich sah die Heimat dieser lauernden, geifernden, brütenden Monstrositäten. Lichtlose

Orte voller Einsamkeit, Verzweiflung und Hass. Ich fragte mich, wo sich diese Orte befinden mochten: Auf fernen Planeten, in fremden Dimensionen oder in gewissen Bereichen innerhalb des menschlichen Geistes? In den Ganglien und Synapsen des zentralen Nervensystems das fühlen, das wahrnehmen konnte? Waren diese Reiche, diese Regionen in einem wie auch immer definierten „Innen", in einem „Außen" oder machte das überhaupt keinen Unterschied? Welten waren es allemal, ideell keineswegs weniger real als physisch, in denen SIE hausten in teuflischer Bösartigkeit. Waren SIE somit näher als selbst unsere schlimmsten Albträume uns glauben machen wollten? Unbewusste, allgemein menschliche Lokalisationen elementarer Instinkte, Erfahrungen und Erlebnisweisen, die bislang kein Gehirnforscher gefunden hatte, oder der bei dem Versuch, sie zu ergründen, sein Leben verloren hatte?

Zweifelsfrei aber waren es kosmische Entitäten, die ich sah. Gigantisch, monströs und anders als alles, was der menschliche Geist zu kennen glaubt. Dunkel waren sie, nicht infolge der Abwesenheit von Licht, sondern durch etwas, das ich als »Schwarze Materie« oder »Antimaterie« bezeichnen will, und mich dabei jenseits all dessen bewege, was uns die Kabbalah als Qliphoth oder die Christen als Hölle präsentieren.

Schwarze Welten waren es, Antithesen jeder Vernunft und Güte, Antithesen alles Lebendigen selbst, dennoch definiert durch eine ungeheure Macht und den Willen, zu wachsen, sich auszudehnen, zu beherrschen, so, wie es einst gewesen war, bevor die bekannte Geschichte des Universums mit dem Urknall begann.

War dieser Urknall Teil eines kosmischen Kataklysmus gewesen, Teil gar jener kosmischen Schlachten, bei der diese Wesen verbannt worden waren in die Äußeren Räume?!

»So habe ich es auch gesehen ...« Wie ein Ertrinkender

nach Luft ringend aus den todbringenden Wellen des Ozeans strampelnd emporschnellt, tauchte mein Geist aus den fremdartigen Sphären der Äußeren Räume auf. Ich gierte nach Luft, nach einem einzigen tiefen Atemzug des Lebens. Wenn in diesem Moment nicht die Hand Molokastors schwer auf meiner Schulter gelandet wäre, um mich zurückzuholen, ich glaube, mein Geist wäre auf ewig in den lichtlosen Wahnsinnsräumen der Alten Wesen geblieben, während mein Leib, sabbernd und todesstarren Blicks, in einem Irrenhaus vor sich hinvegetierte.

Ich hatte nichts erklären müssen.

»Ich weiß. So ist es bei mir auch gewesen«, hatte Molokastor nur gesagt.

Betäubt war ich aus dem Museum gewankt. Hatte taumelnden Schrittes die nebligen Straßen im bleichen, sterbenden Schein der Laternen durchmessen, im Ohr den fernen Lärm lebendiger Menschenwesen. War unsicher wie in Trance oder unter Schock schließlich hier oben in den Wäldern oberhalb der Stadt angelangt. Gerade so, als sei ich einem unhörbaren, hypnotischen Ruf gefolgt.

Die riesigen, moosverkrusteten Stämme der uralten Bäume wichen zurück, um einer Lichtung Platz zu machen. Ein nachtdunkles Schattenheer umrahmte den Ort wie die Säulen eines alten Tempels. Ich musste an früher denken, wenn ich des Nachts hier umhergestreift war wie ein einsames Tier und das Mondlicht geisterhaft Tümpel aus unirdischem Licht zwischen die mächtigen Stämme gegossen hatte. Doch jetzt war da nichts als Schwärze, erstickende Wolkengebirge, die über die Hügel zogen wie der spiegelverkehrte Anblick unheimlicher Traumlandschaften. Nebel spielte mit dürren Geisterhänden in den knorrigen Baumwipfeln. Ich fühlte, dass ich den Ruinen des alten Forsthauses ganz nahe war.

Wie schauderte ich zusammen, als ich auf einmal einen

flackernden Lichtschein dort wahrnahm, wo ich die Trümmer vermutete, und das Spiel einer wimmernden, klagenden Flöte vernahm!

Ich bemühte mich, keinen Laut zu verursachen, als ich mich durch die absolute Dunkelheit kämpfte. Ich musste durch dichtes, völlig verfilztes Unterholz hindurch, das mit dornigen Ranken, wie mit rauen Totenfingern, nach meiner Kleidung, meinem Gesicht zu greifen schien. Meine schlimmsten Ängste flüsterten in mir mit dämonischen Stimmen und der Impuls wegzulaufen, so schnell es ging, drohte übermächtig zu werden.

Ich meinte, jeder, der sich außer mir noch hier oben aufhielt, müsse den irren Schlag meines panisch jagenden Herzens hören. Die Hände gegen die nach meinem Gesicht schlagenden Äste ausgestreckt, erreichte ich eine zweite Lichtung. Hier, wo jetzt nur der Verfall triumphierte, hatte sich einst stolz das Forsthaus erhoben … und von dort kamen das Licht und die Flötenmusik!

Wie gewaltige, schwarze Urzeitgiganten ragten die von Zeit und Feuer geborstenen Trümmer in die Höhe. Für einen Moment glaubte ich, sie hätten sich bei meiner Ankunft bewegt, um, als mein Blick auf ihre gezackten Umrisse fiel, sogleich in eine trügerische Scheinstarre zu verfallen, wie eine riesige Spinne, die in Todeshaltung auf ihre Beute lauert.

Ich wurde einer hastigen Bewegung am Rande meines Sichtfeldes gewahr; und obgleich es eine menschliche Gestalt war, die ich sah, regte sich in mir Abscheu, ja, Furcht!

Eine steinalte Frau war es, deren groteske Gestalt sich vor einem Lagerfeuer und zwei lodernden Kohlebecken inmitten der Trümmer abzeichnete. Eine gekrümmte, kauernde Hexe, in ein eigenartiges, nachtschwarzes Gewand gehüllt, wie aus Schatten gewebt. Wild und wirr wucherten strähnige Haare auf ihrem Kopf, fast von Eigenleben erfüllt, wie bei einem

Medusenhaupt. Ihre Hände, verkrüppelt und anscheinend gichtbrüchig, schienen nichtsdestoweniger gefährlich, denn sie erinnerten an die Fänge eines großen Raubvogels. Als ein plötzlicher, eisiger Windstoß in das Feuer fuhr und es in einem prasselnden Funkenregen aufflammen ließ, sah ich, dass die Haut der Alten so grau und gefurcht war wie Felsengestein aus den Anfängen des Planeten.

Die schmierig-weißlichen Augen, von denen ich nicht zu sagen gewusst hätte, ob sie damit überhaupt noch sehen konnte, waren nicht auf mich gerichtet. Sie stierte vielmehr nach oben auf einen Abhang, der sich oberhalb der Trümmer erhob. Auf ihm wuchsen die Bäume spärlicher und schroffe, dunkle, nass-glänzende Felsen bildeten eine natürliche Formation, in deren Mitte sich unheilvolle Schatten ballten. Gleichwohl hatte sie mich längst bemerkt. Ihre graue Raubvogelhand winkte mir gebieterisch, mit einer Stimme, die an das heisere Krächzen von Dämonen gemahnte, raunte sie:

»Komm näher! Ich habe schon auf dich gewartet!«

Meine Nackenhaare stellten sich in furchterfülltem Schaudern auf. Der Stimme der Hexe schien ein grausiges Echo zu folgen, das von dem Steilhang herab wehte. Es hörte sich an wie ein dumpfes Dröhnen, ein heiseres Stöhnen, nicht tierisch, aber ganz gewiss nicht menschlich!

»Du musst Hebzibah sein«, murmelte ich, und alle Ängste aus den düsteren Albträumen meiner Kindheit schienen wahr zu werden, als sich der trübe Blick der blinden Augen auf mich richtete.

»Hebzibah?«

Die Alte schien einen Moment lang zu überlegen, dann warf sie den Kopf in den Nacken, in einer ruckartigen, tatsächlich an einen Raubvogel erinnernden Bewegung, und stieß ein gackerndes Gelächter aus. Bei allen Göttern, die Stimmen in den Schatten zwischen den Felsen antworteten ihr!

»Ich habe schon viele Namen gehabt in den Zeiten, da ich auf dieser Welt wandle.«

Ich ertrug den Blick dieser sonderbaren Augen nicht und blickte zu den Felsen – und da! – dort bewegte sich etwas. Grotesk, hüpfend, sich schlängelnd …

»Aber wenn du mich so nennst, wird dir unsere Schwester Laban gesagt haben, wo du mich findest. *Was willst du von mir?!*«

Sie war blitzschnell vorgesprungen und hatte mich mit unvorstellbarer Kraft am Kragen gepackt. Ihre zerfurchte, wie aus Stein gebrochene Fratze schwebte so dicht vor meinem Gesicht, dass sich unsere Nasenspitzen berührten, und ihre kreischende Stimme gellte in meinen Ohren.

»Deine Schwester Laban ist tot«, versuchte ich einen Schein von Gelassenheit zu wahren, indem ich eine vermeintlich neue Information ausspielte.

»Ich weiß«, knurrte sie ungerührt.

»Niemand überlebt eine Begegnung mit IHNEN. Aber wenigstens ihr Unsterbliches konnte ich retten, sodass sie nicht für immer weilen muss in den lichtlosen Tiefen jenseits des Abgrundes der Zeit.«

»Sie sagte, du wüsstest … Dinge«, stammelte ich. »Über SIE. Über die Tafel, die gefunden wurde, mit der man SIE rufen kann. Menschen haben das seit Jahrhunderten getan und wurden dafür verbrannt.«

»Warum willst du all das wissen?«

Sie ließ mich los und betrachtete mich von oben bis unten. »Wie ein sogenannter Schwarzkünstler siehst du nicht aus.«

»Ich will einen Beweis!«

Mich erschreckte die Heftigkeit meiner eigenen Reaktion.

»Ich habe mein ganzes Leben gesucht … nach den Dingen … hinter den Dingen … nach der anderen Welt. Dieses Universum ist ein Spielball von Mächten, welche die meisten

Menschen leugnen. Warum? Ich will es dir sagen: aus Angst. Ich teile diese Angst aber nicht!

Mein Leben habe ich in der Dunkelheit verbracht, um ihr ihre Geheimnisse zu entlocken!«

»Dann haben *SIE* dich schon längst gerufen.«

Ich schrak zusammen, als habe mir die Alte einen Schlag versetzt. Erst langsam begannen die Worte der Hexe mir ihren Sinn zu offenbaren.

»*SIE* haben mich … Wie meinst du das?«

»*SIE* hocken tief im Herzen der Dunkelheit verborgen, junger Mann. In einem Herzen, das faulig ist und verdorben. Dorthin wurden *SIE* einst nach *IHRER* Schreckensherrschaft am Anfang aller Zeit verbannt. Die mächtigen Älteren Götter haben das getan und sich die erlauchten Finger schmutzig gemacht an *IHREM* verderbten Gezücht. Oh, ja… dort bereiten *SIE IHRE* Rückkehr vor. *SIE* sind rasend vor Zorn und Rache, junger Freund, junger Narr auf verbotenen Pfaden! Du kennst nicht *IHRE* Macht und nicht *IHRE* wahre Boshaftigkeit! Manche empfindlichen – lass mich sagen – kranken menschlichen Naturen befinden *SIE* für geeignet, *IHNEN* bei *IHREN* finsteren Plänen zu helfen. *SIE* verwenden sie, benutzen sie als eine Art Kanal. Deshalb lehrten *SIE* zu allen Zeiten einige Auserwählte die Geheimnisse der Magie. Nur dafür, dass *SIE IHRE* Schreckensherrschaft erneuern können.

Die Anzeichen von Besessenheit, die du zeigst, sind eindeutig. *SIE* haben dich gerufen, um dich zu *IHREM* Diener zu machen. Vermutlich schon lange vor deiner Geburt haben *SIE* dich auserwählt.«

»Auserwählt? Vor meiner Geburt? Dann würde das bedeuten, dass schon meine Eltern … Das ist absurd!«

Die Worte hallten in mir nach wie das letzte, dumpfe Hämmern einer berstenden Bronzeglocke. Ich sah einen Augenblick eine fremdartige Kirche, einen Kuppelbau in einer weit entfernten Stadt. Der dunkle, von wispernden Schatten erfüllte Innenraum wurde von roten Lichtern erhellt.

Sah Gestalten in schwarzen Kutten.

Engel mit blutigen Augen.

Hörte Gesänge, die Schichten unendlich tiefer Furcht in mir anrührten.

Eine nackte Frauengestalt, die sich auf dem Altar wand. Die Augen aufgerissen in namenlosem Entsetzen, das langsam schreckstarrer Agonie wich. Nicht wegen des Dolches mit der gezackten, blutigen Klinge über ihr, sondern wegen des *DINGS,* das sich aus den Schatten hinter dem Altar löste. Ein Ding, so schwarz wie der Raum zwischen den Sternen und ebenso kalt. Bedeckt von pulsierenden, fremdartigen Sehsinnesorganen, die umher starrten in Äonen währendem Irrsinn. Ein grauenhaftes, widernatürliches Etwas mit Tentakeln wie ein riesiger Polyp aus der Tiefsee.

Keuchend riss ich weit die Augen auf. Das Bild verschwand. Da waren wieder nur der dunkle Wald, von bedrohlichen Schatten erfüllt, das Feuer und die Hexe.

»Mein Vater, ein gefragter Restaurator alter Kirchen, starb, als ich noch ein Kind war. Meine Mutter erlitt daraufhin einen Zusammenbruch. Sie starb im Delirium nach etlichen Jahren, die für sie schlimmer waren als der Tod. Ich wuchs bei einem Onkel auf, später bei meinen Großeltern mütterlicherseits. Als auch er dem Nervenfieber erlag …«

Etwas ließ mich plötzlich schaudern, als ich an meinen Onkel Konrad dachte, den Bruder meines Vaters. Wie ein schlechter Geschmack nach einer Nacht des Fiebers kroch ein längst vergessener Schmerz, mit Ekel gepaart, aus meiner Seele empor. Mir war, als erschlössen sich mir Zusammenhänge, die ich nie auch nur geahnt hatte, noch weit von einem bewussten Begreifen entfernt, doch auf der

Ebene anfangs nicht fassbarer Schattenbilder, deren Gaukelspiel sich allmählich zu Klarheit verdichtete. Ich begann, eine entsetzliche Wahrheit zu ahnen, lange peinvoll verdrängt …

»Es muss nicht so gewesen sein mit deinen Eltern, nicht genau so, wie es dir heute erscheint. SIE halten sich weder an Familienbande noch an sonstige irdische Dinge, all das ist IHNEN fremd. SIE suchen sich eine Seele, die zwischen zwei Geburten in den Abgründen weilt, und nehmen sie gefangen. Sie halten sie in ihrer Gewalt, auch, wenn die Seele sich mit Fleisch umhüllt hat.«

»Und wenn es doch so ist? Wenn SIE mit meinen Eltern etwas getan haben? Sie getötet haben?«

Der Blick der Alten war unerträglich durchdringend. Ihre widerliche Fratze kam mir erneut ganz nah und es war mir, als tasteten ihre von einem unheimlichen Leuchten erfüllten weißlichen Augen die tiefsten Tiefen meiner Seele ab wie mit bohrenden, ekelhaften Fingern. Sie schien an mir zu schnüffeln wie ein witterndes Tier. Ich roch ihren sauren Atem, vermischt mit bitteren Kräutern.

Nach einer Weile nickte sie, von einer grimmigen Befriedigung erfüllt.

»IHR Fluch ist stark in deinem Blut.«

»Was soll ich nun tun!?«

Die Hilflosigkeit ließ mich die Worte herausschreien und auf dem Felsenhügel neben uns regte sich etwas, als habe ich sein Missfallen erregt.

»Du kannst nichts tun, gar nichts! Sei jedenfalls nicht so verrückt, dich gegen SIE stellen zu wollen! Die Dinge in der Welt werden so ablaufen, wie sie es immer tun. Nämlich, wie SIE es wollen. Das nennen die Menschen Schicksal, doch es ist nur IHR Wille, der geschieht. Wer sich weigert, sich IHNEN verweigert, wird auf eine so grauenhafte Weise zugrunde gehen, dass es dafür keine Worte gibt.

Aber auch, wer sich darein fügt, *IHR* Werkzeug zu sein, wird nicht etwa auf einem Thron sitzen, den *SIE* ihm gebaut haben. Auch ihn werden *SIE* fallen lassen, wenn er getan hat, was *SIE* von ihm wollten. Sein Ende wird unvermeidlich sein, nur weniger grässlich. *IHR* Ratschluss ist unergründlich, junger Tor, und selbst der mächtigste Magier wird ihn niemals erraten können. *IHR* Wort ist das Gesetz des unablässigen Schicksalsrades. Es dreht sich seit Anbeginn der Existenz dieses Planeten, der für *SIE* noch jung und formbar ist. Wenn diese Welt aber erloschen ist, werden *SIE* eine andere versklaven, um sie nach *IHREM* unerforschlichen Ratschluss zu formen und eine Wüste des Irrsinns daraus zu machen.«

Mir schwirrte der Kopf angesichts dieser kosmischen Dimensionen des Grauens.

»Kann man denn gar nichts gegen *SIE* tun?!«

Hebzibah warf den Kopf in den Nacken und sandte ein bellendes Gelächter in den wolkenverhangenen, mond- und sternenlosen Nachthimmel.

Voll Hohn und absoluter Hoffnungslosigkeit schallte es in die Dunkelheit hinein, und die *DINGE* auf dem Hügel zwischen den Steinen antworteten – diesmal deutlich. Sie fielen in das Gelächter ein und klangen auf grässliche und blasphemische Weise menschlich, weil ja nur Menschen lachen können, doch diese Stimmen waren eindeutig nicht menschlich.

Da fiel ein Licht magischer Natur mit teuflischer Berechnung auf den Hügel und entriss die Dinge, die besser verborgen geblieben wären, dem gnädigen Dunkel …

Ich starrte, bleich vor Entsetzen, auf die grotesken, hüpfenden, tentakelbewehrten Gestalten, die in diesem Licht zu tanzen schienen, verloren in der Trance widernatürlicher Ekstase. Ich erblickte scheußliche, in Spott und Hohn verzerrte Fratzen mit weißlichen, triefenden Augen und gefährlichen Reißzähnen in den geöffneten Rachen. Ihre gedunsenen Leiber, aus denen widerliche, mit Schwimmhäuten versehene Gliedmaßen ragten, wiegten sich zum Takt einer Melodie, die für menschliche Ohren unhörbar war, außer vielleicht für die Hebzibahs.

Am grässlichsten aber war die titanenhafte, massige, blasige Gestalt, die auf einer Art Altarstein in der Mitte aufragte, und zu der die kleineren Kreaturen in hündischer Anbetung aufsahen. Eine tiefschwarz glänzende Masse Fleisch, zyklopisch, unbeschreiblich in ihrer rohen, gewalttätigen Bedrohung, die sie wie Giftgas verströmte. Ihre baumdicken Fangarme wanden sich um das Geäst und die Erde um sie herum. Diese Kreatur war gesichtslos, ihre Bewegungen wirkten richtungslos, wie in Trance, fast idiotisch.

Mich packte ein derartiges Grauen, dass ich laut schreiend davonrannte, vom höhnischen, kreischenden Gelächter Hebzibahs verfolgt und ihren Worten: »Du wolltest Antworten … Antworten auf deine tiefsten, auf deine innersten Fragen …! Nach deiner Bestimmung, nach deinem Wesen und nach den Göttern. Nun, hier hast du sie: Du kannst nichts tun! Wo auch immer du hingehst, *SIE* werden bereits auf dich warten … Nicht dein Fleisch, aber deine Seele wurde aus *IHNEN* geboren. *SIE* waren vor dir und *SIE* werden nach dir sein. Nach dir, den Menschen und dem gesamten Universum!«

Den Rest der Nacht verbrachte ich daheim in einer Art panischer Schockstarre, unfähig zu handeln. Bei jedem Geräusch zusammenzuckend, vernahm ich die warnende Stimme meines Verstandes im Ohr: »Sie kommen! Die Hexe und ihre Dämonen werden kommen und dich holen!«

Doch als fahl der Morgen graute, hatte ich, in welchen Tiefen meines gepeinigten Gehirns auch immer, einen Entschluss gefasst. Wenn ich schon nichts gegen SIE tun konnte, so war es mir doch möglich, Wissen über SIE zu erlangen. Das Wissen, wonach ich immer gestrebt hatte! War dies nicht die einzige Macht des Menschen, alles, was er zu tun imstande war: Kontrolle über die Dinge zu erlangen – durch Erkenntnis?

War Wissen nicht die Macht unserer Rasse? Es mochte nicht gegen jene Wesen von drüben ausreichen, aber es war besser als nichts.

Aus irgendeinem Grund war ich mir sicher, dass ich im Haus meines alten Schulfreundes etwas finden würde, das mich weiterbrachte. Zu überstürzt war ich von dort geflohen. Dort liefen alle Fäden zusammen.

Kapitel 6

Ich warf mir den Mantel über und eilte in den nebligen, grauen Morgen hinaus, froh, endlich etwas tun zu können, wenn mein Plan auch eher intuitiver als logischer Natur war!

Die folgenden Ereignisse schienen ihn jedoch zu bestätigen, denn ich erkannte nach ein paar Metern die dürre Gestalt, die sich aus dem Nebel und dem Schatten der erloschenen Straßenlaternen löste. Herr Molokastor!

Er schien sich in einem desolateren Zustand zu befinden als ich, taumelte mit geweiteten Augen an mir vorüber und wenn ich ihn nicht am Ärmel festgehalten hätte, würde er mich gewiss nicht erkannt haben.

Es war das erste Mal, dass dieser Mann nichts von seiner gravitätischen Würde und jovialen Überlegenheit ausstrahlte!

Besorgt sprach ihn ich ihn an.

»Der Orden … «, murmelte er. »Sie haben die Tafel.«

»Was!?«

»Sie sind zurückgekommen. Jetzt haben SIE, was sie wollten. Sie können sich auf niemanden mehr verlassen.«

»Schon gut!«

Molokastor riss seine Augen auf, schien mich erst jetzt zu erkennen. Mit der Bewegung eines Ertrinkenden packte er mich am Arm.

»Das ist mein Ernst! Die hängen alle mit drin! Der Polizeieinsatz war eine bloße Farce!«

»So sind falsche Hände jetzt im Besitz einer Macht, wie sie größer und verderblicher nicht sein könnte! Was machen wir nun?« presste ich mühsam hervor.

»Wie ich sehe, wissen Sie, auf was Sie sich da eingelassen haben. Also können Sie nichts tun!« erwiderte Molokastor mit einer Bestimmtheit, die mich rasend machte.

»Warum sagt nur jeder … ich weigere mich, das

anzuerkennen! Es muss doch etwas geben, was wir tun können, um wenigstens wieder in Besitz des Artefakts zu gelangen!«, begehrte ich auf, doch Molokastor schüttelte den Kopf.

»Die Oberen des Ordens sind keine Menschen. Sie gehören zu *IHNEN*! Und gegen *SIE* kann kein menschliches Wesen kämpfen.«

»Wir müssen die Behörden verständigen!«

»Haben Sie nicht gehört, was ich sagte. Die hängen alle mit drin!«

»Der Bürgermeister …«

Molokastor trat ganz nahe an mich heran.

»Wer hat wohl den verdammten Auftrag gegeben, das Flussbett oberirdisch zu verlegen? Und warum? Ich weiß um Ihre Forschungen bezüglich der alten Adelsgeschlechter, die unsere Gegend geprägt haben. Glauben Sie etwa, Sie sind der einzige, der seine Hausaufgaben gemacht hat? Wer immer sich in der Geschichte unserer verfluchten Vorfahren und ihrer schwarz-magischen Umtriebe auskennt, weiß, wo er suchen muss. Und er wird dort suchen, wo ihre Spuren in dunkler, gezeichneter Erde liegen, wenn er die nötige Macht dazu hat!«

Ich spürte, wie mir schwindlig wurde. Ich taumelte gegen die Hauswand neben mir und stützte mich dort ab.

»Sie … Sie meinen …?«

»Sie werden ja ganz blass! Endlich verstehen Sie! Die hängen alle mit drin, sage ich Ihnen! Der Orden bekleidet die höchsten Positionen und Ämter, das hat er schon immer getan! Sie wollen etwas tun? Nun, dann hängen Sie sich auf!«

Molokastor starrte mich an. In seinem Blick flackerte Panik, aber ich meinte auch, etwas Lauerndes darin zu erkennen.

»Sie sind überall, haben überall ihre Ohren! Ich habe schon zu viel gesagt! Aber fliehen können Sie nicht, also richten sie sich selbst, bevor *DIE* es tun! Hängen Sie sich auf! Beten Sie, wenn Sie können, dass der Vater Jesu Christi wenigstens schneller damit ist, Ihre Seele zu retten, und sie bekommt, bevor es *DENEN* gelingt!«

Dann wandte er sich um und eilte in grotesken, arthritischen Sprüngen davon, bis er außer Sichtweite war, als habe der frühe Nebel ihn verschluckt. Für einige Herzschläge geschah nichts. Dann schien es mir, als seien da plötzlich Stimmen im Nebel, und als hörte ich Molokastor in beträchtlicher Ferne panisch aufschreien.

Ich beeilte mich, wegzukommen. Schneller und schneller tappte ich auf der gepflasterten Straße dahin. Ich wollte die sich schutzlos unter einem freien Himmel windenden Gehwege so schnell wie möglich verlassen. Raus aus dem Nebel, konnte er doch – Gott weiß, was – verbergen! Eher der Wunsch zu fliehen, denn der, meinem Ziel näherzukommen, ließ mich voraneilen. Mit einem Mal standen die düsteren, schaurigen Worte der Alten wieder vor meinem Auge, vermischt mit denen Frau Labans. Dazu kam all das Grauenhafte, das vorletzte Nacht in jenem schrecklichen, alten Haus stattgefunden hatte, das nun mein Ziel war. Hinzu kam das, was der alte Kurator gesagt hatte, und schließlich sein Schrei. All dies erfüllte mich mit einem Anflug der Hoffnungslosigkeit. Was erwartete ich denn in dem Haus zu finden, das nun von den Mächten des unaussprechlich Bösen gezeichnet war?

War es nicht wirklich nichts als ein leerer Wahn, zu glauben, etwas ausrichten zu können gegen jene Kräfte von Drüben? Sie durch Wissen bannen zu können?

Es wurde hell über der Stadt. Die Sonne, wenn auch hinter fahlen Wolkenschleiern, stieg immer höher. Und dennoch hatte ich gerade eben wieder erleben müssen, welch grässliche Zerrüttung des Nervenkostüms auch nur die vage sinnliche Ahnung von jenen Mächten auslöste. Grauen und Panik schienen das Dunkel der Nacht, dessen Begleiter sie waren, festzuhalten. Ich war ebenso unfähig gewesen, Molokastor zu helfen, wie es sich als unmöglich erwiesen hatte, vorgestern Nacht jenen Kräften die Stirn zu bieten. Was wollte ich also, selbst im Hellen, in jenem Haus?

Dennoch zögerte ich nicht, ihm zuzustreben, lief weiter und weiter wie auf einen stummen, magischen Befehl hin.

War es wirklich so, dass ich unter dem Bann jener Wesen stand und dies schon von Anfang an? Vom Zeitpunkt meiner Geburt oder noch früher?

Entsprach es der Wahrheit, dass der menschliche Geist ihnen wirklich rein gar nichts entgegenzusetzen hatte?

Im Vorbeihasten fiel mein Blick auf den alten Zeitungskasten am Straßenrand, an dem man für eine Münze ein aktuelles Exemplar ziehen konnte.

Ich erstarrte, als ich las: Die Leiche Herr Rosenroths war verschwunden.

Natürlich nannte man den Toten nicht beim Namen, doch konnte ich eins und eins zusammenzählen.

Das musste dieser verdammte Orden gewesen sein! Zu welch grauenerregenden, verbotenen Riten, zu welch perversen, nekrotischen Beschwörungen würden sie den armen Teufel nun missbrauchen, sodass er nicht einmal im Tode seine Ruhe fand?

Das Haus im alten Viertel der Stadt lag in grauem, dunstigem Morgenschein und mich überkam ein Schaudern, als ich vor dem Gebäude stand, gepaart mit Widerwillen, geboren aus den Erinnerungen an jene schreckliche Nacht.

Ich weiß nicht mehr, woher ich die Kraft nahm, als ich mich umsah, verstohlen wie ein Dieb, um sodann die altersschwache Tür aufzudrücken und das in staubigem Zwielicht brütende Innere zu betreten.

Ich gab mich nicht der Hoffnung hin, dies unbeobachtet tun zu können – in diesem Viertel geschah nichts unbeobachtet. Doch das war mir sogar recht. Was auch immer ich hier fand, es würde nichts Gutes sein. Menschliche Beobachter um mich zu wissen, beruhigte mich sogar etwas. Die Ahnung nahen Unheils hing fühlbar wie ein Hauch von Pestilenz in der schweren, ungesund kühlen Luft.

Und da war noch etwas.

Ein Geruch, ein fremdes Miasma, wie er einer menschlichen Behausung in der Regel nicht anhaftet, warnte meine Sinne und alle Nervenzentren in mir schrien: »Gefahr!«

Ich sah mich zunächst ebenerdig um.

Mein Blick streifte die alten Möbel, das Sofa und die Sessel mit den blassen, grünen Samtbezügen, die verblichenen Tapeten mit dem alten Wellen- und Rautenmuster.

Alles wirkte auf eine Art und Weise alt, die nichts Ehrwürdiges hatte, sondern von Verfall kündete, als sei der Glanz dieses Hauses vor langer Zeit durch etwas niedergegangen wie ein Stern auf seiner Bahn.

Überall Vernachlässigung, Staub, Geruch nach Moder.

Die alten Fotografien an den Wänden waren am unheimlichsten. Sie zeigten Frauen in Kleidern mit Schleppen und Männer in Hemden mit gestärktem Kragen, steif und unnatürlich. Die dunklen Augen starr auf die Kamera geheftet, stierten sie aus den alten, Spinnweben verhangenen Rahmen wie Wesen aus den lichtlosen, nebeldurchfluteten Landen der Toten.

Mein Blick wurde von einem dunkelbraunen Bücherregal an der Wand rechts neben einem kleinen Fenster angezogen, das durch verrußtes Glas den Blick auf einen schäbigen Hinterhof freigab.

Ich zuckte unwillkürlich zusammen, als ich die Titel las. Über die langen Jahre meiner okkulten Forschungen hinweg hätte ich schwören können, dass wenigstens einige jener Werke dort dem Bereich der Gerüchte, des Halbwissens, der Legendenbildung angehörten, – und doch standen dort: die

Unaussprechlichen Kulte, das Pnakotische Manuskript, die Goetia, der Schlüssel Salomonis, das Picatrix ... allesamt Grimoires – Bücher, um Dämonen damit zu beschwören!

Zwei der genannten Bände besaß ich selbst, den Schlüssel und die Goetia. Doch ein eigenartiges Gefühl sagte mir in diesem Augenblick, dass es sich auch bei diesen, von denen die offizielle Literarkritik nichts wissen will, dass es sich nicht um Fälschungen handelte. Nachprüfen können würde ich das natürlich im Augenblick nicht. Doch wenn es eine Möglichkeit gab, genau das zu tun ... Mir stockte der Atem, als ich weiterlas:

das Voynich Manuskript ... Das Buch Eibon ... Die Cultes des Ghoules und ... Das Necronomion!

Mit zitternden Händen nahm ich den letzteren, einen schweren Band, aus dem Regal.

Ein unbeschreiblicher Geruch nach Alter, Moder und Verfall ging von dem Buch aus und mir schwindelte, als ich es aufschlug. In ungläubigem Staunen folgten meine Augen den schwindelerregenden Linien der Glyphen und Sigillen darin. Mit ihnen rief man die Großen Alten, riss man die Schleier zwischen unserer Welt und den kosmischen Wirbeln der Sternenleere nieder, in denen SIE hausten. Ich schlug das Buch zu und musste mich taumelnd an der Wand abstützen, als verlöre ich den Halt in meiner Welt allein schon durch die Lektüre, mehr noch durch die Tatsache, dass ich jenes verbotene Manuskript geöffnet hatte.

Was bedeutete dies?

Meine jahrelangen Nachforschungen bezüglich der Möglichkeiten, gewisse Rassen mächtiger Dämonengottheiten aus den gähnenden Abgründen jenseits von Raum und Zeit herbeizurufen, waren im Sande verlaufen. Zu viele Fälschungen hatte ich gesehen, Dummschwätzern und selbst ernannten Zauberern vertraut.

Dies hier unten musste das Zimmer meines Schulfreundes

gewesen sein in jener Zeit, als wir uns schon aus den Augen verloren hatten. Immer dann, wenn er von seinen Reisen zurückgekehrt war, hatte er sich wohl hierher zurückgezogen, um seine persönlichen Erlebnisse mit uraltem okkultem Wissen zu untermauern.

Er war tiefer in jene Mysterien eingestiegen, als ich gedacht hatte. In welch verborgenem, abgelegenem Winkel der Welt er all diese unbezahlbaren Schätze auch aufgetrieben hatte, seine Mühe sollte nicht umsonst gewesen sein!

Ich nahm einen verstaubten Koffer von einem der Schränke und packte die Bücher hinein. Dabei war mir, als hörte ich eine leise Stimme dämonisch lachen, doch ich ignorierte sie.

Ich stellte den Koffer neben die Eingangstür, ich würde ihn beim Hinausgehen mitnehmen und den Rest meines Lebens damit zubringen, den Inhalt der Bücher zu studieren.

Beim Hinausgehen! Welch ein Gefühl der Hoffnung erweckte dieses Wort in mir! Es schien wie ein frischer Windstoß, der nach einem Gewitter die mörderische Schwüle des Sommers vertreibt und das Atmen wieder möglich macht, er glich einem Zeichen der Vertreibung des latenten, allgegenwärtigen Gefühls der Angst und der Bedrohung innerhalb dieser dumpfigen, feuchten Mauern! Noch lag in der Luft der Gestank nach langer Krankheit, nach Siechtum und Verfall. Er nahm mit jeder Minute zu, die ich hier, an jenem durch IHRE Gegenwart geschändeten Ort, verbrachte.

Die Fensterläden im Haus allesamt geschlossen. Nur das kleine Fenster in dem Raum, den ich gerade untersucht hatte, spendete etwas Licht, sodass ich die Lampe von letzter Nacht brauchte. Als ich sie zur Hand nahm, ließ mich das an die verrückte Alte in den Wäldern denken, und meine Furcht verstärkte sich. Doch ich fand nichts Nennenswertes mehr in den anderen Zimmern außer Möbeln, persönlichen

Gegenständen und verfaulenden Lebensmitteln in der Vorratskammer der Küche. Noch mehr Bilder im oberen Stock – unbekannte Geistergesichter. Möbel aus dem vorigen Jahrhundert. Dem Staub nach zu urteilen, war dieses Stockwerk schon lange nicht mehr genutzt worden.

Der Speicher war glücklicherweise versperrt, doch als ich vor der Luke stand, vernahm ich ein Gluckern.

Die Rohre, versuchte ich mir einzureden.

Als ich ins Erdgeschoss zurückkehrte, war es erfüllt mit dem Gestank einer soeben aufgebuddelten Jauchegrube. Wieder hörte ich das Glucksen, verbunden mit einer erdbebenartigen Erschütterung, so heftig, dass ich meinte, die Bewegung einer riesigen Meereswoge unter dem Haus wahrnehmen zu können, gefolgt von dem Geräusch, den ein riesiger Organismus verursacht, welcher sich aus Wasser erhebt. Noch mehr Gestank - eine betäubende, Brechreiz erregende Wolke aus fauligen Pilzen und Verwesung!

Der Keller. Es kam aus dem Keller.

Natürlich – was hatte ich erwartet?

Den Hinweis, dass sich *ETWAS* dort unten befand, hatte ich schon in jener Nacht erhalten. Hatte Frau Laban nicht gesagt, dass sich *WESEN* dort aufhielten, nachdem Herr Rosenroth versucht hatte, die Tafel zu entziffern?

Warum sollten sie jetzt, wo die menschlichen Bewohner tot waren, verschwunden sein?

In dem Haus gab es ausreichend Ausdünstungen der Furcht und des Grauens, dass sich ganze Legionen dämonischer, nicht menschlicher Wesen daran laben konnten.

Ich öffnete die Türe zum Keller. Nicht, dass ich es wirklich und aus freiem Willen getan hätte. Es war vielmehr, als ob eine fremde, unsichtbare Macht meine Hände wie eigenständige, von mir losgelöste Lebewesen dazu brachte, sich zu heben und nach dem Schlüssel zu greifen, obwohl alles in mir schrie, es nicht zu tun. Vielleicht war es eine Stimme in meinem Inneren, vielleicht auch etwas ... das von außen auf mich einwirkte.

Der alte, rostige Schlüssel drehte sich kreischend im Schloss.

Absolute Finsternis, noch tiefer, als ich erwartet hatte, schlug mir entgegen. Zugleich wallte der Gestank schwerer, feuchter Kühle, wie sie im ganzen Haus wahrnehmbar war, auf. Von hier unten also kam die schlechte Luft, die mit ihrer Pestilenz das gesamte Haus bis unter das Dach füllte und mit Fäule überzog.

Doch da war noch etwas anderes: ein stechender, scharfer Geruch, der mich an nichts erinnerte, was ich kannte, und mir dennoch panischen Schrecken einjagte. Ich spürte, wie meine Haut feucht wurde vor Angst. Ich vermochte kaum zu atmen, Übelkeit wühlte in meinen Eingeweiden. Wenn ich meinen Blick in einen der halb blinden Spiegel, die oben im Haus hingen, geworfen und gesehen hätte, dass mein Haar weiß geworden war, so hätte es mich nicht gewundert.

Dennoch war selbst das Grauen, das mich bis ins Mark erschütterte, noch zu steigern, als in diesem Moment laut und überdeutlich das Glucksen aus der nachtdunklen Tiefe an mein Ohr drang. Diesmal durch keine Schicht aus verrottendem Holz mehr von mir getrennt. Ihm folgten das gleiche Schleifen und Rutschen, das ich in jener Nacht vor zwei Tagen gehört hatte, als ... ja, als was geschehen war?!

Mein von Furcht zerrütteter Geist hatte sich bisher geweigert, allzu sehr darüber nachzudenken, doch nun blieb mir keine Wahl, hingen doch möglicherweise mein Leben und mein Seelenheil davon ab.

Frau Laban war von einem *Etwas* gefressen worden, von einem *Etwas,* das aus dem Keller gekommen war.

Herrn Rosenroth hatte das *Es* zu dieser Zeit wohl schon ausgelöscht, aber warum hatte die alte Frau dann dessen

Namen gerufen, als dieses *Etwas* ihr das Fleisch von den Knochen riss?

Wieder das Gluckern, das Ziehen eines nassen Sacks über den Boden … näher diesmal …

Es kam nach oben.

Da waren plötzlich Stimmen. Ein Heulen, Kichern und Kreischen, Lallen und Schnattern … gedämpft … wie aus einer fremden Dimension … durch eine Membran von der unseren getrennt.

Einen Lichtschalter gab es nicht, sodass ich mit meiner Lampe auskommen musste.

Ich setzte meinen Fuß auf die erste Treppenstufe. Egal, ob ich hinunterging oder wartete, bis ES heraufkam – ES hatte längst von meiner Anwesenheit Kenntnis und suchte mich … Was auch immer dort unten im Dunkel hockte … ich wollte, ich musste es sehen. Einen Blick nur darauf werfen. Danach meinetwegen mich wieder voll feiger Schwäche zur Flucht wenden, wie ich es mein ganzes Leben lang getan hatte. Einen Blick nur, und dann …

Oder würde ich dieses Mal standhalten? Dem Grauen die Stirn bieten? Mich selbst überwinden, und … ja, was?

Ihr Himmel, waren das überhaupt noch meine Gedanken? Oder war es ein anderer, der sie, diabolisch flüsternd, in meinen Geist senkte wie böse, verdorbene Samen?

Egal. Ich tat es. Etwas bewegte meine Muskeln, meine Beine. Fremder Wille oder eigener, darüber dachte ich in dem Augenblick, da die ungesunde, feuchte Finsternis über mir zusammenschlug und mich verschlang, nicht nach. Ich tappte nach unten und nahm eine der mit feuchten, von grünlichem Moos bedeckten Stufen nach der anderen, darauf bedacht, nicht auszurutschen. Dann stand ich in einem Tonnengewölbe aus grauen Steinen, dessen Wände ebenfalls mit feuchtem Moos bedeckt waren.

Irgendwo tropfte Wasser. Ich musste an die Verbindungen

mit unterirdischen Gängen denken, die es hier unter der gesamten Stadt geben sollte. Bestand auch eine Verbindung zu dem Fluss, den sie gerade freilegten? Und wenn, dann musste es auch eine zum Meer geben.

War das *Etwas* vielleicht aus dem Meer stromaufwärts gewandert und hier eingedrungen?

Das tonnenförmige, von jenem beißenden Gestank erfüllte Gewölbe erwies sich als so groß, dass meine Lampe es nicht komplett ausleuchten konnte. Die hinteren Abschnitte und Teile der Decke blieben im Dunkeln, wenn ich den Strahl wandern ließ. Ich spürte das Huschen kleinerer Lebewesen um mich herum, die ich höchstens als Schatten wahrnahm. Sicherlich Ratten oder Mäuse, versuchte ich mir einzureden. Doch meine Vorstellungskraft malte schlimmere Bilder in meinen Geist, und ich musste an die kleinen, krötenartigen, tentakelbewehrten Kreaturen denken, die ich bei Hebzibah gesehen hatte.

Nicht auszudenken, wenn ihre tückischen, kleinen Augen mich hier verfolgten! Sie ihre hässlichen, teuflisch spitzen Zähne in ihren lippenlosen Mäulern fletschten …!

Mein Weg über feuchten Schlick, Schlamm und Moos, wie man es am Rande stehender Gewässer findet, führte mich zu einem übermannshohen Verschlag mit zwei Türflügeln aus braunem Holz wie bei einem Schrank. Die Türen erschienen mir so hoch wie ein Turm und ragten schräg aus ihrer Halterung in der Mauer, als ob sich schon öfter etwas sehr Großes und Schweres von innen dagegengestemmt hätte. Etwas, dessen Bestreben es war, seinem finsteren Verlies zu entkommen … Die verrostete Kette, mit der die Türflügel normalerweise geschlossen waren, baumelte zerrissen an den Griffen. Die Tür stand offen.

Der scheußliche Gestank war hier am schlimmsten, als ob in der schattenerfüllten Finsternis etwas Großes verweste.

Die kleineren Schatten um mich herum bewegten sich

hektischer, schneller. Sie flüsterten. Kicherten böse.

»Nicht ...! Kein Licht ...« Die Stimme war eher ein Glucksen und vor Heiserkeit fast unverständlich, als ersticke der Sprecher an etwas Flüssigem. Die qualvoll gegurgelten Worte weckten in mir ein Gefühl des Mitleids und wirkten zugleich so furchteinflößend, weil erfüllt von einer unheimlichen Macht, dass ich dem Befehl unverzüglich nachkam. Ich senkte den Strahl des Lichtes und das, was in dem Verschlag als amorpher, schwarzer Schatten hockte, blieb in seiner klumpigen, riesigen Gestalt nur erahnbar.

»Du bist also zurückgekehrt«, gurgelte es.

»Wer bist du? *Was* bist du?«, wagte ich zu fragen.

Allein die Tatsache, dass das Ding im Dunkeln jetzt lachte, jagte mir einen Schauder über den Rücken. Die Art, wie es das tat, ließ mich fast verrückt werden vor Angst. Mir wurde klar, dass ich nichts hatte, was ich als Waffe hätte verwenden können. Dagegen war das Ding selbst allein aufgrund seiner tumorartig aufgetriebenen Masse eine Waffe, die sich gegen mich richten und mit ihrem Gewicht ersticken konnte.

»Ich bin *SIE* und *SIE* sind ich, in der Form, wie SIE sein werden, wenn *SIE* wieder über diesen Planeten herrschen. Ich bin das Tor, denn ich habe *SIE* gerufen.«

»Sie sind ein Mensch?«

Wieder dieses Lachen.

»Nicht mehr. Wenn ich es vergleiche, bin ich nie einer gewesen. Denn Menschsein heißt nur, eine Art Zwischenstadium zu sein. Ein Larvenstadium für die Form vollendeter Schönheit, in die *SIE* diejenigen bringen, denen SIE gnädig sind. Der Rest ist ... Futter.«

»Herr Rosenroth!«, stieß ich entsetzt hervor.

Das nun folgende Lachen raubte mir fast den Verstand.

»Du hast es begriffen, Junge. Mein Sohn ... hat sich verrechnet. Er glaubte, diese Mächte durch sein immenses Wissen kontrollieren zu können, doch das war ein Irrtum.«

»Nun haben Sie ihn nicht gerächt, wie Sie es ursprünglich vorhatten. Sie haben seine Arbeit ...«

»Vollendet. Ja, vollendet! Hast du die verbotenen Bücher gefunden?«

»Ich habe sie in meinen Besitz gebracht.«

»Das ist gut. Denn *SIE* haben noch viel mit dir vor.«

»Damit ich so ende wie Sie?«

»Es ist kein Ende. Es ist ein Anfang. Der Anfang von allem. Sieh mich an! Als man mich fand, war von mir scheinbar nicht viel mehr übrig als eine Fleischruine. Doch *SIE ... IHRE* Macht ... wuchs in mir ... sie wucherte wie ein leuchtender Pilz in tiefen Gewölben, bis sie meine Zellen komplett infiltriert hatten. Die Macht gab mir mein Leben zurück. Ein anderes, ein unsterbliches Leben! Sein in absoluter Perfektion! Pulsierend voll schwarzer Energie! Die Essenz eines anderen Lebewesens schaffte dies – Frau Labans Energie! Nur dies war der Zweck ihres gesamten Daseins. Es erfuhr seine Erfüllung im letzten Augenblick, als ihre Lebensenergie auf mich überging und in das Wesen, das in mir schlummerte. Das Wesen, das ich nun bin, du armes, kleines Menschlein! Bei *YOG SOTHOTH* und *SHUB NIGGURATH*! Wenn du jemals hinter den Schleier hast blicken wollen – dann ist dies nun deine Chance! Doch höre! Die Bücher sind es nicht allein ... *SIE* haben mich gelehrt, die Glyphen auf der Tafel richtig zu lesen und die Schreie anzustimmen, die die Tore zu den verfluchten, fauligen Abgründen öffnen. Ich kann es dich lehren ...«

»Wissen Sie denn, wo die Tafel jetzt ist?«

»In Sicherheit.«

»Der Schwarze Orden ...«

»Wird dir weitere Weisungen erteilen.«

»Dann ... sind Sie einer von ihnen!«

»Sie, die selbst eine Vereinigung über die Jahre nicht ganz erfolgloser Magier sind, akzeptieren mich als ihren Führer seit meiner … Veränderung.

Ich habe die Tafel aus dem Museum holen lassen, nachdem sie nicht erfolgreich waren, was das anging.«

»Die Tafel muss zerstört werden!«

»Um die Energien darin freizusetzen? Genauso gut könntest Du versuchen, eine Atombombe durch Sprengung zu beseitigen.«

»Dann kann ich also nichts tun, um Sie aufzuhalten? Gar nichts?«

»Bereits dein Vater wusste das.«

»Was hat mein Vater damit zu tun?!« rief ich aus.

»Er war Kirchenrestaurator?« fragte das Wesen in einem Tonfall, der klarmachte, dass die Frage rein rhetorischer Art war.

»Ja!«

»Er ist IHNEN begegnet in jener dämonischen, uralten Basilika in den Bergen im Osten, die auf noch älterem Grund stand. Die Schwelle zum Tempel jener Götter, an welche die meisten Menschen glauben, sind kein Hindernis für SIE, am wenigsten die Schwelle der Kirchen des toten Gottes am Kreuz. SIE hatten deinen Vater auserwählt, doch er hat sich geweigert, hat die Zeichen ignoriert, die Sie ihm sandten, über viele Jahre hinweg. Schon, als er noch ein junger Mann war. Dein Vater meinte, selbst die Warnungen, die Drohungen nicht ernst nehmen zu müssen, die SIE ihm schickten. Der »Erfolg« seines heroischen Kampfes war letztlich sein Tod in Fieber und Delirium. Dann haben SIE sich deine Mutter vorgenommen, die ihre eigene, nicht unbedeutende Rolle in diesem Drama zu spielen hatte. Doch da warst du längst gezeugt und geboren. Gezeugt vom Samen deines Vaters, der pulsierte von gewissen… Energien. Energien, von denen er selbst nichts wusste, und an die er nicht glaubte. Sie bewirkten etwas in dem aufkeimenden Leben, dem man deinen Namen gab, Veränderungen, die einen Träumer aus dir machten, kleines Menschenkind. Einen Schläfer, der darauf wartete, zu erwachen.«

Ich taumelte gegen den Verschlag. Vor meinen Augen zuckten farbige Blitze und mein Brustkorb wurde zusammengepresst wie von einem bevorstehenden Infarkt.

»Sagen Sie, dass das nicht wahr ist!«

»Es ist wahr. Deshalb starb deine Mutter im Wahnsinn. Nicht, weil dein Vater seinen Kampf verloren hatte, sondern weil die Umarmung, die ihr zuteilwurde nach seinem Tod, so kalt war wie der Sternenwind in jener Nacht, als die Sterne richtig standen für die Zeugung eines Erben. Als auf den alten Hügeln deiner Heimat, oben, in den Wäldern, die Beltanefeuer brannten und die Heiden ihre Riten abhielten, die *SIE* rufen und ihnen Stärke verleihen, ohne, dass die Heiden dies wissen.«

Ich schrie meine nun dringendste Frage heraus: »So ist mein Vater zwar mein Erzeuger im biologischen Sinne, doch man hat ihn verändert, manipuliert. So bin ich in Wahrheit gar nicht sein Sohn, sondern der von ... *IHNEN*!? Ich bin der Sohn dieser ... Wesen!?« Ein Schwindel, mächtig genug, ein Leben auszulöschen, drohte mir den Boden unter den Füßen wegzuziehen.

»Er hat es lange verdrängt, bis gewisse Zeichen aufgetreten sind. Das war der Grund für ihn, seinen Kampf aufzugeben. Dann haben SIE ihn geholt, ausgehöhlt und aufgefressen.«

Die gurgelnde, nicht mehr menschliche Stimme erfüllte wie ein dämonisches Echo die Dunkelheit. Die Lache aus Licht, die hilflos aus meiner Lampe zu Boden tropfte, wurde, ehe sie Trost oder Orientierung geben konnte, von der Finsternis verschluckt.

Meine eigene Stimme war nicht mehr als ein kraftloses Schluchzen, das sich im fernen Dröhnen tiefer, unterirdischer Gewässer verlor.

»Was hat ... mein Vater ... für Zeichen erhalten?«,

stammelte ich.

»Warte nur. Dann werden sie wiederkehren und du wirst verstehen.«

»Niemals! Ich bin ein Mensch! Ich werde ihnen niemals dienen!«

Das Lachen des Dings in dem Verschlag klang verschlagen und bösartig.

»Ein Mensch? Wie ich einer gewesen bin?« Widerlich anzuhörendes Schleifen und Rutschen kündigte an, dass das Ding seine Position veränderte. Es kam aus dem Verschlag hervor.

»In diesem Falle haben SIE mich angewiesen, dich zu verschlingen!«

Erstaunlich schnell rückte der blasige, aufgetriebene Tumorleib nun doch in den Lichtschein der Lampe, die in meiner Hand zitterte.

Mein Schrei ließ mich glauben, meine Trommelfelle müssten vom eigenen Gekreische platzen.

Ich hatte geglaubt, auf das Aussehen des *Dinges* vorbereitet zu sein. Hatte mit jedem Grad physischer Zerstörung menschlicher Anatomie gerechnet, doch nicht mit etwas, das jeder Beschreibung spottete: Ein fleischfarbener Berg, faulige Nässe absondernd, von Jauchedunst umgeben, rutschte auf einer breiten Gleitsohle stinkenden, algenfarbenen Schleims auf mich zu. Eine amorphe Bedrohung aus verrottendem Fleisch, die mir den Atem nahm. Groteske Auswüchse wölbten sich auf etwas, das ich Ermangelung eines treffenderen Ausdrucks ‚Haut' nennen will, und verunstalteten die feuchte Oberfläche des Dings. Pulsierende, verdauende Organe verrichteten, äußerlich sichtbar, ihr Werk. Packende, schlingende und saugende Organellen wucherten wie Geschwüre auf der nekrotischen Haut. Missgebildete Arme und Gewebeklumpen verhöhnten jede Ästhetik aufs Perverseste. Mäuler, Zähne, Augen quollen mir entgegen.

Riesige, golemartige Klauen langten nach mir. Aus dem in obszöner Röte klaffenden, geschwollenen Rachen gellte ein schrilles Gekreisch wie von jenen verdammten Dämonenseelen, die auf kosmischen Eiswinden durch die leere Unendlichkeit reiten. Ja, ich vernahm aus diesem einen malmenden Todesrachen die Stimmen jener, die in den unermesslichen Abgründen zwischen den schwarzen Gestirnen tanzen, von blutigem Feuer umtost. Denn dort liegt die Heimat des Wahnsinns und der toten Götter, die aus faulenden Leichnamen neues, todloses Leben erschaffen.

Am grässlichsten jedoch war die Tatsache, dass sich am oberen Pol der Kreatur ein Gesicht befand, das in einer pervers-diabolischen Verhöhnung menschlicher Physiognomie durchaus als das des Herrn Rosenroth zu erkennen war. Und das wahrhaft nicht alles von seinem menschlichen Charakter eingebüßt hatte. Denn da waren diese Augen, die voller Verständnis und mit der Reife vieler Lebensjahre in die Welt blickten, und die diese Kreatur vor mir in tragischer Weise trotz allem als *Mensch* auswiesen. Ich verstand nun, weshalb Frau Laban in jener Nacht den Namen des alten Mannes geschrien hatte, als *er* sie verschlang, und nicht irgendein gesichtsloses Monster.

Ich weiß nicht, wie ich es schaffte, den Tentakeln und Klauen des Dings zu entkommen. Der Bretterverschlag zerbarst wie unter einer Explosion. Dies brach vermutlich den Bann. Ich stürzte davon, rutschte auf dem Schleim aus und fiel hin. Glücklicherweise war ich ebenso schnell wieder auf den Beinen und rannte weiter. Hastete die Treppe nach oben, während widerlich schleimige Tentakel und scharfe Klauen mich am Bein zu packen suchten. Ich stürzte erneut, trat zu, immer wieder, bis ich frei war. Erklomm ein paar Stufen, stürzte abermals. Eine eiskalte Klaue versuchte mein Genick zu fassen, doch ich schlug sie zur Seite, raffte mich auf und erreichte das Erdgeschoss.

Ich schlug die Kellertür hinter mir zu, fasste den Koffer und wollte nach draußen hasten, denn ich hörte, wie das Ding unter entsetzlichem Stöhnen und Röcheln die Kellertreppe herauffloss.

Ohne nachzudenken, zerschlug ich einige der Öllampen, die überall herumstanden. Während das Petroleum zu Boden tropfte, fingerte ich mit zitternden Händen nach den Streichhölzern in meiner Hosentasche und warf ein ganzes Bündel brennender Hölzer in eine der schimmernden Lachen. In eben diesem Augenblick zerbarst die Kellertür und ein faulig schimmernder Fangarm bewegte sich tastend über den Flur ...

Ich stürzte mit dem Koffer aus der Eingangstür. Eine mir hinterherschießende Flammengarbe verfehlte mich um Haaresbreite. Im Innern des Hauses splitterte Glas mit hässlichem Ton und ein viehischer Schrei des Schmerzes und der Wut stieg in den nebligen Himmel dieses trübseligen Tages auf.

Ich war der Bestie entkommen.

Kapitel 7

Der Himmel war sternenlos und wölbte sich über den geborstenen, gezackten Mauern der alten Burgruine wie geschmolzenes Glas. Nebel kroch über den Boden, waberte geisterhaft in den alten Bogengängen, Toren und über den zerfallenen Treppen.

Allein.

Ich fühlte mich entsetzlich hilflos und verloren. Eine schlaflose Nacht hatte mich zur Ruine geführt, wo ich einst meine Studien über ein altes Adelsgeschlecht begonnen hatte. Die schwarz-magischen Praktiken der einstigen Burgherrin und die verfluchte Tafel, die sich nun in den Händen bösartiger, gefährlicher Wesen befand, waren auf einmal eins. Historisch fassbare Vergangenheit und gefahrvolle Gegenwart hatten sich zu einem einzigen Schicksalsgeflecht verbunden, das nur schwer zu entwirren war.

Ich glaubte nicht, dass ich das Ding, zu dem Rosenroth geworden war, mit dem Feuer getötet hatte. In den Zeitungen war zu lesen gewesen, dass fast das gesamte baufällige Viertel ein Raub der Flammen geworden sei. Dennoch glaubte ich nicht, dass das Ungeheuer namens Rosenroth überhaupt auf natürliche Weise, selbst nicht mit den ausgeklügeltsten Waffen und menschengeschaffenen Methoden der Zerstörung, vom Antlitz der Welt zu tilgen war. In Form der wahrhaft uralten Grimoires befand sich in meinem Besitz die vielleicht fürchterlichste Waffe, die die Menschheit jemals bedroht hatte.

Was sollte ich tun?

Was wollten die Wesen, die jene Schriften als GROSSE ALTE bezeichneten, von mir? Was wollte ich selbst?

In dem Wabern des immer stärker werdenden Nebels nahm ich auf einmal eine Bewegung wahr. Verborgen vom Schatten der Mauer des alten Wachturms, in dem ich Schutz vor der Kälte gesucht hatte, blickte ich auf.

Mein Herz erstarrte zu Eis.

Maximal zwei Armlängen von mir entfernt stand – als geisterhafte Zusammenballung des Nebels und doch von eindeutig menschlichem Umriss – die Gestalt einer Frau.

An der Tracht ihrer wallenden Gewänder, durch milchiges Mondlicht zu schimmern schien, erkannte ich die einstige Burgherrin und Schwarzkünstlerin. Ihr scharf geschnittenes Gesicht mit den hohen Wangenknochen, der feinen, leicht gekrümmten Nase und ihre langen Haare glichen in fast fotografischer Genauigkeit den Porträts, die ich von ihr kannte. Ihre Gewänder bauschten sich im Schein einer gespenstischen Lichtquelle. Die Haut der Erscheinung war ebenso weiß wie ihre Kleider. Sie leuchtete wie Marmor im Sternenschein einer Winternacht und auf ihren Zügen von überirdischer, verderblicher Schönheit lag ein Ausdruck unendlicher Qual.

Die Augen, in die ich atemlos gebannt blickte, waren so tief wie Brunnen, die ins Zentrum der Welt führten, in nicht auslotbare Tiefen des Unheils.

Ich begann langsam, als könne ich die unheimliche Erscheinung durch zu hastige Bewegungen vertreiben, auf sie zuzugehen.

Doch die Gräfin hatte nicht vor, mich allein zu lassen. Sie zeigte auf eine Stelle neben mir, auf der im Laufe der Jahrhunderte die Natur aus Mauertrümmern einen unkrautüberwucherten Hügel geschaffen hatte.

Zuerst begriff ich nicht, was sie von mir wollte. Doch als sie die Geste mehrfach mit Nachdruck wiederholte, begann ich mit bloßen Händen am Fuße des Hügels zu graben – und förderte ein steinernes Artefakt zutage, mit jenen

Sigillen und Glyphen bedeckt, die ich nur allzu gut kannte.

Eine zweite Tafel! Völlig identisch mit der ersten.

Ich sah auf.

Ein Laut unendlicher Qual, ein herzzerreißendes Stöhnen verwehte zwischen den alten Mauern der Ruine.

Die weiße Frau war verschwunden.

Erlöst?

Der Fluch war an mich weitergereicht worden – das Wissen, die Macht der *GROSSEN ALTEN*.

Eine verlorene Seele hatte die Sphäre der Verdammnis verlassen und strebte nun anderen Gefilden zu.

Eine andere Seele war hineingestoßen worden in ein Reich ewiger Qual.

Diese Seele war ich ...

Und ich stürzte hinein in einen Strudel aus Chaos, Dunkelheit und Verderben, von dem ich nicht hätte sagen können, ob es die Welt da draußen war, die diesen Mahlstrom hervorbrachte und selbst in ihn hinein taumelte, oder ob es bloße Ausgeburten meiner ausufernden, verwildernden Fantasie waren, die mich jagten. Doch das spielte auch keine Rolle. Denn es war eine Vision, die sich mir zeigte. Ein Gefäß, ein Behältnis aus moosverkrustetem Stein, ein unheiliger Gral, in dem die Mächte des Unheils brodelnd waberten und kochten, nicht weit von hier. Ich wusste, um was es sich handelte. Und als es mir klar wurde, stürzte ich, einen Schrei auf den Lippen, besinnungslos nieder ...

Kapitel 8

Am Morgen hatte sich der steinerne Brunnen wieder mit Blut gefüllt.

So, wie er es seit Jahrhunderten tat zu bestimmten Zeiten, die dem von Grauen erfüllten Beobachter völlig willkürlich und ohne erkennbares Muster erscheinen mussten.

So erzählten es die Alten, die noch nicht verschlungen worden waren von der Zeit. So murmelten es zahnlose Münder, bleich, zitternd, hinter vorgehaltener Hand.

Genau genommen handelte es sich gar nicht um einen echten Brunnen. Der befand sich ein paar Meter von der Stelle entfernt, wo sich jenes stille, furchteinflößende Schauspiel aus uralter Zeit ereignete: Als von Moosen, Flechten und übel riechenden Pilzen überwucherter Schacht führte er in dunkle, unbekannte Tiefen. Bei diesem Blutbrunnen handelte es sich um einen steinernen Trog, der sich im Innenhof jener gespenstischen Burgruine befand, die inmitten der urwüchsigen, von Schatten erfüllten Wälder wie eine finstere Bedrohung aus versunkenen Zeiten emporragte. Als sei es die Erinnerung an die bösen Träume vergangener Epochen, erhob sie sich über dem Ort. Überragte massiv, gewaltig und geheimnisvoll die engen, gepflasterten Gassen und die spitzgiebeligen, rußigen und von den Spuren des Alters entstellten Häuser.

Es war tatsächlich Blut, das sich in dem Trog befand, kein von einer Rotalge eingefärbtes Wasser. Ich hatte nächtens eine Probe genommen und an einen Freund geschickt, der in einem Kriminallabor tätig war.

»Es ist Blut, aber etwas ist seltsam daran«, lautete sein Kommentar.

»Was stimmt damit nicht?«

»Als ich die Blutgruppe bestimmen wollte … nun, die

Probe hat nicht eine Blutgruppe, sondern mehrere. Da muss ein ganzes Heer geblutet haben. Woher hast du sie?«

Ich speiste ihn mit ein paar fadenscheinigen Erklärungen ab, die er mir wohl für den Moment abkaufen würde – aber kaum für länger.

Mir schwindelte.

Was ging auf dieser Burg vor sich?

Woher kam das Blut – das Blut so vieler Menschen? Und wie gelangte es in das runde, kaum mannshohe Becken, das die Form eines Kelches oder einer Blüte hatte mit schmaler Basis und ausladender Spitze?

Mein Blick glitt über die Reste der alten Mauern, die in ihrem von klammer Feuchtigkeit erfüllten, unterirdischen Inneren eine labyrinthartige Ansammlung von dunklen Gängen, Kammern und Verliesen aufwies.

Schon einmal hatten mich meine einsamen Wanderwege auf der Suche nach dem Übernatürlichen, Gespenstischen zu dieser Ruine geführt. Seitdem hatte ich mir die kürzlich vergangenen Ereignisse wieder und wieder ins Gedächtnis gerufen. Ich hatte versucht, Schlüsse daraus zu ziehen, zu – verstehen. In dumpfer Ahnung um die schrecklichen Geheimnisse, welche die alten, finsteren Mauern bargen, war ich zu ihr emporgestiegen. Diesmal hatten sich meine Ahnungen, erhärtet durch die Worte der verrückten Hexe Hebzibah, den Tod meines Schulfreundes und dessen Vater, zu schrecklicher Gewissheit verdichtet. Dunkle Geheimnisse um schwarze Magie und den Kontakt zu Wesen aus anderen Dimensionen, die zu alt und zu schrecklich waren, um ihre Namen laut zu nennen – was allein schon bedeutet hätte, sie herbeizurufen – umrankten diese Burg. Die Erscheinung einer vormaligen Bewohnerin hatte mich durch eine einzige Geste zum Erben des Fluchs gemacht, der erdrückend auf diesen verfallenden Mauern lastete.

Wenn es wirklich so war, wie dieses monströse Ding im

Keller, zu dem Herr Rosenroth mutiert war, geraunt hatte, so floss in meinen Adern IHR Blut, das Blut der ALTEN RASSE. SIE wollten mich, wie schon meinen Vater und viele andere, für ihre Zwecke missbrauchen. Diese Zwecke kannte ich nicht. Doch musste ich davon ausgehen, dass ein geheimnisvoller schwarzer Orden, der sich im Besitz einer weiteren zaubermächtigen Tafel befand, mich beobachtete. Ob sie wussten, dass ich ein Pendent der Tafel besaß? Sicher. Sie erfuhren alles, denn ihre nur zum Teil menschlichen Mitglieder hatten wohl schon alle Gremien der Stadt infiltriert.

Worin aber lag die Bedeutung dieser Burg? Mein Weg hatte mich zu ihr geführt, als wandelte ich auf den Pfaden eines Traums, als fänden sich hier Antworten, die ich suchte, jenseits menschlichen Begreifens.

Dann hatte ich von dem Blut gehört und es gesehen. Hatte von den alten, schauerlichen Sagen raunen hören, hinter denen, das wusste ich aus meinen langjährigen Forschungen, nicht selten reale Begegnungen mit IHNEN standen.

Ich ließ meinen Blick noch einmal über die brüchigen Mauern wandern, über die teils zusammengestürzten Türme, die Wehrmauer, den Innenhof mit dem steinernen Wasserbecken und dem Blut darin. Selbst bei Tage wirkte hier alles unheimlich und bedrohlich.

Zu hoch schien sich die Burg über dem uralten Ort zu befinden. Ein eigenartiger Schwindel erfasste den, der hinunter ins Tal blickte, wo in zugigen Ställen das Vieh meckerte und blökte und Kinder still auf den kotigen Straßen spielten, leise, als hätten sie Angst, mit ihren fröhlichen Schreien etwas aufzuwecken. Aus den dichten, nahezu undurchdringlichen Wäldern auf der anderen Seite, Richtung Sonnenuntergang, wurde ein feuchter, pilzartiger Geruch herübergeweht aus Schluchten und Tälern, in die selten ein Sonnenstrahl fiel. Der Wind hier oben orgelte um die zerbröckelnden Zinnen, als wollte er jedem den letzten Atem aus den Lungen pressen.

Am liebsten hätte ich mich, wie zur Deckung, hinter einen der großen Steine gekauert, die hier herumlagen. Die Ruine, der Berg, auf dem sie stand, alles wirkte schwindelerregend hoch und schrecklich. Dazu der fürchterliche Wind mit seinem Brausen, das wie die Stimmen unsichtbarer, mächtiger Wesen klang ...

Es bestand kein Zweifel: Dieser Ort war durch *SIE* gebrandmarkt.

Da bemerkte ich den Mann. Er war etwa fünfzig Jahre alt, trug einen Bart und machte einen zerlumpten Eindruck, wie er so zwischen den Steinen umherstrich. Ein Eindruck, der sich im folgenden Gespräch, das er ebenso zu suchen schien wie ich, allerdings keineswegs bestätigte.

Wie sich herausstellte, war der Mann, der sich nicht vorstellte, sondern einfach zu plaudern begann, maßgeblich an den Forschungs- und Restaurierungsarbeiten beteiligt, die seit geraumer Zeit in der Ruine durchgeführt wurden.

Er erzählte mir etwas von den Ausgrabungsarbeiten, die sie hier vornahmen, von Schachtungen und Bohrungen an der Wehrmauer und in den Türmen.

»Wir haben die Grundmauern des höchsten Turms dort«, er zeigte auf das Gemäuer, »freigelegt und fanden sie in einer Tiefe von sechs Metern. Das waren anderthalb Meter mehr, als wir erwartet hatten«, berichtete er nicht ohne Stolz. »Sodann sind wir dabei, einige der alten Schächte und Gänge freizulegen.«

Ich musste an die alten Stollen denken, von denen man mir gesagt hatte, dass sie die ganze Stadt durchzogen und von denen niemand wusste, wo sie endeten, außer vielleicht im weit, weit entfernten Meer, in dem – Gott weiß was – lauerte.

»Sind Sie dabei auf etwas Ungewöhnliches gestoßen?«,

wollte ich wissen.

»Unregelmäßigkeiten? Was meinen Sie?«

Etwas im Blick meines Gegenübers zeigte mir, dass er log. Die Art, wie er mit einer fahrigen Geste seine Nase berührte und mir eilig antwortete.

Mir war klar: Fiele ich jetzt sofort mit der Tür ins Haus, wäre er bald auf und davon. Entweder handelte es sich um einen Mann der Wissenschaft, dann würde er mich schlichtweg für verrückt erklären. Oder er wusste etwas, dann würde er es erst recht geheim halten, aus Angst oder weil – und auch das musste ich in Betracht ziehen – die Bruderschaft oder SIE ihn beobachteten.

»Etwas, das nicht zu einem Bauwerk aus dem 13. Jahrhundert passt«, erläuterte ich daher vorsichtig. »Artefakte. Etwas, mit dem man aufgrund einer doch sicher von gewissen Hypothesen geleiteten Vorgehensweise nicht gerechnet hätte.«

»Nein, nein, da war gar nichts. Weshalb fragen Sie?«

Nun, ein Blinder hätte gesehen, dass dieser Mann etwas verschwieg. Meine Frage hatte ihn nervös gemacht, geradezu ängstlich. Er blickte sich gehetzt um, als beobachte man uns, und begann zu schwitzen.

»Nun, wissen Sie, der historische Aspekt mediävistischer Forschungen ist sicherlich sehr interessant. Ich hingegen beschäftige mich seit geraumer Zeit mit Mythenforschung. Mit der Herausbildung großer mythischer Welterklärungen, ihres Absinkens in die Welt der Volkssagen und mit ihrer Verankerung im Brauchtum eines Volkes. Deshalb habe ich gefragt.«

»Ah ... ach so.«

Große Erleichterung machte sich bei meinem Gesprächspartner breit, aber auch ein verbleibendes Misstrauen.

Er musterte mich verstohlen, als überlegte er, ob er mir

trauen könne.

Ich konnte ihn noch immer nicht einschätzen. Das vernachlässigte Äußere stand im Gegensatz zu seinen archäologischen Kenntnissen, und er hatte von »wir« gesprochen, also war er an den Arbeiten hier in der Burg beteiligt.

Wer oder was war er?

Was machte ihn so nervös?

»Haben Sie eigentlich schon das Blut in dem Brunnen dort gesehen?«

Ich zuckte zusammen.

Weshalb sprach er mich so direkt darauf an? Ich hatte angenommen, er würde alles in diese Richtung Gehende vertuschen wollen.

»Ja ...«

»Das sind natürlich Rotalgen in dem Wasser, nichts Ungewöhnliches. Aber es ranken sich seit Jahrhunderten Geschichten um dieses Phänomen.«

»Die würde ich gerne hören.«

»Tief in den Mauern dieser Burg soll es ein Götzenbild geben, ein Bildnis oder eine Stele aus uralter, heidnischer Zeit. Die männliche Blutlinie des Grafengeschlechtes war durch irgendeinen Fluch gezwungen, dem Götzenbild Blutopfer darzubringen, beginnend mit dem Grafen Waldo Emerald, der den Grundstein zu dieser Feste im Jahre 1204 legen ließ. Später, zu den Zeiten, da skrupellose Raubritter die schon im Verfall begriffenen Mauern beherrschten, wurden dem Bildnis entsetzliche Opfer dargebracht. Ebenso in den folgenden Jahrhunderten, in denen Niedergang und Dekadenz Einzug hielten in dieser Gegend, als sei sie von einem bösen Fluch getroffen, bis in die verfaulenden Ackerböden hinein. Da hallten die dunklen Gänge und Kammern tief unter der Burg wider von den Schreien derer, die vor den blicklosen, steinernen Augen des Bildnisses einen grauenhaften Tod fanden – Männer, Frauen, sogar kleine Kinder. Das Blut der Unglücklichen soll sich immer gesammelt haben nach den Nächten, in denen die uralten, grauenhaften Rituale abgehalten wurden, die angeblich bis in vorgeschichtliche Zeit zurückgehen. Das Blut soll, ohne dass man hätte sagen können wie, in dieses steinerne, runde Becken geströmt sein. Aus den Mauern heraus, obwohl es da gar keine Verbindung gibt, keine Kanäle oder sonst etwas, der Brunnen steht ja völlig frei. Verrückt, oder? So geht die Sage.«

»Aber es muss ja jetzt wieder etwas passiert sein – sonst wäre jetzt dort kein Blut in dem Stein«, wandte ich ein.

Das Lachen meines Gegenübers wirkte eine Spur zu gekünstelt.

»Es sind, wie schon gesagt, nur Rotalgen in dem Wasser, sonst nichts.«

Ich verschwieg, dass ich es besser wusste.

»Haben Sie das Wasser testen lassen?«

»Ja, natürlich! Sie müssen sich wirklich nicht beunruhigen. Es ist nur Wasser.«

Mein Gegenüber war ein schlechter Lügner.

»Und da sind keine Gänge zwischen dem Bildnis im Stein und dem Becken hier draußen? Haben Sie das nachgeprüft?«

»Ein Bild im Stein? Ich habe nur von einer Sage gesprochen. Wir suchen nicht nach etwas Derartigem. Die Hinweise sind zu vage und mit zu vielen Elementen aus Volkssagen vermischt. Wenn wir zufällig etwas Derartiges finden, meinetwegen. Aber ich persönlich glaube nicht daran.«

»Jede Sage hat ihren wahren Kern«, widersprach ich.

»Sicher. Aber es gibt vom Standpunkt der Altertumsforschung lohnendere Ziele, das Geld unserer Auftraggeber zu investieren.«

Er versteckte sich hinter einem Lächeln, das

wissenschaftliche Überlegenheit demonstrieren sollte.

Ich nickte, scheinbar billigend, und wandte mich zum Gehen. Etwas ließ mich innehalten, unvermittelt, als sei ich auf einen spitzen Gegenstand getreten, der mir den Fuß durchbohrte.

Schmerzhaft war es nicht, was mich derart abrupt stehenbleiben ließ, eher ein inneres Erschrecken, eine plötzlich aufschießende Ahnung von etwas Sonderbarem.

Ich drehte mich noch einmal zu dem bärtigen, nachlässig gekleideten Wissenschaftler um.

Er stand da, unverändert, die Haltung seiner schmalen Schultern zeigte deutlich, dass er es gewohnt war, sich am Arbeitstisch über kleine Untersuchungsgegenstände zu beugen. Das Alter hatte erste Spuren in sein hageres Gesicht gegraben und seine dunklen Augen kündeten von einem wachen, scharfen Verstand.

Es hatte sich nichts verändert und ... doch – etwas war anders:

Der Ausdruck in seinen Augen. Etwas in der Luft um ihn herum; genauer, in der Atmosphäre, die den gesamten Planeten umgab, und sich nun um die Gestalt dieses Mannes herum kondensierte, dicht, fest und von erschreckend fremdartiger Beschaffenheit.

Seine Augen. Die Atmosphäre wie eine böse, lauernde, gestaute Form von elektrischer oder noch namenloser, völlig unbekannter Spannung.

Da war auf einmal ein Brausen in der Luft. Es war nicht der Wind, der hier oben niemals aufhörte zu klagen, sondern etwas anderes. Majestätisch und dunkel.

Es war, als hörte genau in diesem Moment die Sonne auf zu scheinen, als der Archäologe die Arme in einer magischen Geste der Beschwörung gen Himmel hob. Aus seinem Mund drangen Worte, die mich in furchterfülltem Schauern erbeben ließen. Ausgelöst durch die vage Erinnerung an diese Worte, ohne Kenntnis der Umstände, wann und wo ich sie schon einmal gehört hatte:

»An diesem Strand die Wolkenwellen brechen. Zwei Sonnen in dem See versinken. Die Schatten drohen in *CARCOSA* ... Fremd ist die Nacht, wo schwarze Sterne stehen und fremde Monde durch den Himmel gehen – aber viel fremder noch ist das verlorene *CARCOSA*.«

Panik erfasste mich, als ich jenen Worten lauschte und ein Schwindel, der die Wirklichkeit hinwegzufegen drohte. Und so – als sei meine furchterfüllte Reaktion auf jene stygischen Verse nicht schon schlimm, weil unerklärbar genug – geschah es, dass ich plötzlich in der Lage war, die Verse des Archäologen zu ergänzen. Ja – mehr noch – ich vermochte, sie für mich zu intonieren, seine Rede erwidernd und ergänzend, als sprudelten seine Worte aus den unbewussten Tiefen meines eigenen Verstandes empor. So sprach ich mit ihm, meine bleichen Lippen bewegend, wie ein Gläubiger das Gebet seines Priesters stumm mit betet: »Melodien, die Hyaden singen – wo des Königs Lumpen wehen – müssen entschwinden ungehört im dunklen *CARCOSA*.

Lied meiner Seele, meine Stimme ist erloschen – sterbt ihr, unbesungen, mit Tränen, nie vergossen – sollt verdorren und vergehen im verlorenen *CARCOSA*.«

Meine Augen starrten wie etwas Fremdes aus meinem Gesicht, als ich, wie eben aus einem Fiebertraum oder einem Anfall von Wahnsinn erwachend, auf die Szenerie stierte, die sich mir bot. Denn wie unter einem mächtigen Zauberspruch war der Himmel aufgerissen und zeigte wie eine schwarze, schwärende Wunde inmitten seines normalen Blaus – die schwindelerregenden Tiefen des Weltenraumes, darin sich tatsächlich Sternenhaufen in ewiger Finsternis drehten und umherschweiften. Ich sah die Hyaden, den Aldebaran und andere Sterne, die mir gänzlich unbekannt waren. Ich blickte in Abgründe, deren unablässiger, doch unhörbarer Ruf den Geist in den ungeheuren Abgrund zerren zu schien. Entsetzt stierte ich in den Himmel und zugleich in unermessliche Schlünde hinein, während ich mich zu einem dürren, toten Baumgewächs wandte, das neben mir aus einem Steinhafen wucherte, auf es zu taumelte und meine Arme darum schlang, damit ich nicht in die Höhe gerissen würde. Dies war die Furcht, die mein ganzes Wesen erfasste: hineingeweht zu werden wie ein dürres Blatt im Wind in diesen entsetzlichen Mahlstrom, der wie ein Saugtrichter in der Wirklichkeit des Himmels gähnte, wie ein gigantisches Maul. Ein Rachen, der mich verschlingen wollte, in Tiefen, die in Lichtjahren gemessen werden, in Räumen, darin sich das Licht auf seinem Weg unrettbar verliert.

Da, direkt vor mir stand eine Gestalt. Vor den zerfallenen Zinnen der Burg, auf dem Platz mit dem steinernen Trog. Halb verschlungen von der Strahlung kosmischer Schwärze, die wie Substanz gewordene Dunkelheit herabsickerte, alles erstickend, stand sie da. Die dürre Gestalt des Archäologen. Mit einem Male ragte sie majestätisch empor wie ein Turm, riesig, bedrohlich und unheimlich. Seine Gestalt wurde umwallt von gelbem Stoff wie von einer Flammenlohe und sein Gesicht war bleich wie der ewige und unumgängliche Tod. Seine Augen glühten wie Kohlen aus Sternenfeuer, als seine Stimme donnerte: »Die löchrigen Lumpen des Königs müssen Ythill für immer bedecken!«

Ich schrie laut auf, denn ich kannte diese Worte und hätte doch nicht sagen können woher, doch sie peinigten meinen Geist mit Wahnsinn.

Dann erkannte ich, dass nicht der Archäologe sich verändert hatte, sondern dass er selbst ein Gefangener war. Die Klauen einer Gestalt, die hinter ihm aufragte, waren um ihn geschlungen in tödlicher, besitzergreifender Gier.

Das Gewand jener Gestalt war es, das ihn gelb umwallte.

100

Und nun sah ich jenes dämonische Gesicht, das sich in teuflischer Bedachtsamkeit von hinten über des Archäologen Nacken schob und mich aus Augen musterte, die versunken waren hinter der 'Bleichen Maske', mit einem Ausdruck zwischen Triumph, Drohung und aus unendlicher Überlegenheit geborenem Spott.

»Der König in Gelb!«, tönte eine Stimme, dann war alles verschwunden und ich stürzte zu Boden, als hätte ich einen Schlaganfall erlitten.

Es dauerte lange, ehe ich mich erheben konnte. Und noch länger, bis es mir gelang, meine Gedanken auch nur einigermaßen zu sortieren. Ehe ich damit beginnen konnte, in atemloser, panischer Hast Fragen zu stellen, Vermutungen, Hypothesen. Wobei mir klar wurde, dass ich eine Antwort darauf niemals finden würde, was da gerade geschehen war.

Ein düsteres und abgründiges Geheimnis würde jene Geschehnisse auf der Burg für immer überschatten. Dumpf fühlte ich, dass sie etwas mit meinem eigenen Schicksal und meiner dunklen Abkunft von *IHNEN* zu tun hatten. Doch niemals wird es dem menschlichen Verstand möglich sein, derartige Mysterien des Todes und des Wahnsinns zu enthüllen.

Vielleicht ist das auch gut so. Denn am Ende einer jeden Frage nach der Natur solcher Einbrüche einer immens boshaften, vor verderblichem Irrsinn tobenden Macht gähnen Schlünde ewiger Verdammnis. Jene Abgründe lodern in der sengenden Pein totaler, rettungsloser Vernichtung. Die verzweifelten Schreie derer, die sich dorthinein verirren, verhallen ungehört oder werden übertönt von dem aberwitzigen Gelächter und tosenden Gebrüll *JENER*, die in den lichtlosen Tiefen jenseits von Raum und Zeit lauern. *SIE*, die hasserfüllt brüten in *IHREN* Miasmen einstiger, dämonischer Größe und teuflischer Macht, ihrer Rückkehr harrend.

Aber warum? Warum?, schrie mein gepeinigter, von Fieberdelirien durchschauerter Verstand, als ich von der Burg talwärts taumelte. Warum waren jene von draußen so versessen darauf, dieses winzige, lächerliche Eiland namens Erde wieder zu besitzen? Hatte ich nicht eben einen Blick nach draußen erhaschen dürfen, um die völlige Bedeutungslosigkeit, Kleinheit und Überflüssigkeit dieser winzigen Weltenkugel zu erfahren? Angesichts der unzählbaren Sternenhaufen da draußen und des im wahrsten Sinne unendlichen Meeres an Schwärze, die sie umgab, war sie bestenfalls … wertlos.

Indes, trotz allen Schreckens, den die fremden Mächte in der menschlichen Seele entfachen, war meine Neugier, schlimmer noch, meine eigene dunkle Besessenheit geweckt worden. Wenn ich an die Prophezeiung der alten Hebzibah dachte und des Wesens, das der alte Rosenroth nun verkörperte, wurden alle anderen Regungen in mir hinweggespült von dem Bestreben, etwas über mein Schicksal und das meiner Eltern herauszufinden. War es wirklich so, dass SIE meine Eltern angegriffen und mich dabei auf dunkle, geheimnisvolle Weise geschaffen hatten – als ihren Erben?

All dies bewog mich, mir in dem kleinen, verfallenden Ort unterhalb der Burg ein Zimmer in einer Pension zu nehmen, um vor Ort meine Nachforschungen vornehmen zu können. Ich musste das Geheimnis lüften, das diese Burg, den ganzen Ort, den steinernen Trog und den angeblichen Götzen im Innern der Ruine umgab! Die offenkundigen Lügen des Archäologen, sein Verschwinden unter Umständen, die mir – je länger ich darüber nachgrübelte, umso mehr in eine gewisse Richtung zu weisen schienen – ich musste dieses Mysterium lösen. Ich musste!

Zwar wohnte ich nicht weit von dem Ort entfernt, doch

hatte ich nicht vor, vor allem des Nachts, jenen dunklen und von finsteren, namenlosen Schrecken erfüllten Wald zu passieren, der den schmalen Weg säumte, welcher meinen Stadtteil mit dem Dorf verband.

Die Blätter raschelten dort auf sonderbare und beunruhigende Weise, auch wenn es windstill war, und ein eigenartiger Geruch nach Fäulnis lag in der Luft. Viele waren schon in den schattigen Tiefen zwischen den uralten Stämmen spurlos verschwunden. All dies bewog mich, bei einem alten Ehepaar in einem früheren Bauernhof, der jetzt einigen wenigen Sommergästen als Unterschlupf diente, Quartier zu beziehen.

Das sehr große Haus mit den kleinen, blinden Fenstern, welches wohl schon Jahrhunderten getrotzt hatte, schien jeden Moment einstürzen zu wollen. Es war feucht, stinkend und sehr düster. Eine geisterhafte Stimmung lag über dem Anwesen. Vor allem, wenn nachts das schwarze Deckengebälk knirschend arbeitete oder die breite, dunkle Treppe knarrte, auch wenn dort überhaupt niemand lief.

Manchmal, wenn die Sonne hinter den finsteren, in ungesundem Schwarz-Grün schimmernden Hügeln untergegangen war, und die Dunkelheit sich über die von Staub, Schimmel und leuchtenden Pilzen heimgesuchten Räume senkte, glaubte man, ein seltsames Singen in der Luft zu hören. Eine überirdische Melodie, leise, doch von verderblicher, sirenengleicher Wirkung.

Wenn die alten Öllampen in ihren Halterungen aus Messing brannten, huschten Schatten über die schiefen, buckligen Wände, von denen sich die verblichenen Tapeten schälten. Schatten von Menschen, die eigenartige Gesten vollführen, als wollten sie von dort, wo sie jetzt weilten, möglicherweise in öden, lichtlosen Zwischenwelten am Rande von Raum und Zeit, etwas mitteilen. Aber auch Schatten von Dingen, die zu schrecklich sind, um ihr

Aussehen auch nur anzudeuten.

Dennoch konnte ich mich eines unbestimmten Gefühls nicht erwehren, das mich erfüllte, als ich die mit wurmstichigem Paneel ausgekleidete Eingangshalle betrat. Nur ein paar trübe Lichtstrahlen, in denen Staubschleier tanzten, drangen durch die kleinen Fenster mit Butzenscheiben. Das Gefühl war da, als ich mich im vergilbten Gästebuch eintrug, das mir die steinalte Hausherrin mit zitternden Händen reichte. Es war da, als mich am ersten Abend der zahnlose und gebückte Hausherr zum Abendessen lud und mir den Weg die knarrenden Stufen hinab mit einer Kerze leuchtete, deren kegelförmiger, zartgoldener Schein die zahllosen Schatten vertrieb. Mir war, als ob diese alten Mauern das unsagbar Böse, das in Schauern unendlicher Finsternis von der Ruine herabsickerte, abwehrten und ihm trotzten. Ich fühlte mich hier sicher, mehr noch, es war mir, als sei ich in diesen alten Mauern nach Hause gekommen.

Nach dem Essen setzte ich mich auf mein Bett, dessen vier kunstvoll gedrechselte Pfosten einen altrosa Baldachin mit goldenem Muster trugen. Es war so groß, dass es die Dachmansarde, die mir nun als Domizil diente, fast völlig dominierte, steigerte allerdings den wohligen Eindruck, den das Anwesen auf mich machte, zu echter Behaglichkeit. Ich begann zu überdenken, was ich bereits über die Ereignisse wusste, die zu ergründen ich als meine oberste Pflicht ansah – und zu welchen Schlussfolgerungen sie mich führten.

Es war mir gelungen, meinen Geist so weit zu beruhigen, dass ich die Worte zuordnen konnte, welche die gestaltlose Stimme gesprochen hatte, die nicht die des Archäologen gewesen war, obwohl sie sich augenscheinlich seines Mundes bediente.

Es handelte sich um die Verse eines Autors namens Robert

W. Chambers, aus seinem Werk 'Der König in Gelb', Worte aus einem von ihm verfassten Theaterstück, das sich als roter Faden durch seine Kurzgeschichtensammlung dieses Namens, genauer, durch die ersten vier davon, zog.

Das Stück selbst existierte gar nicht, sondern nur die wenigen Sätze, die Chambers als Strukturmotiv in seinen Erzählungen verwendete.

Wer immer von seinen Figuren dieses Stück las, wurde verrückt oder verfiel dem Untergang, so, wie die Figur der Camilla – innerhalb des fiktiven Dramas – zu Beginn des zweiten Aktes wahnsinnig wurde, als sie – *was?* – entdeckte? Oder war es Cassilda gewesen, die geschrien hatte »Nicht über uns, o König, nicht über uns!«

Man sagte, dass es allein ausreiche, dass das Buch dalag – aufgeschlagen beim zweiten Akt – um eine unheilvolle Wirkung zu erzielen.

Über den Inhalt des Dramas machte Chambers nur eine Handvoll kruder Andeutungen, mehr nicht. Es spielte an einem Ort, der ebenso fiktiv war wie sein gesamter Inhalt, an einem Ort namens *CARCOSA,* der sich auf einem anderen Planeten oder noch eher in einer anderen Dimension, in einem Paralleluniversum befinden mochte. Ein dunkler, schwermütiger Ort war dieses geheimnisvolle *CARCOSA* mit seinen zwei Sonnen, den in Finsternis gehüllten Türmen und dem See von Hali. Überwölbt von einem düsteren Himmel, der den Blick auf die wiederholt erwähnten Sternhaufen, die Hyaden und den Aldebaran, freigab.

Dann gab es noch ein paar weitere, geheimnisvolle Namen. Die bloße Tatsache, dass ich sie mir jetzt unausgesprochen vor mein inneres Auge rief, versetzte mich in eisiges Schauern. Ich sah mich in meinem Zimmer um, das nur von den beiden Kerzen an den Wänden und der Öllampe auf dem Tisch erhellt wurde. Es waren Lichtquellen, die mehr unheilvolle Schatten in den Ecken und Winkeln der

Dachkammer hervorzurufen als zu vertreiben schienen. Mir war, als beobachteten mich von draußen, aus der undurchdringlichen Finsternis vor dem kleinen Fenster, eiskalte, mitleidlose Augen. Ich erahnte sie dort, wo der Schatten der mächtigen Burgruine drohen müsste, wenn man ihn in der Dunkelheit auch nicht sehen konnte. Doch war dies schlimmer, als wenn man die gezackten Umrisse hätte erahnen können. Ich spürte förmlich die Augen jener unheimlichen Gestalt in einem gelben, zerschlissenen Gewand, hinter einer Maske, die so bleich war wie Mondlicht, das auf Marmor fiel.

HASTUR! hallte es in meinem Geiste wider.

Bei Chambers war das ein Ort, doch ich wusste, welch schreckliches Wesen, welch entsetzlicher *GROSSER* ALTER es bei H. P. Lovecraft war.

Demhe! Ein weiterer geheimnisumwitterter Ort in wolkenerfüllten Tiefen. Aber wo im Universum, das mehr umfassen musste als den physischen Kosmos? Wo?! Und Ythill! Warum hieß es in diesem dämonischen, verunsichernden Text, dass die löchrigen Lumpen des Königs Ythill für immer bedecken *mussten*?

Ein weiteres Detail fiel mir ein, als habe es sich in meinem Geiste verselbstständigt und dränge nun an die Oberfläche meines Begreifens mit tastenden Gliedmaßen wie ein lebendes Wesen: Die Seen *CARCOSA*s verbanden *HASTUR* mit den Hyaden und dem Aldebaran. Wie konnten Seen so etwas tun? Anordnungen von stellarer Größe verbinden?

Ich verspürte mit einem Male – verunsichert und töricht angesichts eines fiktionalen Textes – gleich einer plötzlich aufwallenden sentimentalen Regung, etwas wie Schmerzen. Ein wehes Sehnen nach jenem dunklen Ort, den doch nur die Fantasie eines Autors erfunden hatte. Ein Heimweh, als habe ich *CARCOSA* selbst einmal gekannt, dort geweilt oder stamme sogar von dort und wünschte mir nun nichts sehnlicher, als dorthin zurückzukehren, nach langer, langer Zeit des Exils.

Ja, Heimweh! War es das, was ich fühlte? Das war absurd, aber nach dem, was oben auf der Burg passiert war ... Ich hatte den König gesehen!

Den König ...

Ich begann tiefer zu graben und versenkte mich in meinen Geist ... Ich hatte das Buch vor geraumer Zeit gelesen und wollte mich nun erinnern, musste alles dem Vergessen entreißen, was ich wusste.

Ich dachte an jene unheimliche und verstörende Szene aus dem angeblichen Theaterstück, welches die Geschichte »Die Maske« einleitete: Camilla bittet den Fremden, – den König? – sich am Höhepunkt eines Maskenballs um Mitternacht zu demaskieren, worauf er ihr versichert, gar keine Maske zu tragen.

Ich hatte jene Maske stets als Metapher der Selbstlüge und somit als strukturierendes Handlungsmotiv gesehen. Die Hauptfigur war unglücklich in die Frau eines Freundes verliebt, doch offenbar stand mehr dahinter. In dieser Erzählung nämlich wurde das Gewand des Königs mit den Wolkenbänken gleichgesetzt, die über *CARCOSA* zogen, unter dem Mond und den Sternen, über den Türmen, alles zeitgleich verschmelzend in geisterhaftem Scheinleben von dunklem, majestätischem Glanz.

Das war alles, woran ich mich erinnern konnte, bis auf eine Kleinigkeit, die aber möglicherweise etwas bedeutete. Sie fiel mir ein, als ich an die Geschichte »Das gelbe Zeichen« dachte. Das Zeichen war etwas, das der König durch einen bei lebendigem Leib verfaulenden Diener zurückholen ließ, ein Schmuckstück, das ein Symbol trug: Das Symbol des Königs, das zuvor in die Hand des Protagonisten geraten war.

Und wie jeder, so wusste auch ich – oder hatte vor meinem

Erlebnis zu wissen geglaubt – dass es sich bei all diesen Geschehnissen, Personen und Orten um bloße literarische Erfindungen handelte. Am ehesten bei dem titelgebenden Theaterstück selbst, das die Geschichten des schmalen Bandes an Kurzgeschichten als Leitmotiv verklammerte.

Literaturhistorisch interessant war die ganze Sache nur, weil sie den Schriftsteller H.P. Lovecraft dahingehend beeinflusst hatte, aus dem Motiv ein geheimnisvolles Buch zu kreieren. Dabei handelte es sich um ein eigenes, angeblich fiktionales Werk, »ein geheimnisvolles Buch, das den Wahnsinn bringt«, nämlich sein Necronomicon – ein Grimoire. Es enthielt Anrufungen für die *GROSSEN ALTEN*, jene Rasse außerirdischer Dämonengottheiten, mit denen mich die Ereignisse der letzten Zeit in Kontakt gebracht hatten. Von denen ich abstammen sollte, auf welche Weise auch immer. Nicht erst seit jenen Ereignissen und meinen Verstrickungen in sie fragte ich mich, ob Lovecraft in seinen dämonischen Schriften voll düsterer Anspielungen und schauriger Beschreibungen überhaupt etwas aussagen oder vielmehr verschleiern wollte. Ja, neueren, gründlicheren Forschungen zufolge sollte es sich sogar so verhalten, dass Chambers und Lovecraft unabhängig voneinander das Konzept „eine Schrift, die den Wahnsinn bringt" entwickelt hatten. Bedeutete dies nicht, dass sie möglicherweise auf etwas Reales gestoßen waren und es literarisch verarbeiteten?

Jeder Mensch auf dieser Welt hielt diesen Grimoire jedenfalls für reine Fiktion. Nur, ich wusste es seit meinen Erlebnissen im Hause meines alten Schulfreundes Rosenroth besser. Sein durch *IHRE* Macht schrecklich veränderter Vater hatte mir im Wesentlichen die Aussagen Lovecrafts bestätigt. Zudem war mir ein Exemplar dieses Buches, das dem, der die in ihm enthaltenen Zauber praktiziert, unbegrenzte Macht verleiht, in die Hände gespielt worden.

Ich wusste ferner von einem schwarz-magischen Orden,

der bis in höchste Kreise reichte, der SIE ebenfalls anbetete und IHRE Rückkehr vorbereitete. Das war sicherlich keine Fiktion. Hebzibah ebenfalls nicht, die mit Wesen verkehrte, die zu IHNEN gehörten, und die ich mit eigenen Augen gesehen hatte.

Keine Erfindung also. SIE und IHRE schreckliche Macht waren real und angeblich – laut Rosenroth – hatten SIE etwas mit dem Tod meiner Eltern und der Tatsache zu tun, dass es mich gab.

Die Erscheinung des Königs in Gelb auf der Burg – was bedeutete das?

In welchem Verhältnis stand er zu IHNEN?

Wussten noch mehr Menschen außer mir von der schrecklichen Wahrheit in Lovecrafts vorgeblich fiktionalen Texten? Warum wurde öffentlich nicht darüber geredet? Aus Angst oder aus Kalkül?

Ich konnte innerhalb des Bannkreises, der durch den König und die ALTEN abgesteckt war, nicht zu einer Lösung kommen. Ich musste diesen Kreis verlassen und mich dem Problem quasi von außen nähern. Am besten durch eine weitere Erklärungsdimension, welche die schreckliche immanente Logik der Texte von Chambers und Lovecraft, meine Erfahrungen und die kürzlichen Ereignisse transzendierte.

Kapitel 9

Eine gewisse Vorahnung führte mich. Ich verließ mein neues Domizil nicht ohne ein seltsames Gefühl der Wehmut und des Abschieds, obwohl ich plante, nur für wenige Stunden weg zu sein. Ich kehrte nach Hause zurück, in meinen Heimatort.

Zuhause, inmitten verstaubter Regale voll alter Folianten, zwischen Artefakten und Skulpturen aller Kulturen, begann ich meine Suche und wurde fündig.

Und erbleichte.

Sollte *dies* das Geheimnis sein? Sollte der Weg, zu *IHNEN* zu gelangen – oder SIE zu uns – wirklich ein so geringfügiger sein?

Waren *SIE* bereits so nahe?

Ich packte die Bücher, die mich der Lösung, wie ich glaubte, nähergebracht hatten, in eine Tasche, um sie mit in den Nachbarort zu nehmen.

Ich musste vor Ort sein, wenn dort wieder etwas geschah. Wenn es dort wieder zu einer Erscheinung käme, von der ich ganz genau wusste, dass sie keine Vision war, sondern real. So real wie die Ausgabe des Sohar dort oder die Teufelsfigur dahinter oder falls die Wissenschaft in Gestalt der Archäologen in den Ruinen einen hilfreichen Fund machte. Etwa, indem sie Neues entdeckte, wie das Bild des Götzen, dem man die Blutopfer in uralter Zeit dargebracht hatte – und noch heute darbrachte. Oder falls die Schächte gefunden wurden, die zu dem Steintrog und in verbotene Tiefen zu unterseeischen Schlünden führten. Aber ich musste vor Einbruch der Nacht dort sein!

Ein besorgter Blick aus dem Fenster zeigte mir, dass die Sonne bereits hinter den Hügeln verschwunden war. Ihre letzten, fahlgelben Strahlen verblassten über den Wiesen,

Dächern und Kaminen. Der Himmel oberhalb meines Dachgiebels hatte bereits die Farbe tiefen, hypnotischen Blaus angenommen, durch das ein paar dunkle Wolkenschiffe träge und unheilverkündend zogen.

Ich musste mich beeilen!

Durfte nicht von einer ähnlichen, unerklärlichen Wehmut erfüllt wie in dem alten Haus im Nachbarort den gelben Strahlen der verbleichenden Sonne folgen. Nicht in Lethargie beobachten, wie sie meine Regale und Schränke abtasteten ... Nicht wie in trancegleicher Versenkung die verstaubten Rücken der Folianten in meiner Privatbibliothek betrachten ... Titel wie »Die Kabbalah entschlüsselt« »Mythen der Maya, Azteken und Inka« »Deutsche Mythologie« oder »Clavicula Salomonis«. Durfte nicht den indischen Göttern in die halb geschlossenen Augen schauen, nicht dem Buddha oder mich gar in das gütige Lächeln der Kuan Yin vertiefen oder der Madonna oder mich zu sehr auf das Bärentotem der Cherokee konzentrieren.

Das unendliche Meerblau des sich wie eine Glocke über den Ort wölbenden Himmels, die fahlen, suchend-tastenden Sonnenstrahlen, all das versetzte mich in eine sonderbare Stimmung der Entrückung. Gerade so, als sähe ich meinen privaten Tempel und jedes einzelne Symbol, jedes Artefakt zum ersten Mal.

Tatsächlich erstaunte mich etwas.

Hatte ich jene sonnenhafte Figur in der Tracht venezianischen Karnevals schon immer besessen?

Ich hatte mir schon seit Langem eine zulegen wollen, um mir den eigentümlichen Zauberglanz des dämonischen Maskentanzes der Lagunenstadt, gebannt en miniature, ins Haus zu holen. Doch irgendwie war es nie dazu gekommen.

Oder hatte ich sie einfach so vergessen? War das möglich?

Die Figur im sonnengoldenen Gewand, mit einer reich verzierten, schmalen, dennoch totengleichen Maske starrte mich vom Regal her aus ihren winzigen, schwarzen, völlig leeren Augenschlitzen an, von alten Büchern halb verdeckt.

Ich griff nach ihr.

Ich schrie nicht – das wagte ich nicht! Aber ich schalt mich selbst einen idiotischen Narren, als ich das gelbe Gewand jenes Wesens, das nun übermannsgroß vor mir aufragte, in Händen hielt! War jene Gestalt wirklich so groß, dass sie mich derart überragte oder war ich vor Schreck oder sklavischer Anbetung tatsächlich in die Knie gesunken? Ich stierte in jene bleiche Maske, von der ich wusste, dass sie mich schon lange, sehr lange in meinen Träumen verfolgte. Dies würde sie sicherlich von diesem Augenblick an immer tun, bis in eine Ewigkeit, vor der nicht einmal der Tod Erlösung bot.

»Warum verfolgst du mich?«, dröhnte eine Stimme, die ihren Ursprung hinter der Maske zu haben schien, doch wie aus sternenübersäten Fernen hallte und meinen Geist in quälende Vibrationen versetzte, schlimmer als die Qualen der Agonie.

»Fürchterlich ist es, in meine Hände zu fallen! Weißt du das nicht mehr?«

Ich gab meine Antwort erst, lange nachdem die Gestalt verschwunden war: »Aber schlimmer ist es noch, *nicht* zu wissen!«

Ich erwachte wie aus einem Zustand der Katalepsie, so, wie am Tage zuvor auf der Burg, als jene Gestalt sich nach ihrem ersten Erscheinen wieder aufgelöst hatte. Mir schien, als habe ich in den wenigen Herzschlägen – oder Stunden oder Menschenleben oder Weltzeitalter – zwischen dem Erscheinen jener grauenhaften Gestalt und ihrem Verschwinden in bizarren, fremden Dimensionen geweilt. Bis jene düstere Majestät in überlegener Gnade geruhte, unseren winzigen Planeten wieder zu verlassen, weilte ich in Welten, die weiter entfernt waren als der fernste dem

Menschen bekannte Stern.

Mir schien, als seien diese dunklen, von beunruhigenden Nebeln verschleierten Orte mir stets Heimat gewesen. Ihre schwarzen Basaltküsten, ihre unter düster strahlenden Sonnen unheilvoll brütenden Mauern, Zinnen und Türme. Die schlangengleich sich windenden Wege, welche sich im trüben Nichts drohender, tiefschwarz glänzender Gebirgsformationen verloren, und die doch alle zu dem *einen Turm* führten: jenem schwarzen, bedrohlichen Ungeheuer, hinter dessen dicken Mauern etwas weilte, das imstande war, das gesamte Universum in völlige Auflösung und Chaos zu stürzen. Nichts anderes war all dies als meine *Heimat,* mein ursprüngliches, wirkliches Zuhause und das aller Seelen. Ja, es war, als habe ich diese Heimat, von der wir einst alle gekommen, mit meinem Erwachen ein zweites Mal verloren. Ich stürzte haltlos schluchzend zu Boden, vergoss Tränen, die bitterer waren als die Galle des Todes, und raufte mir die Haare in haltloser Verzweiflung.

Verloren, alles verloren!

Der Schmerz brachte mich zur Besinnung.

Ich schaute aus dem Fenster und erschrak, wie weit der Abend schon fortgeschritten war, wie bedrohlich sich die Dunkelheit über die Dächer und Kamine und den alten Kirchturm des Ortes senkte!

Ich musste mich beeilen!

Es war mir möglich, wenn ich mich ein wenig aus dem Zimmerfenster lehnte, die Burgruine des Nachbarortes, auf der so viele Fäden des unheilvollen Rätsels zusammenzulaufen schienen, zwischen den Hügeln zu sehen.

Mein Herz schlug hart, ich fühlte, wie ich eiskalt erbleichte. Wenn ich schlagartig schlohweiße Haare bekommen hätte, es hätte mich nicht verwundert! Ein Schatten ballte sich über der Burg, schwärzer als die dunkelsten Wolken der tiefsten

Nacht und er sah aus wie ein gigantischer Krake! Ein zyklopisches, titanenhaftes Ungeheuer aus den noch immer unerforschten Tiefen des Ozeans! Sein blasig aufgetriebener Leib wölbte sich geschwürartig über das Gemäuer. Die finster schimmernden Tentakel ringelten sich wie wütende Schlangen in seltsamen, aus fernen Welten diktierten Bewegungen um die eingestürzten Mauern und zerfallenen Türme. Entweder, um sie vollends zu zerstören, oder, um sie zu umarmen wie die Felsen lange entbehrten Heimatgrundes.

Ein Augenzwinkern, und die abnorme Kreatur war verschwunden. Nichts als finstere Wolken ballten sich um die alten Türme, doch mir war, als verhalle ein Schrei oder Ruf zwischen den Bäumen und Felsen. Ausgestoßen weder von einem Menschen noch von einem Tier! Wild, sehnsüchtig und voll abgründigen Zorns. Ein Zorn, der Welten zerschmettern konnte.

»Fürchterlich ist es, in meine Hände zu fallen!«, erinnerte ich mich an die Worte des gelben Königs. Für einen einzigen, schwachen Moment überwältigte mich der Wunsch, es so zu tun, wie die Menschen auf diesem Planeten es für gewöhnlich zu tun pflegen – vor all dem die Augen zu verschließen. So zu tun, als gäbe es all diese entsetzlichen Mächte um uns herum nicht, den Kopf, betäubt von Drogen und Fusel, in den Kissen zu vergraben, beständig murmelnd:

»Der Mensch ist Herr im Universum, und alles ist in Ordnung!« Doch stattdessen packte ich mein Bücherbündel und machte mich auf den Weg in das alte, dämonische Dorf, zur Burg und zum König in Gelb, um IHM, dessen wahrer Name nicht genannt werden durfte, gegenüberzutreten.

Aus der schwarzen Masse des Waldes zu beiden Seiten des schmalen Weges drang ein Flüstern, das mich wegen des allgegenwärtigen Schreckens erbleichen ließ. Ich erinnerte mich noch gut an die Gräuelwesen, die sich in Gesellschaft der abscheulichen Hexe bei der Ruine des alten Forsthauses aufhielten. Obwohl viel weiter den Bergrücken hinauf gelegen, war es mir, als beobachteten sie eben jetzt spöttisch jeden meiner Schritte. Ich wusste, dass sie dazu in der Lage waren. Vielleicht bildete ich mir das indessen nur alles ein aufgrund des viel schlimmeren Grauens, das ich gerade erlebt hatte, dennoch ...

Eine weitere Begegnung mit *IHM* ...

Es war unwahrscheinlich, dass ich sie überlebte. *ER* hatte seine Warnung ausgesprochen. Doch ich konnte den Ruf in meinem Innern, der mich zur Wahrheit oder zur Erfüllung meines Schicksals drängte, nicht ignorieren. Also schritt ich fort, ungeachtet der monströsen nichtmenschlichen Augen, die mich aus dem Dunkel heraus umlauern mochten.

Kapitel 10

Als ich das Dorf und den alten Hof erreichte, schienen die Giebel der größeren Häuser und die Türme von Kirche und Rathaus wie abgeschnitten. Ein dichter Nebel, der den Geruch der dunklen Wälder mit sich führte, begann sich von den Bergen herabzusenken und die Straßen wie mit Schleiern der Schwermut zu erfüllen.

Ich trat in den nahezu stockdunklen Eingangsraum der Pension und tastete mich vor bis zu jenem von einem schwachen Leuchten erhellten Rechteck der Tür, die zum Treppenhaus führte, das von einer trüben Ölfunzel erhellt wurde.

Ich zuckte zusammen, als ich plötzlich rechts neben mir eine Gestalt in der Dunkelheit eher erahnte als erkannte.

Sie befand sich unterhalb meines Blickwinkels. Als die schnarrende Stimme durch die stille Dunkelheit tönte, erkannte ich, um wen es sich handelte.

»Sie hatten Glück, junger Mann, dass Sie noch hierher gefunden haben in der Nacht. Es ist nicht gut, sich draußen aufzuhalten, wenn die Sonne hinter den Bergen versunken ist.«

Es war mein Zimmerwirt, ein sehr großer, aber unglaublich dürrer alter Mann mit kantigem Kopf und Augen, die stechend wirkten, obwohl sie fast in ihren Höhlen versanken.

Mein Zimmerwirt verfügte wohl schon lange über keine Zähne mehr, was ihn sehr undeutlich reden, ja, nuscheln ließ, doch es verlieh seinem Image auch etwas Großväterliches, Mildes und Vertrautes. Seine Hände, die für ihn zu groß wirkten und auf die enorme Kraft schließen ließen, über die er einmal verfügt haben mochte, drehten am Rad einer

Öllampe auf dem Tisch, deren trüber Schein eine tröstliche Lichtinsel schuf, innerhalb der sich der Hauswirt und ich befanden.

Er saß in einem Sessel, der kurz vor dem Zusammenbrechen zu stehen schien – dies gewiss nicht erst seit gestern – und wohl aus dem vorigen Jahrhundert stammte. Auf dem Tisch vor ihm stand eine Karaffe mit dunklem Rotwein und zwei Gläsern.

Den Hintergrund zu dieser Szenerie der Behaglichkeit bildete ein Buchregal, das mir bisher nicht aufgefallen war.

Der Hauswirt schenkte die beiden Gläser voll.

»Haben Sie auf mich gewartet?«

»Verdammtes Glück«, wiederholte er, ohne meine Frage zu beantworten, während er einen Stuhl für mich zurechtrückte, auf dem ich Platz nahm, obwohl ich eigentlich anderes im Sinn gehabt hatte als mich zu unterhalten.

»Niemand sollte draußen sein bei Nacht. Sie können das nicht wissen, aber ich sage es Ihnen. Wenn Sie es nicht glauben, so ist es Ihre Sache. Aber ich habe das Gefühl, Sie sind ein Mann, der glaubt.«

»Was glaubt?«

Ich nippte an meinem Glas. Der Wein war süß und ölig, vielleicht ein Spanier oder Grieche.

Seine Augen lagen im tiefen Schatten, als er mir den Kopf zuwandte, sodass ich nicht erkennen konnte, ob er mich musterte oder an mir vorbei ins Dunkel starrte.

»…, dass es aus bestimmten Gründen gut ist, jetzt nicht draußen zu sein …«

»Was sind das für Gründe?«

»Es ist neblig, nicht wahr? Eine dicke Suppe wie Rauch von schwelendem Holz.«

»Ja.«

»Und das Zeug kommt von dem Berg herunter, auf dem die Burg steht.«

»Stimmt.«

Der Alte seufzte.

»Da sind Dinge in diesem Nebel. Entsetzliche, widernatürliche Dinge, die weder lebend noch tot sind. Dinge, die einen Sterblichen panisch schreiend davonrennen lassen, wenn sie ihm begegnen. Falls er dann noch Beine hat, mit denen er es kann.«

Mein Geist brannte vor Neugier. Ich beugte mich vor, als könne ich die Worte von den Lippen des Alten saugen.

Die Lichtinsel der Lampe hüllte uns ein, schien sogar Wärme zu spenden. Die Dunkelheit, die mit einem unerbittlichen Hauch von Unendlichkeit dahinter lauerte, war hingegen eisig und bedrohlich.

»Was für Dinge? Wie sehen sie aus?«

»Das weiß niemand. Sie sind ganz unterschiedlich, obwohl sie eine feste Form besitzen. Jeder beschreibt sie anders, und niemand weiß, worum es sich da genau handelt. Manche sagen, dass sie noch aus der Zeit stammen, als die Burg bewohnt war und die Grafen in den Gewölben unterhalb der Mauern entsetzliche Riten abhielten. Diese Kreaturen sollen aus bestimmten Räumen zwischen den Welten herbeigerufen worden sein und wurden nie wieder zurückgeschickt, worauf sie sich hier manifestierten und zu ernähren begannen. Und zu vermehren ...«

»Zu vermehren?«

Die Stimme des Alten war zu einem heiseren Flüstern herabgesunken. Noch immer starrten seine im Schatten liegenden Augen in eine unbestimmbare Ferne, sodass ich befürchtete, er sei wahnsinnig. Doch dieser Wahnsinn hatte einen Grund und dieser Grund wiederum hing mit dem zusammen, was hier geschah und ich zu enträtseln gedachte.

»Sie nahmen sich die Töchter unseres Dorfes zu Frauen, sagt man. Entrissen sie ihren Eltern und wenn sie zurückkehrten, völlig verstört, ja, schwachsinnig, wuchs in ihren geschändeten Leibern eine unheilvolle Brut heran.

Manche wurden von den Bälgern von innen heraus aufgefressen. Andere kamen auf natürliche Weise zur Welt, wenn bei dieser Widernatürlichkeit auch nur etwas 'natürlich' genannt werden darf. Die bedauernswerten Mütter dieser Wechselbälger taumelten umher mit einem Blick, so leer wie der Raum zwischen den Sternen, sabbernde Idiotinnen, die bald anfingen, den Mond anzuheulen und sich auch äußerlich auf entsetzlichste Weise veränderten, wovon ich lieber nicht allzu viel reden will. Sie aßen ... Zeug ... Zeug, das schon lange tot war, oder das noch zappelte und schrie und um Hilfe rief ... Waren sie so weit entmenschlicht, trafen sie sich mit ihrer Brut bei den alten Steinen in dem verfluchten Talkessel gegenüber der Burg. Die Steine sollen mit den Druiden zu tun haben, aber das weiß niemand so genau. Dort führten sie dann ihre obszönen, aufreizenden Tänze auf. Sie hüpften und heulten und schrien in den Nächten bei Neumond oder dann, wenn der Mond voll und blutig am Himmel stand. Wenn der verdammte Nebel die Burg und das Tal mit den Druidensteinen verhüllte. Gestank die Straßen erfüllte wie ein unheilvolles Gift, das jegliches Leben aus allem saugte. Von den Menschen, vom Vieh, das in den Ställen blökte und wahnsinnig vor Angst mit den Hufen gegen die Stalltüren trommelte. Fast so, wie diese schrecklichen Kreaturen ihre Trommeln schlugen, um die fremden Götter auf ihren dunklen Sternen zu ehren. Dann verdorrte das Korn auf dem Feld und Zeichen traten auf, die auf Schlimmeres hindeuteten als den Antichristen.«

Der Alte verstummte, erschöpft von all dem Grauen, das wirklich geschehen war oder an das er zumindest glaubte.

Mich hatten seine Worte sehr beeindruckt, mehr noch die Bilder, welche sie vor meinen Augen entstehen ließen. Es war, als seien in der Randzone zwischen der Dunkelheit und dem Lichtkreis der Lampe Szenen aus einer Laterna magica abgelaufen, doch mochte das auch auf meine Imaginationsfähigkeit zurückzuführen sein. Ganz überzeugt von der Wahrheit der Geschehnisse war ich noch nicht. Oder war es meine Angst, welche mich das Offenkundige verleugnen ließ?

»Diese Gegend ist offenbar reich an alten Volkslegenden, ich würde sie gern alle hören. Auch von der Existenz der Druidensteine wusste ich nichts. Ich würde sie mir gern einmal ansehen.«

Der Alte lachte freudlos. Seine Augen fixierten mich zum ersten Mal und ich erkannte darin ein Flackern von Wahnsinn.

»Es sind keine Legenden, die ich Ihnen erzählt habe. Es ist die Wahrheit. Ich habe sie selbst gesehen, die Kreaturen. Sie werden sie auch sehen.«

In diesem Augenblick erscholl von draußen ein Laut, durchdringend grell, der an einen Schrei erinnerte, aber auch wieder vollkommen anders war.

Ich sprang erschrocken auf.

Wieder lachte der Alte leise.

»Gehen Sie ans Fenster ... sehen Sie!«

Es kostete mich einige Überwindung, den Lichtkreis zu verlassen und auch nur die wenigen Meter Dunkelheit zwischen dem Buchregal und dem kleinen Fenster mit den dicken Scheiben zurückzulegen.

Als ich nach draußen spähte, bemerkte ich zunächst nichts als den Nebel, der sich dicht in den Straßen ballte und das Licht der wenigen Straßenlaternen nahezu auslöschte.

Dann tauchte vor dem Fenster blitzartig ein über und über mit Blut bespritztes Gesicht auf, das nur aus stierenden Augen und einem aufgerissenen Mund zu bestehen schien. Einen Schrei des Entsetzens auf den Lippen taumelte ich zurück. Hinter mir vernahm ich das dämonische Gelächter des Alten. Zeitgleich zerriss ein markerschütternder Schrei die Nacht, gefolgt von einem zweiten, ja, von einem ganzen Chor solcher Schreie. Aber dies war nur der Anfang des Grauens, welches dann folgte. Aus dem Nebel hinter und über der bedauernswerten Gestalt, über deren Geschlecht ich nichts aussagen konnte, tauchte eine weitere Lebensform auf, die mit Sicherheit nichts auf diesem Planeten zu suchen hatte und auch auf keinem anderen.

ES war größer als ein ausgewachsener Mensch, dunkel, schlank, ja, geradezu grotesk dürr und völlig unproportioniert, schien am Ende seiner oberen Gliedmaßen drei scharfe, hornige Auswüchse zu besitzen, die säbelartig gebogen waren. Damit zerrte es die vor Irrsinn kreischende Gestalt ins neblige Dunkel und ich dankte einem gnädigen Schicksal, dass ich nur schemenhaft erkennen konnte, wie die Kreatur ihr menschliches Opfer vollständig zerhackte – doch die Schreie waren entsetzlich und enervierend.

Ich glaube, dass ich in den wenigen Sekundenbruchteilen, in denen ich etwas erkennen konnte, ehe Nacht und Nebel mir die Sicht verwehrten, sehr genau sah, was das Ding mit seinem Opfer anstellte. Doch kann ich es nicht beschreiben, weil mein Verstand sich weigerte, es zu begreifen.

Die Bilder einer vollständigen, physischen Vernichtung sind es, die mich noch heute aus schrecklichen Alpträumen hochschrecken lassen. Bilder gemalt in auf gischtendem, kreischendem Rot, in fontänenartigen Sprühschleiern sich auflösenden Lebens. Ich sehe das starre Weiß gähnender, vom Fleisch befreiter Knochen und ich sehe schwarze, fette Erde gierig trinken ... und trinken ...

Es heulte und schrie an ungezählten Orten im Dorf und ich wusste, dass diese riesigen, dürren Schatten mit den Säbelzahnklauen sich nun ihre Opfer holten. Dass sie überall da draußen waren, dass es kein Entkommen gab vor ihnen. Es wäre wirklich mein Tod gewesen, hätte ich mich jetzt draußen befunden!

»So schlimm war es noch nie«, drang die Stimme des Alten an mein Ohr.

Wie eine große, steife Puppe hockte er in seinem Lichtkreis. Seine riesigen Hände waren mit etwas beschäftigt, das ich nicht sehen konnte.

»Nicht, seit ich mich erinnern kann; und das will etwas bedeuten. Dies ist ein Massenangriff.«

Er musterte mich hilflos.

»Normalerweise drängen sie aus ihren Kammern hervor, wenn der Nebel kommt, und halten ihre entsetzlichen, blasphemischen Riten ab. Dabei sterben stets ein oder zwei Menschen aus dem Dorf. Deren wahre Todesursache wird dann vertuscht. Manchmal fressen die Kreaturen sich auch selbst und bringen sich auf diese Weise ihren Göttern dar.«

»Sie fressen sich selbst?«

»Ja! Sie nagen und zerren sich das Fleisch von den Knochen, bis es nichts mehr zu nagen und zu zerren gibt. Doch heute Nacht verhalten sie sich wie Raubtiere. Als habe ihnen jemand den Befehl dazu erteilt.«

»Jemand?« Er schüttelte den Kopf.

»Ich weiß nicht, wer. Aber etwas ist diesmal anders. Ich muss Ihnen wohl nicht klarmachen, dass es besser ist, bis morgen früh hierzubleiben.«

»Wo ist eigentlich Ihre Frau?«, fragte ich in plötzlicher Besorgnis.

Der Kopf des Alten sank auf die Brust, als schliefe er oder als sei mit einem Male alles Leben aus ihm gewichen; es dauerte lange, ehe er antwortete.

»Sie ist draußen, wenn Sie das meinen. Aber es wird ihr nichts widerfahren, weil sie immer draußen ist, wenn es geschieht.«

»Wie das?«

»Ich habe ihnen doch schon gesagt, dass ich diese Dinge persönlich erfahren musste und nicht nur von den

Volkssagen her kenne, zu denen sie wurden. Meine Frau und ihre Base sind mit den anderen droben bei den Druidensteinen. Die Frauen hier im Ort – jedenfalls ein paar – hängen einem sehr alten Glauben an.«

Ich spürte, dass sich ein leises Grauen in mir zu regen begann, ein unbestimmtes Gefühl, als sei ich in eine Falle gelaufen. Mein Zimmerwirt, dessen Kopf noch immer wie tot auf der Brust ruhte, schien Gedankenleser zu sein.

»Keine Sorge, sie sind nicht ... böse. Und wir Männer haben nichts damit zu tun. Die Frauen beschwören jene Wesen auch nicht, sie bannen sie nur. Versuchen es wenigstens.«

»Ist eine namens Hebzibah bei ihnen?«

»Sie ist ihre Anführerin.«

Ich spürte Genugtuung, aber auch Furcht. Ich wusste nicht, was diese verfluchte Alte der Wälder vorhatte, aber sie besaß Macht und ich hätte in diesem Moment schwören können, ihr heiseres Kichern schwebte hier im Raum zwischen uns wie ein grotesker Vogel.

»Aber Sie sind ja wegen der alten Legenden gekommen«, nahm der Alte der Faden wieder auf. »Sie sollen sie hören, vor allem jene, welche ich selbst erlebt habe – beobachten konnte aus erster Hand sozusagen.«

Ich warf einen letzten Blick nach draußen. Ich gewahrte eine seltsame Prozession von Schatten durch die Nebelschleier hindurch. Schatten, die sich in einer Reihe bewegten, auf ein unbekanntes Ziel zu, grotesk, hüpfend, kriechend, kollernd; und nichts an ihnen war auch nur im Entferntesten menschlich.

Nein, diese Kreaturen mussten von weither kommen, von dort, wo alle Albträume entsprangen.

Eine von ihnen warf die absurde Blase, welche wohl den Kopf darstellen sollte, in die Höhe und stieß ein Geheul aus, das mein Blut in Eis verwandelte. Jene Blase wies, soweit ich erkennen konnte, ein einziges, zyklopisches Auge auf.

Eine Legion von Kehlen beantwortete diesen Laut mit infernalischem Gekreisch. Sie waren überall dort draußen.

»Es nahm seinen Anfang, soweit ich mich erinnern kann, als ich noch ein ganz junger Mann war«, begann der Alte zu erzählen. Ich kehrte zu ihm zurück, duckte mich schaudernd in die trügerische Sicherheit der Lichtinsel und hielt mich an meinem Glas fest. »Ich hatte gerade damit begonnen, den Hof zu bewirtschaften, zusammen mit Odette, meiner Frau. Anfangs lief alles gut, sehr gut sogar. Das Klima hier im Ort war prächtig. Das Vieh gedieh auf saftig-grünen Wiesen, wurde wohlgenährt, richtig fett. Unter dem Sommerhimmel, weit und von einem unendlich tiefen Blau, wogten die goldgelben Ähren eines gesunden Korns, das Wohlstand für Odette, mich und unser Gesinde bedeutete. Es war eine herrliche, unbeschwerte Zeit. Mühsam zwar, voller Arbeit, aber so hatte der Herr es für seine Geschöpfe vorgesehen und ich beschwerte mich nicht, niemand tat das. Dann begannen die seltsamen Vorkommnisse auf der Burg oben, von schwarzer Magie war die Rede. Die Frauen aus dem Dorf wurden geholt, irgendwann auch meine Odette. Ich gäbe etwas dafür, wenn ich sagen könnte, dass sie nur entführt wurde. Aber in Wirklichkeit, glaube ich, haben sie etwas gemacht, dass die Frauen freiwillig kamen und vom gottesfürchtigen Weg abfielen. Sie haben etwas wie einen Ruf ausgesandt und der hat etwas Schlafendes in den Frauen geweckt. Nicht in allen. Aber in Odette schon. Etwas in ihrem Blut ... Sie wurde wie sie, wie diese Hebzibah, und begann, die Dinge zu rufen aus dem Draußen, bei den Druidensteinen. Erst als die Frauen ihre schändlichen Riten feierten, sind die Wesen aufgetaucht: ihre ... Brut ... Ihre Kinder ...«

»Aber wer hat sie gerufen? Wer hat die Frauen gerufen? Wer hat das in ihrem Blut entfacht? Und wie?«

»Na, die Herren auf der Burg«, erwiderte der Alte, als sei das selbstverständlich.

Draußen war es ruhig geworden, die Schreie waren verstummt, die Laute der Qual und jene, die diese Kreaturen ausstießen.

»Die Herren auf der Burg?«, wiederholte ich verwundert. Ich verfluchte den Umstand, dass ich nicht etwas mehr über die geschichtlichen Eckdaten der Ruine wusste. Aber nach meinem Wissen war das Gemäuer seit seinem letzten Brand infolge der Kriege im 15. oder 16. Jahrhundert nicht mehr bewohnt gewesen. Und der Alte hatte von den Anfängen der Schwarzen Magie dort geredet. Wie alt mochte er selbst sein? Achtzig? Maximal neunzig? Und er wollte all das erlebt haben?

Der 'Augenzeugenbericht' brach wohl eher als Fantasie eines alternden Gehirns zusammen, das Gehörtes, Gelesenes und Erinnertes zu einer eigenen, wirklichkeitsfremden Melange verschmolz.

Dass hier etwas Schreckliches vorging, war absolut klar, doch die Erklärungen des Alten sollte ich wohl nicht zu ernst nehmen.

»Wir sind einmal dort oben gewesen, um nachzuschauen«, fuhr er fort, im Tonfall eines Mannes, der in seiner eigenen Gedankenwelt versunken war.

Schlagartig schwand mein Interesse an seinen Ausführungen; ich hatte mich auf anderes zu konzentrieren!

»Wir waren zu viert«, erzählte der Alte weiter. »Unsere Frauen waren verschwunden, waren alle dort oben in der Burg, denn wir hatten sie gehört ... Gott allein wusste, was sie dort mit ihnen machten. Wir sahen sie nicht, hörten nur, wie sie schrien, wie ihre Schreie immer unmenschlicher wurden. Wir waren jung und zornig, wollten wissen, was dort oben vor sich ging, auch wenn es der Teufel selbst war, der dort sein Unwesen trieb.

Unsere Frauen befreien, ja, das wollten wir; sie von der Obrigkeit zurückfordern, die kein Anrecht auf sie hatte. Wenn die feinen Damen und Herren Krieg wollten, dann sollten sie ihn haben!

Wir waren jung und dumm. Ach, wenn es doch nur der Teufel gewesen wäre, der dort oben umging! Bloß der Teufel und nicht dieses ... Unheil. Wir waren vier, aber ich allein kam einigermaßen unbeschadet zurück, von den Albträumen abgesehen, die mir auch jetzt, nach so vielen Jahren, noch den Schlaf rauben.

Zwei meiner Freunde starben und einer wurde verrückt. So war das damals.«

Das ließ mich nun doch aufhorchen: Die Ernsthaftigkeit in der Stimme des Alten, die niemals auf Einbildung beruhen konnte.

»Was ist passiert?«

»Wir erreichten die Burg bei Einbruch der Dämmerung; das war schon unser erster Fehler, aber wir hofften in unserer Naivität, im Schutz der Dunkelheit unbesehen die große Mauer passieren zu können, um in den Burghof zu gelangen. Tatsächlich hatten sie – hatte ER – uns schon beobachtet, seit wir zur Burg unterwegs waren.

Die Umwelt schien aufgeladen mit etwas, das wir damals noch nicht kannten ... mit natürlicher Elektrizität. Aber das ist nur ein Bild, ein Vergleich, wissen Sie? Die Wolken hingen tiefer und in der Luft – von einem unbekannten, widerlichen Geruch erfüllt – war ein Flüstern von Stimmen, die nichts Menschliches hatten.

Die Schatten wurden länger an jenem verfluchten Abend – unsere eigenen, die der Bäume in dem Wald, der die Burg umgab, und die der Steine, welche auf der verdorrten Wiese davor lagen. Da waren Schatten von Dingen, die das Auge nicht wahrnehmen konnte ...

Kein Wächter tat auf den Mauern und Wehrtürmen Dienst, was bedeutete, dass die hohen Herren – die verdammten Teufelsanbeter – sich in den Katakomben versammelt hatten, um ihre schauerlichen Riten zu zelebrieren.

Es hätte uns warnen müssen, dass wir die Mauern so leicht passieren konnten, dass es schon einer Einladung gleichkam, aber beim Hinaufklettern hörten wir aus dem Innern der Burg Schreie und Wimmern; da gab es vor Hass und Wut kein Halten mehr. Als wir im Burghof die entsetzlichen Pfähle sahen, dachten wir nicht daran, dass uns ein gleiches Schicksal blühen könnte. An ihnen verfaulten die Leichname derer, die bei den Riten geopfert worden waren, steckten Schädel in allen Stadien des Verfalls - beschmiert mit Blut, das gerade erst getrocknet war, bis hin zum ausgebleichten Schädelknochen.

Wir fanden einen Eingang in die fackelerhellte Finsternis der Katakomben; deutlicher hätte man uns die Einladung nicht präsentieren können. Sie stellten uns keine Falle im eigentlichen Sinn: Wir waren mit unseren Messern und Knüppeln für sie überhaupt keine Gefahr, im Gegenteil – sie wollten, dass wir alles sahen. Dass zumindest einer noch davon erzählen konnte.

Ich glaube, jedes unserer Haare war bereits grau geworden vor Furcht beim Abstieg die endlosen Stufen hinunter. Vorbei an mit schmierigem Pilz überzogenen Mauern, gefolgt von noch mehr Stufen und noch mehr Mauern, bis wir das Labyrinth aus Gängen, Kammern und Korridoren erreichten, ich weiß nicht, wie tief unter der Erde.

SIE, die Brut von den Sternen, war längst da, und sie verneigten sich vor *IHM,* ihrem Herrscher.

Der Raum, eine Art Grabkammer mit steinernen Sarkophagen, war angefüllt mit *IHRER* Finsternis, die wie Unrat von den Wänden tropfte, an der sie kondensierte, schmierig und schleimig. Die Luft war feucht und kaum atembar, es schien, als müssten unsere Lungen gegen einen ungeheuren Druck ankämpfen, wie unter Wasser, in den Tiefen des Meeres oder auf einer ganz anderen Welt als dieser.

SIE waren da, nur weiß ich nicht, ob die Gestalt, in der wir SIE sahen, IHRE wirkliche war. Oder langten SIE gar aus IHREN Welten mit spinnenartigem, tentakelbewehrtem Griff herüber? Möglich auch, dass sie gerade im Begriff waren, in unserer Welt feste, gefügte Form anzunehmen. Wir vier übergaben uns jedenfalls auf der Stelle bei dem Anblick, den ich im Detail weder beschreiben kann, noch will. Nur so viel will ich Ihnen sagen: Sie waren dunkel, irgendwie feucht, glänzend und ständig in Bewegung. Ich musste an Nester von Schlangen denken, doch die einzelnen, schleimigen, schlauchartigen Gebilde hingen irgendwie zusammen, bildeten größere, blasenartige Organismen, und sie hatten keine Augen, aber irgendwie Tastfühler und Beine wie Spinnentiere … Hermann, einer von uns, brüllte:

»Seht ihr es denn nicht, beim barmherzigen Gott, seht ihr nicht ...«

Ich weiß heute noch nicht, ob er etwas sah, was wir andern, getrieben von unserem Wunsch nach Rache, nicht erkennen konnten. Doch er rollte seine weit aufgerissen Augen wie ein panisches Pferd, dann rammte er sich seinen eigenen Dolch in den Hals und zog ihn durch, so dass er Blut spuckend und gurgelnd zusammenbrach.

Noch heute wünschte ich, ich hätte es ihm gleichgetan, denn das, was wir dort unten sahen, war nicht für menschliche Augen bestimmt, es machte bei uns etwas im Kopf für immer kaputt.

Um es abzukürzen: Wir hatten unsere Frauen gefunden. Sie tanzten und trieben Entsetzliches mit den dunklen, spinnenartigen Dingern, die in den Schatten der Ecken dieser Grabkammer hockten und sich daraus hervorwanden. Diese Kreaturen wirkten wie eine Art Kraft, die mal stärker, mal schwächer wurde. Die Frauen schrien, heulten und kreischten wie von Sinnen, sie gaben sich den schleimigen Umarmungen der triefenden, schlangenartigen Gliedmaßen hin. Dann tanzten sie wiederum nackt mit glänzenden, aufgetriebenen Bäuchen und gebaren in unnatürlich kurzer Zeit die blasphemische Frucht ihrer Umarmungen. Diese Wechselbälge reihten sich, wie Frösche hüpfend und kriechend, sofort in den Sabbatreigen ein, während ihre Mütter bereits wieder in fürchterlicher Ekstase schrien, sich erneut in das schleimige Gewühl aus Fangarmen hineinwarfen und schwängern ließen.

Martin überwand seine Furcht, sein Grauen, und wollte seine Frau aus der Umarmung eines dieser obszönen Dinger reißen. Doch was es mit ihm machte, schneller, als Auge und Verstand zu folgen vermochten, war eine so umfassende Zerstörung, dass binnen eines Herzschlags nur eine große, schäumende, rote Lache von ihm übrig blieb, in der ein entfleischter Kiefer noch zuckte, als wollte er schreien.

Ich machte nicht den Fehler, diese Dinger anzugreifen, die mächtiger als alles waren, vielleicht sogar mächtiger als Gott selbst. Ich packte meine Odette und schlug sie k.o., wie ich es bei einem Kerl getan hätte. Dann nahm ich sie auf und trug sie hinaus. Karl folgte mit den anderen, aber auch nur, weil *SIE* uns entkommen lassen wollten. Denn ich glaube, *ER* wollte, dass wir jetzt gingen und alles erzählten. Denn verloren hatten wir gegen *IHN* in jedem Fall, weil ich bis heute nicht den Eindruck habe, *ER* hätte die Frauen zu diesen Scheußlichkeiten gezwungen. *ER* hat uns gezeigt, wozu wir alle fähig sind, vor allem sie, die still und brav ihr tägliches Dasein im Schatten der Arbeit, der Ehe, der Kirche oder anderer Autoritäten führen, worüber *ER* nur spottet. Er hat etwas in den Frauen freigelegt, eine dunkle Seite, die so mächtig ist, dass ich sie fürchte. Ich war bis zu jener Nacht kein ängstlicher Mensch, gewiss nicht!

»Es ist in meinem Blut ... Es ist wie ein Ruf von den Sternen, ein Ruf der Natur selbst, es ist das, was *SIE* von uns wollen, und ich kann nichts dagegen tun«, hat Odette zu mir gesagt. »Und ich werde auch nichts dagegen tun. Wenn die Zeit des dunklen Sabbats kommt, dann kommt sie.« Genau das hat sie gesagt und so ist es geblieben bis heute.«

Ich erschrak, als ich, der ich gedankenversunken gelauscht hatte, nun in das Gesicht des Zimmerwirts blickte, das wie erloschen wirkte: Ich starrte in die Augen eines Toten.

Anders war dieser Zustand nicht zu beschreiben! Es schien, als sei der Treibstoff einer Vorrichtung, die jahrelang ihren Dienst versehen hat, schlagartig aufgebraucht worden.

Draußen war es unheimlich still: die Stille des Grabes.

Der Nebel hatte sich verzogen, der silberne Glanz des Mondes überflutete die Häuser und Wiesen; ein Strahl lag genau auf dem maskenhaft starren Gesicht des Zimmerwirtes, wie der Scheinwerfer einer Bühne, auf der ein schlimmes und perverses Theaterstück gegeben wird.

»Sie haben wiederholt von »*IHM*« gesprochen«, versuchte ich, den Faden erneut aufzunehmen. »Einer, den Sie wie einen Herrscher beschrieben haben, zumindest ansatzweise. Um wen handelte es sich? Um den Herrn der Burg? Hat er einen Namen?«

Nach langem Zögern, als ich schon glaubte, keine Antwort mehr zu erhalten, stand der Alte mit einer erstaunlich geschmeidigen Bewegung auf, die ich ihm kaum zugetraut hätte. Er trat zum Bücherregal, nahm einen Band in die Hand, in dem er ganz versunken zu lesen schien. Ich fühlte Eisschauer über meinen Rücken rinnen, als ich erkannte, dass das Buch wie in Schlangenhaut eingebunden wirkte.

»Haben Sie es je gelesen?«, fragte der alte Mann mit einer Stimme, die hohl klang und von weither zu kommen schien.

»Gelesen ... was?«, stammelte ich, als könne ich durch mein gespieltes Nicht-Wissen dem Grauen entrinnen.

»Der König in Gelb.«

Ich musste einen Augenblick die Augen schließen. Als ich sie wieder zu öffnen versuchte, gelang mir dies nur gegen einen erheblichen Widerstand. Mein Herz raste.

»Und sagen Sie nicht, Sie hätten nicht einmal im Traum daran gedacht, es auch nur mit spitzen Fingern anzufassen. Das hört man nämlich für gewöhnlich als Antwort auf diese Frage.«

Der Tonfall des Alten hatte sich verändert, aufs Unangenehmste verändert. Aus dem schwachen, heiseren Flüstern war ein befehlsgewohnter Verhörton geworden, gepaart mit diabolischer Schläue.

»Ich habe die Kurzgeschichten von Chambers gelesen, ja«, gab ich zu.

Das Lachen des Alten, der größer geworden zu sein schien, klang, als rieben sich zwei Mühlsteine aneinander.

»Das dünne Bändchen mit den zehn Geschichten darin, das mit dem 'Wiederhersteller' des guten Rufs' beginnt und mit der 'Rue Barree' endet, nehme ich an.«

»Was denn sonst?«

»Wussten Sie eigentlich, dass das Theaterstück 'Der König in Gelb' real existiert? Dass es von Chambers selbst stammt, komplett ausformuliert? Dass Chambers es auf Drängen seines Verlegers vom Markt nehmen musste, nachdem es tatsächlich nach der Lektüre durch einige, sagen wir schwache oder empfindungsfähige Geister zu zahllosen Morden, Selbstmorden, ein oder zwei Amokläufen und massenhaften Einlieferungen in die Irrenhäuser gekommen war?«

Die Luft im Raum schien zu Eis zu erstarren.

Meine Recherchen in der heimischen Bibliothek hatten zumindest zutage gefördert, dass es diese Theorie gab, wenn die Literaturwissenschaft auch das daraus machte, was ich als 'Neue Inquisition' bezeichnete. Früher wurden unliebsame Schriften buchstäblich verteufelt. Heute hieß es, sie seien nicht authentisch und existierten somit nicht. Verfechter anderer Hypothesen wurden der Lächerlichkeit preisgegeben.

Machte man es mit dem Necronomicon nicht genau so? Und hatte ich nicht einen Band zuhause stehen, aus der Bibliothek eines Wesens, das kein Mensch mehr war?

Der Zimmerwirt blickte auf das Buch in seinen Händen, als sähe er es zum ersten Mal. Sanft fuhren seine Hände über den Einband, wie man es bei einer großen Kostbarkeit zu tun pflegt: ein Einband, wie aus Schlangenhaut gemacht, genau, wie Chambers es beschrieb in seinen offiziellen, entschärften Geschichten.

»Ja, das Buch existiert. Möchten Sie es lesen?« Die Frage des Alten schien keine solche zu sein.

Und bei allen Göttern, natürlich wollte ich!

»Sie müssen nur wissen, dass es die Tore öffnet, wenn man es liest. Waren Sie schon einmal in *CARCOSA*?«

Ich weiß nicht, was mich dazu bewog, die Frage zu bejahen.

»Vor langer, langer Zeit bin ich dort gewesen ... Im finsteren ... *CARCOSA* ...«

Der alte Mann nickte, offenbar zufrieden mit meiner Antwort.

»Und noch etwas. Es schließt einen Pakt mit dem, der es liest. Einen Pakt, der niemals mehr zurückgenommen werden kann für den, der sich erinnert.«

»Geben Sie es mir!«

Meine Hand zitterte, als ich sie danach ausstreckte.

Der alte Mann lächelte diabolisch, als lauere hinter seinen Gesichtszügen ein anderer.

134

Kapitel 11

Noch immer lag die Nacht schwer und dunkel über dem bedrückenden, von alten Geheimnissen wispernden Dorf. Ich hatte die Ergebnisse meiner Nachforschungen auf dem Bett ausgebreitet und sortierte sie im gelblichen Schein der alten, geschwungenen Wandlampen. Auf dem wurmstichigen Nachttisch mit der grauen Marmorplatte lag das Buch im Schlangenhauteinband und rief mich mit lautloser, unüberwindlich machtvoller Stimme.

Noch nicht ...

Vielleicht enthielt es tatsächlich *ALLE* Antworten auf meine lebenslange Suche nach dem Unheimlich-Übernatürlichen, aber – noch nicht!

Ich musste systematisch vorgehen, durfte mich nicht durch meine Visionen oder die Rede des Alten blenden lassen. Ich musste meinen Verstand zwingen, mir zu gehorchen!

Also:

Wer war der König in Gelb?

Was war *CARCOSA* und wo lag es?

Was hatte beides mit den Großen Alten und ihrem Kult zu tun?

Was die Literaturwissenschaft zu dem Thema sagte, wusste ich bereits: alles Fiktion, eine Anhäufung magischer, archetypischer Symbole, die nur insoweit interessant sind, als sie Lovecraft zu seinen Ideen vom Necronomicon inspiriert haben, das ja wiederum reine Fiktion ist, etc. So kam ich nicht weiter! Ich traute meinen Sinnen und wusste, was ich gesehen hatte.

Auch der Alte unten verfügte über ein Wissen, das meines bestätigte, und das Buch dort auf dem Nachttisch war der Beweis!

Dieses Wissen bestand in den einfachen, lapidaren Sätzen:

Chambers schrieb von einer Wahrheit, die im Übersinnlichen wurzelte, und Lovecraft ebenso. Beide wussten um gewisse Mächte, die jenseits der Realität des Raumes und der Zeit existieren, und hatten dies in ihren Erzählungen zumindest angedeutet. Diese Mächte lauerten tatsächlich da draußen, sie griffen jetzt in mein Leben und in die Welt ein. Die Großen Alten bereiteten offenbar ihre Rückkehr vor, zumindest eine Stärkung ihrer Macht auf Kosten der menschlichen Rasse.

Welche Rolle spielte dabei aber der geheimnisvolle König, der doch keiner von IHNEN war, ... oder doch?

Da Chambers selbst keinerlei Hinweise auf Wesen und Charakterisierung dieser Gestalt gab, hatte ich mir den Text vorgenommen, von dem es hieß, er habe Chambers zumindest zur Namensgebung in seinen Werken inspiriert:

»Ein Bewohner von *CARCOSA*«, von Ambrose Bierce. Dort tauchte der Name jenes eigenartigen Landes, jener Stadt zum ersten Mal auf – in Form einer von seltsamen Felsblöcken und Grabsteinen bedeckten Grasebene, die sich unter einem düsteren Himmel erstreckte, über den ein unheimlicher Wind unheilverkündende Wolken trieb. Der Erzähler in dieser Geschichte durchstreift jenes Land und findet dort die Ruinen einer uralten Kultur, ja, die Grabsteine scheinen uralt zu sein und auf eine prähistorische Rasse hinzudeuten. Er erinnert sich, an einem schlimmen Fieber erkrankt gewesen zu sein und aus einer »achtbaren und bekannten Stadt« zu stammen – *CARCOSA*. Doch jetzt sind dort nur noch Trümmer, Ruinen, Fragmente einer einstmals blühenden Kultur.

Die Stimmung wird immer düsterer, bedrohlicher, unheimlicher. Tote Bäume überall, das Fehlen von Kleinstlebewesen, eine entsetzliche Stille und über allem der ewige, unheilverkündende Wind ...

Zeichen tauchen auf, die den Erzähler an den Tod

gemahnen – ein Luchs, eine Eule, heulende Wölfe. Ein seltsamer, mit Fellen behangener Urzeitmensch taucht auf, der den Erzähler überhaupt nicht wahrzunehmen scheint. Als der düstere Himmel aufreißt, werden Aldebaran und die Hyaden erkennbar. Am Ende findet der Erzähler seinen eigenen Grabstein, mit seinem Namen und seinem Todesdatum.

Die Nachbemerkung zu jener Erzählung versichert dem Leser, all dies sei einem Medium namens Bayrolles mitgeteilt worden durch einen Geist mit dem Namen Hoseib Alar Robardin; in einem offensichtlichen Jenseitskontakt. Das düstere *CARCOSA* – ein Ort jenseits der Schwelle des Todes? Weshalb dann aber die Lokalisation durch die Sternhaufen?

Diese Frage hatte mich zu der Anschauung der alten Griechen geführt, dass manche Seelen nach dem Tode zu Sternen bzw. Sternbildern werden – ein mythologisches Motiv, das sie wohl von den Ägyptern übernommen hatten. Und waren gerade bei den Griechen die Unterweltsgötter Thanatos und Hypnos nicht Brüder? Das hieß – der Tod und der ... Schlaf?

In einer Darstellung zeitgenössischer Musik war ich auf ein Projekt gestoßen, das seine Inspirationen aus den Texten Chambers' bezog – und dort war mir eine Liedzeile aufgefallen, die sich mir seitdem im Geist wieder und wieder aufdrängte, ablief wie eine alte Musikwalze:

»Auf Sternenkarten wirst du es nicht finden, auf einer Sternenkarte ist es nicht verzeichnet ... das verlorene *CARCOSA* ...«

Auf einer Sternenkarte nicht, aber wo dann? Ein weiteres Lied wies mir die entscheidende Spur: »Aber dem Schläfer eröffnet sich dies Land, dem Träumer allein weisen die ebenholzschwarzen Türme den Weg ... ins verlassene *CARCOSA* ...«

Schlaf und Traum ... der Bruder des Todes zu Lebzeiten, ein

Tod ähnlicher Zustand; und die Zwillingssonnen werden sichtbar über den tiefen Wassern des Sees von Hali, die Mauern und Kuppeln, die Türme ... Ein Tod ähnlicher Zustand zu Lebzeiten ... und der *Geist* vermag zu reisen in jene Gefilde, die nur ihm zugänglich sind ... Das verbotene Hochplateau in der eisigen Öde von Leng, von dem Lovecraft schrieb.

Das »Buch von Dzyan« der Theosophin Madame Blavatsky. Das ägyptische, das tibetische Totenbuch. Wer sonst von den Sterblichen, selbst ein tibetischer Lama höchster Befähigung, sollte die Tore des Todes zu überschreiten imstande sein – wenn nicht in tiefer Meditation?

Eine Geistreise. Eine Astralreise. Die alte, magische Vorstellung, dass es Menschen gab, die willentlich ihre Seele vom Körper trennen konnten, um sie in den Gefilden jenseits der alltäglichen Wahrnehmung auf Reisen zu schicken. *CARCOSA* war ein Ort, der auf der Astralebene lag – und eben deshalb nicht weniger real war als das Bett hier, der Nachttisch dort, der gesamte Planet Erde, eher noch viel realer! Nicht eine bloße Fantasie, sondern ein Ort auf einer anderen, feinstofflichen Ebene der Wirklichkeit, ein geistiger Ort, dem Geist erkennbar, wie die Lösung eines mathematischen oder philosophischen Problems ... Denn lehrten nicht alle Religionen, dass der *Geist* die Ursache der Materie sei?

CARCOSA war in der magischen Technik der astralen Projektion erreichbar. Es lag in der Welt, die dem Magier, der Hexe und gewiss – wenn auch nicht kontrolliert, sondern eher zufällig – dem gewöhnlichen Schläfer zugänglich war. Während dessen Materie verhafteter, irdischer Leib in seinem Bett ruhte, erhob sich seine Seele frei und von allem irdischen Ballast befreit. Dann reiste sie zu den von perlmuttfarbenen, rosenroten, türkisblauen Nebelschleiern verhüllten Gefilden, welche die Königreiche des Traumlandes bildeten. Sie existierten, umwogt von funkelndem Sternenglanz, dessen irisierendes Licht- und Schattenspiel das Leuchten von Myriaden Sonnen erahnen ließ, die er in sich barg, und deren diamantenes Funkeln sich allmählich in den plattesten, prosaischsten Anforderungen der Alltagswelt verlor, sobald der Schläfer erwachte.

CARCOSA, ein Land, zu dem die Regenbogenbrücke des Traumes hinführte! Die Regenbogenbrücke, deren Farben langsam verblassten, je mehr sie sich dem verlorenen, finsteren Land der verdammten Seelen näherte, die zu trostlosestem Grau verdorrte, das sich zu stumpfem Schwarz verdichtete unter dem Düsterlicht der Zwillingssonnen.

Unter dem Glosen eines unheilverkündenden Mondes, dort, bei den toten, für immer schweigenden Wassern des Sees von Hali. Entlang der Basaltküste, die einst von wimmelndem Leben erfüllt war unter dem Tosen sich brechender Wolkenwellen und auf die nun nur die Pestilenz verseuchten Schatten der alten Türme und geborstenen Mauern fielen, in denen sich etwas befinden mochte, schleichend, verstohlen kriechend, tot, und untot.

Wer es hätte sagen können, was dies sei, das sich da die alten, von hungrigen, flüsternden Schatten erfüllten Trümmerstraßen *CARCOSA*s in perversen Zuckungen entlangwindet, der war längst dem Wahnsinn verfallen in dieser Welt und nicht mehr als ein hilflos schreiender Idiot. Sein Geist aber, der die Wahrheit schaute, blieb auf ewig gefangen in den schwarzen, lichtlosen Tiefen des Sees von Hali. Eine unter all den anderen verdammten Seelen ...

Bierce selbst lieferte mir die Bestätigung für meine Theorie: in seinen »Visionen der Nacht«, welche keine erfundene Geschichte darstellten, sondern seine Überlegungen zu Art und Wesen des Traumes. Wie augenfällig sind für den aufmerksamen Leser jene Stellen, da er von seinen eigenen Träumen spricht, dass er *CARCOSA* einst im Traume gesehen habe auf seinen Wanderungen durch die Reiche der Nacht, die sich uns eröffnen mit all ihrem Glanz und ihren Schrecken. Dass *CARCOSA* sich ihm offenbart hatte und keineswegs die Ausgeburt der Fantasie eines genialen Dichters war.

»Ich war allein in der Nacht auf einer grenzenlosen Ebene ...« So beginnt Bierce die Erzählung eines Traumes, der ihn sich auf einer düsteren, schwarzen, wie verbrannt wirkenden Ebene wiederfinden lässt. Es muss geregnet haben, in kleinen Pfützen spiegelt sich das kalte Licht der Sterne, über den Himmel treiben schwere, dunkle Wolken ... Über allem liegt die bekannte Vorahnung des Bösen und des Unheils. Der Träumer gewahrt in einem blutroten Schein gewaltige »Zinnen und Türme« und kommt zu einem Gebäude, dessen Steine »jeder Einzelne größer als das Haus meines Vaters ist ...« »Stundenlang« hallen die Schritte des Träumers im Innern jenes »zyklopischen Grabgewölbes«, bis er in einen Raum kommt, der in den blutroten Schein des westlichen Horizontes getaucht ist.

Dort, inmitten des Staubs vergangener Jahrhunderttausende(?), im »dumpfen und düsteren Schimmer«, von dem der Träumer weiß, dass es der Schein der »Ewigkeit« ist, wird ihm eine Erleuchtung zuteil, die er später in Versform niederschreibt:

»Wie lang die Zeit, dass es noch Menschen gab,
die Engel gingen hin ins unbekannte Grab;
sogar die Teufel sind am Ende kalt
und Gott fiel tot vom weißen Thron herab!« Auf einem Bett eingehüllt in schwärzeste Finsternis findet der Träumer Bierce schließlich einen grässlich zerfleischten, verwesten Leichnam. Die Augen in der schrecklichen Totenfratze öffnen sich langsam – und von kosmischem Grauen zerschmettert, erkennt der Träumer: Es sind seine eigenen! Die Parallelen mit der bewusst gestalteten Geschichte über

den Einwohner *CARCOSA*s erschienen mir zu deutlich, um noch daran zu zweifeln, dass Bierce sie als Erinnerung niedergeschrieben hatte an einen Besuch an eben jenem dunklen Ort, den ich suchte. Seine Formulierung am Ende eines weiteren Traumberichts meinte ich als Bestätigung meiner These werten zu dürfen: Der Träumer bewegt sich durch eine in das unwirkliche Licht eines frühen Sommermorgens getauchte Landschaft zwischen Bäumen und Feldern, zwischen Mondunter- und Sonnenaufgang, als er auf ein Pferd trifft, das mit ihm spricht.

Obwohl der Traum sich wiederholt, erfährt Bierce nie, was das Pferd ihm sagt. Bierce vermutet – nota bene! – »..., dass ich aus dem Land der Träume verschwinde, bevor es das ausdrücken kann, was es im Sinn hat ...« Aus dem Land der Träume verschwinden! Ein Land, ein Reich, das Reich mindestens *eines* Königs neben unserer Wachwelt!

Bierce vermutet weiter, dass er das gute Tier verwundert und erschreckt zurücklässt durch sein Verschwinden aus dem Traumreich – beim Erwachen! – wie auch er durch ein sprechendes Pferd erschreckt wurde.

Das entspricht einer Anschauung, die Wach- und die Traumwelt als zwei sich spiegelnde Realitätsebenen auffasst! Zwei Seiten *einer* Münze namens Realität, mit einem Spiegel in der Mitte!

Bierce Schlussbemerkung erscheint mir besonders interessant:

»Vielleicht werde ich es eines Morgens verstehen – und nicht mehr in diese, unsere Welt zurückkehren.«

Nun wusste ich also, wo *CARCOSA* lag – und wie der Träumer, und der in magischen Praktiken Geschulte es erreichen konnte!

Ich wollte das Buch von Bierce mit meinen Aufzeichnungen schon weglegen, als mein Blick auf eine Passage fiel, die mich vor Überraschung laut aufschreien ließ. Ein weiterer

Traum ...

Bierce taumelt durch einen gigantischen, dunklen Wald, im Bewusstsein, ein schreckliches, namenloses Verbrechen begangen zu haben. Da sieht er einen Bach, der nicht aus Wasser, sondern gänzlich aus Blut besteht.

Er führt ihn zu einem *marmornen Becken, um das herum zwanzig Leichen mit durchgeschnittenen Kehlen liegen, die Köpfe so angeordnet, dass die Hälse in das Marmorbecken bluten, aus dem der grausige Bach entspringt!*

Dies ist das Verbrechen, das der Träumer begangen hat. Er assoziiert merkwürdigerweise die Anzahl der Leichen mit der Anzahl der Jahrhunderte, die dies zurückliegt, vernimmt mit einem Male ein gewaltiges, drohendes Hämmern, das den ganzen nächtlichen Wald erfüllt, und sieht in dieser Drohung, deren Ursache er nicht ausmachen kann, eine Missbilligung seiner Tat. Diese Szene – der Ausgangspunkt meiner Recherchen oben auf der Ruine, das blutgefüllte Becken, die Sagen von dem Kult im Innern der Burg, der grässliche Menschenopfer forderte – in grauer Vorzeit – und offenbar auch heute noch ... Das konnte kein Zufall sein!

Wie aber sollte der Amerikaner Bierce davon gewusst haben? Die Erzählungen des Zimmerwirtes kamen mir in den Sinn über die schrecklichen Hexen, denen seine Frau angehörte und auch jene, die vom *HERRN DER BURG* verändert worden waren, ich dachte an die widerliche Hebzibah ...

Führten die Frauen den Kult der einstigen degenerierten Burgherren weiter und brachten einem schrecklichen Idol, das nicht irdischen Ursprungs war, Menschenopfer dar?

Das führte mich zu der Frage, welche Rolle der verfluchte, in Verfall begriffene Ort und die dämonische Burgruine überhaupt spielten, waren sie doch ein Ort auf der Erde! Jedenfalls glaubte ich das. Sicher konnte ich mir wohl bei keiner meiner Wahrnehmungen mehr sein.

Natürlich! Es gab Orte, da waren die Grenzen zwischen den

Welten dünner: Spukhäuser, verfluchte Orte, alte Friedhöfe, der Wald bei dem alten Forsthaus.

Schon immer hatte ich nach solchen Orten gesucht und im Laufe der Zeit (?) eine Art Ahnung, Intuition oder Gespür dafür entwickelt, ohne das Gefühl, das solche Orte bei mir auslösten, näher benennen zu können, noch, warum ich Zeit meines Lebens so dem Unheimlich-Übersinnlichen nachjagte. Die Erklärung, dass die *GROSSEN ALTEN* mich riefen, gefiel mir überhaupt nicht! Trotzdem mochte es so sein, dass ich Ihren Ruf in meinem Blut fühlte, weil er in mir war von Geburt an oder von einer Bestimmung aus einer Zeit davor.

Aber was hatten Bierce und Chambers gewusst? Nach meinem Dafürhalten waren beide ausübende Künstler gewesen, in keinerlei magischen Praktiken geschult. Bierce hatte aber möglicherweise in seinen Träumen so etwas wie ein kollektives Gedächtnis angezapft. Vielleicht war er auf die Akasha-Chronik gestoßen. Und so hatte er die Geschichte dieses Ortes, die Geschehnisse um Hebzibah und die anderen Frauen in einer Art Vision geschaut, zumindest den Teil, der den Kult und die Menschenopfer betraf. Vielleicht anfangs zufällig, aber so musste es gewesen sein!

Das Becken mit dem Blut! Er hatte es gesehen und sich selbst des Verbrechens angeklagt. Was nur bedeuten konnte, dass er, via Akasha-Chronik, welche alle Ereignisse im Universum in einer Art feinstofflicher Matrix aufzeichnete, in das Gedächtnis eines der den Kult Ausübenden eingedrungen war, was ihm dann ein Traum zu sein schien. Und ich war heute darauf gestoßen!

Blieb noch eine Frage: Wenn der 'König in Gelb' wirklich der Herr dieser Burg war, wie mein Zimmerwirt es gesehen hatte, und wenn diese Burg auf Erdebene eine Verbindung mit dem astralen *CARCOSA* hatte – welche Verbindung hatte dann der 'König in Gelb' zu den *GROSSEN ALTEN*?

Einer der weniger zugänglichen Texte von Lovecraft aus seiner Gedichtsammlung »Fungi from Yuggoth« wies mir in dieser Frage den Weg. Ich gebe es – seiner Wichtigkeit wegen – hier in meiner eigenen Übersetzung wieder:

Von Leng aus, wo zerklüftete Bergspitzen trostlos und nackt emporragen unter eisigen Sternen
verborgen menschlicher Schau,
da schießt bei Einbruch der Dämmerung ein einzelner Lichtstrahl empor,
dessen fernes, blaues Strahlen die Hirten aufschluchzen lässt im Gebet.
Sie sagen (obwohl niemand je dort gewesen ist), dass es von einem
Leuchtfeuer kommt, im Innern eines steinernen Turms,
wo der letzte der Großen Alten noch immer weilt, allein, und mit dem Chaos redet, durch den Schlag der Trommeln.
Dieses Ding, so flüstern sie, trägt eine Maske aus gelber Seide,
deren seltsamer Faltenwurf vermutlich ein Gesicht verbirgt,
das nicht von dieser Welt ist, obwohl niemand zu fragen wagt, welcher Art dies Seltsame ist, das darunter schwillt.
Viele, in der Menschheit frühester Jugend, suchten nach jenem Strahlen, doch was sie fanden –
wird niemand jemals wissen.

Der König in Gelb.
Der Letzte der *GROSSEN ALTEN*!

Ich war auf die Schrift eines weiteren schwarz-magischen Ordens gestoßen. Dieser hatte jedoch mit dem, der gerade mittels der magischen Tafel die Macht in meiner Heimatstadt zu übernehmen drohte, nichts zu tun.

Doch auch dieser Orden rief die Alten an und beschwor

ihren unreinen Geist. In der gewissen Schrift war ich auf eine Erwähnung des Wesens gestoßen, das 'König in Gelb' genannt wurde. Gelb, das war in der klassischen Magie die Farbe des Ostens, der Luft – regiert vom Zeichen Wassermann. Verborgen war das Wesen des Königs. »Er, der nicht genannt werden darf« … »der auf den Winden schreitet« … das waren Attribute eines Wesens, dessen bloßer Name mir Schauder des Entsetzens verursachten und ein Gefühl, auf tiefe, okkulte Geheimnisse gestoßen zu sein, denn hier schloss sich der Kreis zu Chambers und Bierce. *HASTUR.*

Bei Bierce ein gnädiger Hirtengott – er erwähnte den Namen zum ersten Mal – bei Chambers eine Stadt, ein Ort in oder bei *CARCOSA*, in den Hyaden.

Bei August Derleth aber, Lovecrafts Freund und Nachlassverwalter, war er der geflügelte Zwillingsbruder *CTHULHU*s, mit diesem verfeindet und mit ihm um die Vorherrschaft über die Erde streitend. Der Orden behauptete, seine »Wohnstatt« sei der »Hali-See in *CARCOSA* in den Hyaden«, und er solle zu Lichtmess angerufen werden, wenn die Sonne im Wassermann steht.

Wer das Gelbe Zeichen, das Zeichen *HASTUR*s, trüge, sei der Feind der Alten (und stünde somit unter dem Schutz der Älteren Götter, die Derleth in seinen Schriften erwähnte?)

Ich kombinierte: Wie auch immer der kosmische Krieg um die Herrschaft über die Erde, ja, im Universum ausgegangen war: *CTHULHU* lag todlos schlafend und träumend in seinem Grab in der sagenhaften unterseeischen Stadt R'lyeh (Atlantis? Lemuria? Mu?). Das war der Gemeinplatz, den jeder, der sich einmal mit dem Mythos der Alten befasst hatte, kannte. Und *HASTUR*?

Der Letzte der Großen Alten, der Herr des östlichen Tores, somit der Herr des Elementes der Luft, eingeschlossen in einem gemauerten Turm? Im verlorenen, untergegangenen

CARCOSA?

Die Stadt, das Reich, über das einst er, *HASTUR*, der Gott der Schäfer, der 'König in Gelb', geherrscht hatte von seinem Thron in den Hyaden aus – untergegangen! Vernichtet von den geflügelten, krakenartigen Armeen seines Bruders *CTHULHU* und deshalb verfallen und tot? Der König im Exil, seiner Rückkehr harrend wie sein Bruder, der mächtige Krake der See?

Die schrecklichen Visionen von *CARCOSA*, schwarz, düster, von den morbiden Schatten des Bösen erfüllt, den Phantomen seiner einstigen Bewohner, verdammt in lebendem Tod! Waren all das Erinnerungen an die Zukunft, an das Schicksal, das auch der Erde, meiner Heimatwelt, blühte, wenn die Alten sich wieder erhoben?

Hatte ich deshalb dieses seltsam vertraute Gefühl, dieses Deja-vus, wenn ich nur den Namen *CARCOSA* hörte? Aber war die Erde überhaupt meine Heimatwelt?

Meine starke Reaktion *nach* der Vision von *CARCOSA*, bei mir zuhause! Das Gefühl unerträglichen Verlustes! Entstammte ich nicht vielleicht in Wirklichkeit jenem Reich in den Hyaden und begann gerade, mich zu erinnern? Was, wenn dort nicht nur meine Heimat war, sondern die *aller* Menschen? Wenn wir alle in Wahrheit gar nicht von der Erde stammten, sondern Kinder *HASTUR*s waren ... Spielbälle weitaus größerer Mächte, Bauernopfer im Schachspiel der Könige der Großen Alten ... Wenn ja, was hatten SIE dann mit uns vor?

Dieser Art waren meine Gedanken, als ich mit zitternden Händen meine Aufzeichnungen zur Seite legte und nach dem Buch in der Schlangenhaut griff, um Antworten zu erhalten.

Kapitel 12

Unter diesem Eindruck stand ich, als ich, den Ruf aus den verfluchten Seiten folgend, den schmalen Waldpfad zur Ruine hinauftaumelte.

Wie gut verstand ich nun die Figuren Chambers, die unter der Wahrheit des zweiten Aktes zusammengebrochen waren und sich in moralischer Zerrüttung befanden. Wenn die Worte dieses Stücks, von Chambers selbst oder von außen diktiert, der Wahrheit entsprachen – und ich zweifelte keine Sekunde daran – dann waren meine schlimmsten Erwartungen weit übertroffen worden.

Was ich gedacht hatte über die Natur des Königs und das Schicksal der Menschheit – alles falsch! Was die Wissenschaft uns lehrte – alles Lüge! Und doch war es schlimmer, entsetzlicher, weitreichender in all seinen bestürzenden Konsequenzen als alles, was ich bis dato für möglich gehalten hatte.

Die Schreie der wahnsinnigen Cassilda kamen mir in den Sinn, als sie die Wahrheit erfahren hatte; das Geheimnis hinter der 'Bleichen Maske'; all die verdammten Seelen, die noch immer dort weilten, in den eisigen Fluten des Sees von Hali, ohne Aussicht auf Rettung. Das war buchstäblich zum wahnsinnig werden! Ja, der Wahnsinn dieser Welt, der ja immer etwas damit zu tun hat, dass der an Irrsinn Erkrankte die *Realität* nicht sehen kann, war nichts im Vergleich mit dieser Wahrheit, die das, was wir alle von dieser Welt als wahr glaubten, aus den Angeln hob.

Ich begann zu rennen, bis ich vor Erschöpfung schier zusammenbrach, rannte, um in meinem hämmernden Herzschlag, im Keuchen meines Atems und im Schmerz meiner Beine mich selbst noch zu spüren und wenigstens der Illusion anzuhängen, dass es mich weiterhin gab. Ich hielt nur einmal auf dem steilen Pfad inne, um mit letzter Kraft meiner Lungen zu schreien: »Verloren! Alles! Verloren!«

Im nächsten Moment wünschte ich, mich ruhig verhalten zu haben. Ein sardonisches, unmenschliches Lachen aus der schwarzen Masse des nächtlichen Waldes rings um mich her gellte mir seinen Spott als Antwort entgegen. Ich wusste nicht, ob jenes grauenhafte Gelächter, jener dämonische Chor unzähliger, zu einer einzigen Kehle vereinter Stimmen tatsächlich aus der nächtlichen Finsternis kam oder aus meinem Innern. Oder ob es aus dem Himmel drang, aus dem die weiten, fernen Lichter der Sterne so eiskalt funkelten, und ob solche Unterscheidungen überhaupt noch einen Sinn machten.

Doch wie anders hatte sich mir das Wort `verloren`! bei meiner letzten Begegnung mit dem gelben Pestschatten des Königs entrungen, als ich gedacht hatte, eine ewige Heimat für immer verloren zu haben!

Bei den mitleidlosen Göttern! Wie sehr dieses eine Wort durch den hilflosen Schrei – zerbissen zwischen den Zähnen, zerquetscht von Zunge und Lippen, die nicht mehr mir zu gehören schienen – zertrümmert, zu einer völlig veränderten, andersartigen Bedeutung mutierte!

Nicht eine ferne Sternenheimat verloren, nein, nein – nur die Lüge eines Glaubens an die Realität des Ich, der Welt, der Religion, der Wissenschaft! Alles war …

Ich schreckte zusammen, die Sinne verkrampft, doch geschärft für die äußerste Wahrnehmung: Ich hatte die Trümmer der Burg erreicht. Sie wurden von den majestätischen Fittichen der gewaltigen Bäume fast verschluckt. Noch immer hallte der Spottchor der Stimmen zwischen den uralten, bemoosten Stämmen hervor. Unheimlicher Nebel ließ ihre Konturen verschwimmen, doch sich verdichtende Schatten bewirkten, dass die von unbekannter Hand errichteten Mauern so deutlich hervortraten wie nie zuvor.

Ich sah die Burg, wie sie einst gewesen in ihrem kalten, majestätischen Glanz und ahnte: Dies geschah nicht mehr in meiner Welt …

Ich war weit, weit entfernt, jenseits der Sternennebel. Ich erkannte schwarze Mauern, Kuppeln und Türme aus Basalt, wie ich sie noch nie gesehen, außer in Visionen, die aus einem anderen Leben herüberwehten.

War ich tatsächlich … konnte es möglich sein …?

Alles wirkte unendlich fremd, bizarr und bedrohlich. Kein Nebel mehr weit und breit. In der schwarzen Unendlichkeit über mir drehten sich fremde Sterne in diamantenem Glanz und warfen ihr Licht auf funkelnden Stein von der Farbe polierten Ebenholzes. Stein, in Form gegossen in einer Architektur, die unmöglich von der Erde stammen konnte, die mit nichts vergleichbar war, was meine Augen jemals gesehen hatten. Ich erblickte sich schlangengleich dahinwindende, allen Gesetzen der Perspektive trotzende, sich in dunkler, beängstigender Ferne verlierende Straßen. Sah Wege und Promenaden, monströse, von eigenartigen Kuppeln gekrönte Bauwerke zyklopischen Ausmaßes. Unbekannt, zu welchem Zweck sie einmal gebaut worden waren. Ein wenig vielleicht an Mausoleen erinnernd, deren furchteinflößende Strenge und pompöse Würde der Ewigkeit zu trotzen schienen: Mauern, die offenbar noch wuchsen, hinein in den von Pestilenz geschwängerter Luft erfüllten Himmel, der zu weit war und übersät von Myriaden düster funkelnder Sterne. Ja, die Mauern waren das Schlimmste! Sie verformten sich wie die Rücken mächtiger, namenloser Vorzeitungeheuer und bogen sich in den finster drohenden Himmel, wenn der Blick zu lange auf ihnen ruhte. Doch ich musste erkennen, dass das wohl nur der Schwindel war, den sie in einem menschlichen Gehirn und

Nervensystem auslösten, die solch eine tödliche Urgewalt und solch finsteren, majestätischen Glanz nicht ertrugen. Es war sicherlich eine Untertreibung, welche die Erbauer jener steinernen Monstrosität beleidigt hätte, zu sagen, ein einzelner Mauerstein sei so groß wie ein irdisches Haus.

Über allem heulte wie eine ferne Totenklage unablässig der Wind. Er strich wie ein Geist durch die Schluchten der Straßen, durch Mauergänge und Alleen, die alle aus dem Irgendwoher kamen und sich im Nirgendwo verloren, im schwarzen, unendlichen Nichts. Ein einziger Atem des Schmerzes, ein Hauch unermesslichen Leidens, der sich an den Zinnen, Turmspitzen und eigenartig geformten Dächern brach. Der mit seinem Orgeln und Sirren die vernichtende Erkenntnis des Beobachters aufs teuflischste unterstrich: die Erkenntnis der eigenen Bedeutungslosigkeit.

Die gesamte Atmosphäre des Ortes, der dunkler war, als ein lediglich lichtloser Ort auf der Erde es je hätte sein können, atmete Angst. Entsetzliche Angst, Eingesogen und ausgestoßen im Takt eines sterbenden, doch unablässig schlagenden gigantischen Herzens, das hinter allen sichtbaren Dingen unsichtbar zu lauern schien.

Eiskalte Furcht strömte herab von den sternenübersäten Tiefen des Himmelsdoms, der sich über allem wölbte wie ein geöffneter Rachen. Sie sank wie aus Geisterhänden herab, tropfte von den starren, abweisenden Mauern, den Totenmonumenten und den düster drohenden Türmen, die wie schwarze, riesige Ungeheuer thronten. Sie kondensierte sich wie phantomartige, halbstoffliche Gestalten in den Straßenschluchten und wehte als ersterbender Klagelaut hinaus über die glatten, wie geschliffen wirkenden Basaltfelsen der Küste. Wehte hinweg über den perfekten Spiegel des in Erwartung drohenden Unheils ruhenden, in unerschütterlichem Schweigen brütenden Sees. Es war jener See, der wie schwarzes, poliertes Glas wirkte und dennoch den Eindruck vermittelte, jeden Moment in einer kataklysmischen Sturmflut explodieren zu können, um aus seinen unergründlichen Tiefen Schrecken auszuspeien, deren bloßer Anblick Tod und Verderben brachte.

Was wollte, was konnte ich jetzt überhaupt noch tun? Ich bezwang den Impuls, mich schlotternd und schreiend irgendwo zu verstecken und abzuwarten, bis die Qualen, die dieser Höllenort mir verursachte, ein Ende nahmen. Allein, wo hätte ich mich verbergen, wo Schutz suchen können? Alles hier war fremd, bedrohlich, unheimlich, nichts Vertrautes bot auch nur den Anschein von Linderung meiner Qual.

Da, als das Grauen in mir seinen Höhepunkt erreichte, in der Erkenntnis meiner Schutzlosigkeit meinen Verstand vollends hinweg zu spülen drohte, steigerte ein Laut meine Panik noch. Ich blickte hektisch suchend um mich. Der bloße Gedanken daran, dass sich hinter den hohl und finster gähnenden Öffnungen in den Mauern um mich herum nicht menschliche Augen auf mich richten mochten, jetzt, in diesem Augenblick, war schier unerträglich.

Der Laut hatte etwas Vertrautes, das will ich nicht abstreiten, und genau das war das Grauenhafte an ihm.

Dumpf, rhythmisch, im Takt meiner eigenen dunklen Angst hallte der Laut durch die leeren Straßen, fing sich in den zyklopischen Mauern wie das Echo der nackten Furcht, die meine Seele zerrüttete.

Trommeln… Trommeln hallten durch die eisig-feuchte Luft, übertönten das Klagelied des niemals verstummenden Windes.

Eine Prozession, wusste ich sofort, ohne etwas zu sehen. Eine unglaublich finstere, blasphemische Prozession zog zu jenem höchsten Turm dort, der sich aus den schwarzen Mauern erhob, wo sich in meiner Welt die Ruine aus rötlichem Buntsandstein befand.

Ich folgte dem Trommelklang, getrieben von einer unbekannten Macht.

Wie ein gewaltiges, verschlingendes Maul gähnte eine Öffnung in der Mauer, die die Basis des Turms bildete und ein Gebäude von etwa pyramidenförmigem Umriss darstellte. Allein die Öffnung war so groß, dass zehn Männer übereinander hindurchgepasst hätten, man nahm sie in der Gesamtfläche der Außenmauer jedoch kaum wahr. Hier fing sich der Wind besonders und orgelte mit wütender Intensität, in der sich ein Chor unheimlich flüsternder und keifender Stimmen zu ballen schien.

Ich sah nichts von der Prozession, doch ich hörte noch immer die Trommeln, die den Wind übertönten, und wusste, dass *SIE* vor mir in jener Öffnung verschwunden waren. Ich wusste, dass *SIE* schwarze Roben trugen, die ihre nur zum Teil menschlichen Gestalten verdeckten. Ich folgte *IHNEN*, ohne zu zögern, in das klaffende Maul der Finsternis. Obwohl ich, im Gegensatz zu *IHNEN*, nicht wusste, wo in der blinden Homogenität der absoluten Schwärze, die mich umfing wie die eisige Umarmung des Todes, der Weg war, dem SIE folgten. Nicht wusste, ob nicht nach dem nächsten Schritt ein Schacht sich unter meinen Füßen auftat, den zu durchmessen Jahre dauern konnte, ehe ich, wahnsinnig oder tot, den Grund erreichte.

Oder vielleicht führte er auch in ein Verlies, in dem ich lebend, doch mit zertrümmerten Knochen aufschlug, um auf den Gebeinen meiner Vorgänger liegenzubleiben, während durch das Dunkel riesige, blinde Bestien auf verkrüppelten, grotesken Gliedmaßen auf mich zu robbten, wahnsinnig vor Hunger und Gier ...

Von einem Schritt auf den nächsten buchstäblich erblindet, tastete ich mich voran. Unsicher taumelte ich durch eine Finsternis, die drückend und gewaltig in ihrer abgründigen Ausdehnung auf mir lag. Fast schien mir, dass sie mit der des Raumes zwischen den Sternen identisch war. Ständig rechnete ich damit zu fallen, in die Unendlichkeit zu stürzen … oder gegen etwas zu prallen, das sich knorrig, pelzig oder schleimig auf mich stürzte, brüllend wie ein Löwe oder mit der Wucht eines Hais beim Angriff unter Wasser.

Doch nichts dergleichen geschah. Um mich herum war buchstäblich nichts, doch es erscholl Gesang, an dem ich mich orientieren konnte, den die Trommeln begleiteten in einem dumpf hallenden, verstörenden Rhythmus.

Ich folgte dem Gesang, der lauter zu werden begann mit jedem Schritt, den mich mein Weg durch die Dunkelheit eine leichte Steigung hinan führte. Ich schrammte mit meiner Schulter an der Wand entlang, die sich hier zu einem geschwungenen Bogentor öffnete, wie ich ertastete. Als ich hindurch war, begannen meine Augen wieder zu arbeiten, weil ich mich in einer Art Kammer befand, die von einem violetten, unangenehm dichten und ungesunden Licht erfüllt war. Steinerne Fackeln in den gemauerten Wänden verströmten einen Schimmer, der die gesamte Umgebung erhellte in Farben, die auf der Erde unbekannt waren, und die Schatten in den Ecken, dort, wo er nicht mehr hinreichte, umso stärker hervortreten ließen.

Ich hatte mich in meiner Vorstellung bezüglich der Art der Prozession nicht getäuscht: Die steinerne Kammer war angefüllt mit Kapuzenträgern, die ebenfalls in einer Art violettem Licht lodernde Fackeln in Gliedmaßen hielten, die nicht die Hände von Menschen waren.

Sie verneigten sich vor einer der Wände, welche die Kammer begrenzten, die zunächst nackt und schmucklos zu sein schien. Bei näherem Hinsehen aber wurden Linien erkennbar, die sich tatsächlich zu einem riesigen, fast die gesamte Mauer einnehmenden Gesicht vereinigten. Das Antlitz war entfernt humanoid, zumindest von der Stirn und den Augen abwärts bis zur Nase, dann aber kräuselten sich die Linien und bildeten ein Muster, das mich mit vagem Grauen erfüllte.

Ich wurde mir bei diesem Anblick auf einmal der ungeheuren Tiefe bewusst, in der ich mich befinden musste, wie jemand, der sich in einer unterseeischen Höhle des Druckes gewahr werden mag, den die gewaltigen Wassermassen von oben auf sein Gefängnis ausüben. Ich spürte, dass würgende, erstickende Panik wie ein tödliches Gift in mir aufstieg.

Der Gesang der Vermummten nahm an Lautstärke und Intensität zu, er änderte sich, wurde fordernd, fast drohend. Bildete ich es mir nur ein oder veränderten sich die Linien des Gesichts, das meine Augen in der Mauer zu erkennen glaubten, wurden erst dunkler und dicker, dann leuchtend, bewegten sich gar?

Als eine erste Erschütterung den Boden wanken und mich wild mit den Armen rudern ließ, um das Gleichgewicht zu behalten, wurde ich mir bewusst, dass ich mich völlig schutzlos, ohne Versteckmöglichkeit, ganz in der Nähe bei den Vermummten befand. Denen schienen die Erdstöße nicht das Geringste auszumachen. Doch ehe ich mich vor den nicht menschlichen Augen unter den Kapuzen verbergen konnte, musste ich darum kämpfen, nicht von den Beinen geholt zu werden, ein Kampf, den ich schließlich verlor, weil die Schwerkraft in dieser unterirdischen Kammer zuzunehmen schien. Als ich am Boden lag, schoben sich nicht weit von mir entfernt die Beine einer mietshausgroßen Spinne aus bläulich schimmerndem Metall aus dem Boden.

Erst auf den zweiten Blick sah ich, dass es sich bei dem komplizierten Gewühl aus gelenkig verbundenen Metallstangen, die einige Augenblicke, in der Weise eines riesigen Uhrwerks von Eigenleben erfüllt, aufeinander zu strebten, um einen Käfig handelte. Er fügte sich vor meinen

Augen durch eine Mechanik, ohne sichtbares Zutun eines der Kultisten, zusammen, bis er das komplizierte, verwickelte Gestänge eines geschlossenen, unregelmäßig geformten Kastens aus einem bläulich-weiß schimmernden Metall bildete.

Ein Kasten – wofür? Ich wusste nicht, wie ich mir den Kontakt mit Bewohnern aus anderen Teilen des Universums, mit den Lebewesen fremder, bewohnter Welten vorgestellt hatte – aber gewiss nicht so.

Nicht so – grotesk. Der Käfig wimmelte, wuselte von gänzlich unbekannten Lebensformen, zu fremdartig und bizarr, um sie auch nur im Entferntesten beschreiben zu können. Zu beängstigend war ihre Abweichung von allem, was ein menschlicher Geist über Anatomie, Physiognomie und Physiologie zu wissen glaubte.

Dennoch konnte kein Zweifel darüber bestehen, dass all diesen Wesen, diesen konkreten Formen oder abstrakten Strukturen des Lebendigen eines gemeinsam war – ein Besitz an Vernunft, die sie der menschlichen Rasse zumindest ähnlich machte. Denn sie alle, wie auch immer sie sich ausdrückten, ob heulend, kreischend, plappernd, schnatternd – sie alle verspürten Angst, grauenhafte Todesangst, die aus der vorausschauenden Erkenntnis ihres Schicksals herrührte, somit Vernunft voraussetzte. Ich erkannte sie in ihren Augen oder mit diesen vergleichbaren visuellen Organen.

Wie auch immer diese Kreaturen aussahen, die vielleicht aus unvorstellbaren Entfernungen hierhergebracht worden waren, sie *wussten* um ihr bevorstehendes Schicksal. Da waren geflügelte Wesen wie Drachen aus dem Märchen, pelzige und affenartige wie die sagenhaften Yetis. Ich sah Lebensformen wie schleimige Mollusken aus der Tiefsee, wie Seeanemonen oder Pflanzen aus allen Teilen der Erde, auch Geschöpfe wie Wasserspeier an mittelalterlichen

Kathedralen. Erkannte Würmer und Schlangen mit mehreren oder gar keinen Köpfen, wobei deren runzlige Gesichter in letzterem Fall Teil der bräunlichen Hautlappen der Brust waren. Manche hatten Gliedmaßen, manche keine oder viele. Sie waren blau, grün, gelb oder in einer unergründlichen Farbe. Aber die Todesangst verband sie alle.

Und da, tatsächlich, kein Zweifel! Unter all den fremden Lebensformen befand sich ein Mensch, ein Mann, und ich kannte ihn sogar! Es war der bärtige Archäologe, der vor wenigen Tagen in der Ruine von dem grauenhaften König in Gelb geholt worden war.

Auch er sah und erkannte mich.

»Helfen Sie mir!« kreischte er mit sich überschlagender Stimme. »Mein Gott! Holen Sie mich hier 'raus! Es ist grauenhaft!«

Einer der Vermummten hatte sich aus der Gruppe gelöst und auf eine erhöhte Position gegenüber der Mauer mit dem eingravierten Bildnis des alten Götzen begeben. Mit erhobenen Armen begann er, eine furchteinflößende und barbarische Beschwörung zu rezitieren; es war nicht die Stimme eines menschlichen Wesens, die aus der Schwärze unter seiner Kapuze hervordrang.

Bei jeder Pause antworteten die anderen Vermummten in einer Art dämonischem Rezitativ; dies alles in einer Sprache, die ich noch nie gehört hatte und die in ihrer Fremdartigkeit bedrohlich und erschreckend klang.

»Cthyahh! M' agull yyph thaggua azath! Ia! Ia! Fth'aghunn ghaaa! Ai! Bogumm!«

Die Gesänge, die in den düsteren Gewölben widerhallten und verwirrende Echos in den labyrinthartigen Gängen verursachten, erzeugten, je länger sie intoniert wurden, merkwürdige Schwingungen. Ja, sie wurden selbst zu dumpf brodelnden Vibrationen, die sich flächenartig ausbreiteten und tief in meinen Eingeweiden eine entsetzliche Furcht und Hilflosigkeit auslösten. Eine Schwäche, die den Geist, ja, mein gesamtes Sein zu vernichten und in einen chaotischen Mahlstrom zu stürzen schien.

»C'ha'thyll! Mffghunnn miagg nnuu af gh'ann toth asagai mi-toth arra'nn – gull-pa! Gull-pa!«

Nach einiger Zeit, deren Dauer völlig unbestimmbar war, entstand ein Glosen in der Luft von unbekannter, im physikalischen Spektrum der Erde nicht definierter Farbe. Es war, als ob der gesamte unterirdische Raum mit einem Male vibriere vor einer Energie, die buchstäblich aus dem Nichts entstand, oder als ändere er selbst seine Konsistenz und werde zu jener Energie.

Die Gefangenen in dem Käfig schrien, kreischten, brüllten, heulten auf. Mein Blick richtete sich auf den Archäologen, der ja für mich der einzig vertraute Anblick in diesem Chaos war, Fleisch von meinem Fleisch, mein Artgenosse. Ich sah das maßlose Grauen in seinem Gesicht, aus dem die Augen herauszuquellen schienen, riesig und entsetzt, als litte er nicht nur Qualen wie noch nie ein Mensch vor ihm, sondern als sei er auch über alle Maßen erstaunt über das, was da gerade geschah.

Ich hörte seine Schreie nicht, weil die anderen, nicht menschlichen Wesen ihn übertönten, sah es nur an seinem Mund, der so weit aufgerissen war, dass es schien, als renke er sich die Kiefergelenke aus. Die Adern an seinem Hals traten so dick hervor wie Kabel. Ich war in die Knie gesunken vor Grauen und kauerte hinter einem etwa hüfthohen Felsblock, bebend, zitternd, vielleicht sogar vor mich hin brabbelnd wie ein Idiot.

»Ist das die Antwort, die du haben wolltest, all die Jahre? Hast du danach gesucht?«, fauchte eine bösartige Stimme in mir, von der ich nicht wusste, ob sie meinem Gewissen entstammte oder von außen kam.

Es stimmte.

War das der Endpunkt meiner Suche nach dem Unbekannten? Hatte mich meine Leidenschaft nun in Bereiche geführt, in denen Leben schlechthin unmöglich war, die nicht dazu geschaffen waren, erforscht zu werden? War dies das Ende? So beiläufig? Quasi als Nebenwirkung von Prozessen, die ich nicht einmal verstand?

Die Strahlung wurde intensiver. Als Zunahme von Schwerkraft und Luftdruck zunächst. Dann als Vibration in den Eingeweiden und schließlich als eine Qual, für die es keinen Namen gab, sodass ich mit Pein erfülltem Gebrüll in den Chor der Verdammten im Käfig einstimmte.

Als die Todesnot einen Höhepunkt erreichte, der schon jenseits meines bewussten Begreifens war, hielt der Vorsänger plötzlich inne, und die Beschwörungsformeln verstummten. Der Vermummte zeigte auf etwas, zeigte mit den schwarzen Spinnenfingern, die wie widernatürliche Lebewesen aus seinen Ärmeln hervorragten, in einer Geste höchster Aufregung auf das Gesicht im Stein, das sich verändert hatte.

Die Linien waren deutlicher zu erkennen, weil sie wie im kalten Licht fluoreszierender Steine zu leuchten begonnen hatten. Gleichzeitig bewegten sie sich, verbogen und verformten sich, als blicke man trunken oder im Fieber auf Konturen. Doch es waren nicht meine Augen, die diesen Effekt vortäuschten. Es waren die Linien des steinernen Götzengesichts selbst, die sich wanden und verformten.

Die Vermummten gerieten in höchste Aufregung. Entweder, weil sie selbst noch nie Zeuge eines solchen Erfolgs ihrer Bemühungen gewesen waren, oder weil sie genau diesen Vorgang herbeigesehnt hatten. Sie warfen sich auf den Boden und hoben und senkten unter rhythmischen Gesängen ihre Arme.

Die allgegenwärtige Strahlung wurde noch einmal stärker, während die Linien im Stein zu pulsieren begannen, als zeigte das Leuchten das Schlagen eines mächtigen Herzens im Innern des Steins oder dahinter an.

Etwas geschah mit den Opfern im Käfig: Sie kreischten in höchster Not laut auf. Diesmal hörte ich sogar den einzigen Menschen unter ihnen. Noch niemals hatte ich Lebewesen so schreien hören … ihre Konturen begannen sich zu verbiegen und zu verformen wie das Gesicht im Stein – und dann verstummten sie. Nicht, dass sie alle tot gewesen wären! Einige wohl, doch andere lebten noch und lagen zuckend und zitternd auf dem Käfigboden, als hätten sie starke elektrische Schläge erhalten. Doch alle wirkten wie geschrumpft, als habe man ihnen sowohl physische Substanz als auch Lebensenergie genommen.

Die Vermummten verneigten sich noch immer vor dem leuchtenden Steinbildnis. Ich zweifelte nicht daran, dass sich in dem steinernen Becken auf der heimatlichen Erde wiederum frisches Blut befand, diesmal auch nicht menschlichen Ursprungs. Da erscholl erneut die Stimme, die nicht mehr war als ein heiseres, raubvogelartiges Krächzen. Ich hätte sie unter Millionen erkannt …

In den Schatten der bogenüberwölbten Halle im Hintergrund des Stollens, wo sich Angst und Dunkelheit zu einer stofflichen Masse purer Antithese allen Lebens verdichteten, saß, von pestilenzartigem, gelben Leuchten wie von einer Korona des Todes umflort, der 'König in Gelb' auf seinem Thron.

Er sprach zu dem Anführer der Kultisten mit seiner krächzenden, heiseren Stimme. Sie ließ mich an Aasvögel denken, die in bleiernen Himmeln über schwarzen Schlachtfeldern voll verwesender Leichen kreisten. Der Vermummte warf sich in hündischer Ehrerbietung vor seinem Herrn nieder und zeigte auf das leuchtende Gesicht im Stein. Auf die Fragen seines Königs antwortete er mit tiefem Grollen, das bei einem Menschen nicht weniger

Furcht erzeugte als das Krächzen des unheimlichen Wesens auf dem Thron. Doch zweifelte ich nicht daran, dass es hier der Vermummte war, der vor seinem Herrn in Angst erbebte.

Das Zwiegespräch dauerte an. Ging es um das leuchtende Gesicht? Ich verstand ja kein Wort, kauerte am Boden, vor Panik und den Nachwirkungen der unbekannten Strahlung unfähig, mich zu rühren. Ich verfolgte ihre Gesten und sah, dass das Gesicht sich veränderte. War es anfangs annähernd menschlich gewesen, so erinnerte es jetzt mehr und mehr an einen Kraken, der auf seinen Tentakeln hockte oder an etwas Monströses mit Reptilienaugen und einem Bart aus Schlangen.

»Vielleicht liegt es an ihm!«

Mein Herz setzte einen Schlag lang aus, weil ich diesen einen der Sätze des Königs verstand. Hoffend, dass es nur eine Täuschung gewesen sein möge, blickte ich auf – und sah, dass er tatsächlich auf mich deutete, ohne sich mir zuzuwenden. Sein Finger war auf mich gerichtet wie ein Dolch.

Die Kapuzen wandten sich nun alle mir zu, und ich konnte spüren, wie sich die Dunkelheit, die sich unter ihren Mänteln verbarg, um mich verdichtete und sich um meine Seele legte wie Krakenarme.

Der Vermummte schnaubte verächtlich.

»Wir dachten, es wäre der andere«, murrte er mit einem Blick auf den Archäologen, der in dem Käfig auf dem Rücken lag und mit weit aufgerissenen Augen zur Decke stierte. Ich wusste, er war nicht tot – obwohl ich ihm nichts mehr wünschte als diese Gnade. Doch konnte er gerade jetzt, erkennbar an kaum merklichen Zuckungen seiner Augen, *Dinge* sehen. Er wirkte wie ein Wachkomapatient. Sein Geist schien in Sphären zu schweben, die nicht für Menschen gemacht waren. Und wenn je der religiöse Begriff einer 'Hölle' Sinn gemacht hatte, um in seiner lächerlichen Harmlosigkeit sogleich Lügen gestraft zu werden, dann jetzt und hier.

»Er hat tief gegraben. Doch er zog die falschen Schlüsse. Der andere … «

»Er ist hier!«, versetzte der König in einem Tonfall, der keinen Widerspruch duldete.

Mein Blick verlor sich in den Falten seines gelben Gewandes. Mir war, als sähe ich aus großer Höhe auf die Gebirge und Täler einer fremdartigen Landschaft hinab.

»Komm her!«

Der Befehl des Wesens, das sich unter dem gelben Gewand, hinter der bleichen Maske verbarg, duldete keinen Widerspruch. Auf zitternden, steifen Beinen stakste ich auf den Thron zu. Der König schien mit jedem meiner Schritte überproportional zu wachsen, bis er wahrhaft wie ein Gebirge vor mir aufragte. Bis die Gewandfalten im gelben Mantel wirklich Gebirge *waren,* zu denen ich aufschaute. Gebirge, über denen sich vor dem Licht zweier fahler, gelber Sonnen fremdartige Türme und Zinnen in einen entsetzlich leeren, schwarzen Himmel erhoben.

Mir war, als vernähme ich in diesem Moment ein leises Weinen – wie das einer Frau und eine Melodie erklang, von so unendlicher Traurigkeit, dass ich fühlen konnte, wie etwas tief in mir starb.

Ich blickte hinter mich – da war alles leer und dunkel: Kein Käfig mit Geopferten, keine Vermummten. Nur Dunkelheit und das Brausen von Wind, der den hohlen Geruch von Staub verwehte. Ein paar Knochen, teils menschlich, teils fremdartig, in zerbröckelnde Stofffetzen gehüllt, schimmerten phosphoreszierend im Dunkel und zerfielen alsbald zu Staub.

Nur das Gesicht in der Mauer war noch da, in seinem schwachen, grün-blauen Leuchten, mit dem Ausdruck beängstigender Bösartigkeit, voll lauernden Hasses und irrsinnig vor Zorn. Allmählich zerfiel selbst die Höhle, wurde zu Sand, den wiederum der ewige Wind mit sich nahm. Das Gesicht blieb. Leuchtend. Die Augen brennend vor Hass.

Mauern wurden auf der Höhle errichtet, Mauern aus Basalt, Mauern aus Buntsandstein und aus anderen, mir unbekannten Gesteinen.

Sie alle zerfielen. Das Gesicht blieb. Wurde immer zorniger, bösartiger. Rasend.

Hatte ich die Vergangenheit nicht wirklich gesehen? War ich nicht wirklich Zeuge der Opferung fremdartiger Lebensformen gewesen? Hatte ich nur in einer Vision geschaut, was diese Mauern – die wenigen Ruinen, die jetzt noch standen – schon vor Äonen an Erinnerung gespeichert hatten?

Ich wandte mich wieder dem Thron des Königs in Gelb zu, der wie ein Felsenmonument vor mir aufragte. Die Gestalt mit der 'Bleichen Maske' saß noch immer auf dem Thron, doch schien sie tatsächlich zu Stein geworden zu sein.

Ich wagte mich näher heran, Schritt für Schritt, langsam, zitternd, mir dessen bewusst, was ich vorhatte.

Meine Arme streckten sich aus … griffen nach der Maske. Da öffneten sich die Augen hinter ihren Sehschlitzen, starrten mich an in bösartigem, reptilischem Triumph.

Ich konnte nicht schreien, doch jede meiner Zellen schien sich aufzubäumen in kreischendem Entsetzen. Es war zu spät. Ich nahm dem 'König in Gelb' die Maske vom Gesicht, von dem, was Gesicht zu nennen gelogen wäre. Sah. Und konnte schreien. Ihr Götter, ich konnte schreien! Welche Erleichterung! Und welche Erlösung, als sich mein Geist in die Gefilde des Wahnsinns verabschiedete, in die schwindelerregenden, ungeheuren Abgründe, durch deren dunkle, von namenlosen Gräueln erfüllten Labyrinthe ich rannte. Lief, torkelte. Schreiend, heulend, kreischend, während das Gelächter des Königs mir in den Ohren gellte; selbst dann noch, als ich mir die Fäuste darauf presste. Es schickte sein Echo durch jene Regionen meines Gehirns, die Menschen gemeinhin lebenslang verborgen bleiben. Ich wusste in diesen Augenblicken nichts mehr, fühlte nichts, nahm nur Vernichtung, Auflösung, wesenhafte Zerstörung wahr. In jenen Stunden, Jahren, Äonen, da ich taub und blind von jenem Anblick und jenem Gelächter durch die inneren Labyrinthe der alten Ruinen des todgleichen *CARCOSA* taumelte. Eine Erkenntnis war unumstößlich: Der See von Hali ist in uns und auf ewig verloren ist der, der in seinen eisigen, schwarzen Fluten versinkt. So, wie jetzt ich.

Kapitel 13

Ich?!

Wer sollte das sein?! Was?!

Ich zuckte zusammen.

Hatte ich nur einen Moment lang geträumt und mir eingebildet, Dinge und Wesen in einer fremden Welt zu sehen? Meine Fantasie war ja schon immer lebhaft gewesen und so konnte es doch sein ...

Mach dir nichts vor. Du weißt, dass ER existiert. Dass SIE existieren und dich beobachten ...

Immerhin hatte ich wieder das Gefühl zu wissen, auf wen sich 'Ich' bezog. Das widerliche Gefühl der Leere, der Orientierungslosigkeit, ja, der Verwirrung war verschwunden. Gerade so, als schrecke man aus einem besonders schweren Schlaf mit wirren Träumen auf, die einem das Gefühl vermittelten, weit weg gewesen zu sein, sich erst wieder orientieren zu müssen in der Umgebung des eigenen Schlafzimmers, in dem das Mondlicht bedrohliche, flüsternde Schatten an die Wand zeichnete.

Auch mir schien es, als habe ich einen Übergang von einer Welt in eine andere vollzogen.

Allein ich wusste, welche Streiche uns unsere Fantasie spielen kann, ich hatte gelernt, nicht alles, was mir an Unerklärlichem widerfuhr, gleich für das Wirken übersinnlicher Mächte zu halten. Und doch ...

Ein leises Gelächter verwehte im frischen Wind des grauenden Morgens, laut genug, dass ich mich erschrocken nach seiner Quelle umsah, und vor allem laut genug, um den Spott darin wahrzunehmen. Allein dieser ließ mich innerlich vor Furcht erschauern, denn ich erkannte meinen hilflos-lächerlichen Versuch, das Geschehene als bloße Einbildung abzutun.

Ich befand mich am Rande des Ortes, in welchem ich die

letzten Tage gewohnt hatte, und blickte zur Burgruine empor, die als schwarze Masse auf dem Hügel lagerte. Alles wirkte … normal, weder fremd noch bedrohlich. Nur etwas störte mich.

Die Perspektive, aus der ich die Ruine ansah, entsprach der von meiner Pension aus. Sowohl aus dem Erdgeschoß, wo ich mit dem Alten gesessen hatte, als auch aus meinem Zimmer unter dem Dach. Haargenau der gleiche Blickwinkel! Nur war da jetzt kein Haus. Ich stand vielmehr auf einem kleinen, freien Platz, der sich schwarz von den ihn umgebenden Straßen abhob, in denen sich leichter Nebel kräuselte. Wie konnte das sein?

Ich vernahm Schritte, die sich von hinten näherten. Sie waren in der Stille, die fast feierlich über dem Ort lastete, das einzige Geräusch und schafften es, dass sich die Härchen in meinem Nacken aufstellten. Die Schritte stoppten dicht hinter mir, so nahe, dass ich ein Atmen wahrnehmen konnte. Dennoch drehte ich mich nicht um. Entweder, weil ich Angst hatte, es zu tun, oder weil ich kein Verlangen auf noch mehr Schrecken nach einer Nacht wie dieser verspürte.

»Man hat Sie gehen lassen? Wenn Sie auf ein weiteres Zeichen gewartet haben, dann erhielten Sie es heute Nacht durch die bloße Tatsache, noch am Leben zu sein.«

Der vertraute Klang der Stimme ließ mich meine Erstarrung abschütteln. Ich wandte mich dem Sprecher zu. Tatsächlich! Es war Herr Molokastor. Bei unserem letzten Treffen hatte er sich sehr düster-prophetisch über jene unter uns geäußert, die SIE anbeteten.

Ich musterte Molokastor, während ich über seine seltsamen Worte nachsann, deren Sinn sich mir nicht erschließen wollte. Entweder, weil er sie bewusst kryptisch gewählt hatte oder weil mein Verstand unter den letzten Ereignissen gelitten hatte und ich erst allmählich wieder in die vertraute Realität – oder was ich dafür hielt – zurückfand.

Molokastor hatte sich verändert. Nicht äußerlich, aber von seiner Haltung und Mimik her war er ein scheinbar völlig anderer geworden. Natürlich wirkte er noch klein und schmächtig. Ja, geradezu gebrechlich, aber der Ausdruck seiner Augen hinter der dicken, altmodischen Gelehrtenbrille war ein anderer, ohne dass ich hätte sagen können, welcher Art die Veränderung war. Nur, der unterwürfige, gehetzte Ausdruck, den sie früher gehabt hatten, war verschwunden.

Beim Gedanken an die Tafel, das Artefakt der Beschwörung, durchzuckte es mich plötzlich siedend heiß. Ich dachte an meine Hände, die ich gegen die Kühle des Morgens in den Manteltaschen vergraben hatte. Eine vage Ahnung bereitete mir unsägliche Angst, sie aus den Taschen zu nehmen. Ich fürchtete mich vor dem, was ich zu sehen bekäme. Dennoch war der Impuls, genau das zu tun, immens. Zitternd zog ich sie hervor. Sie leuchteten wie Phosphor. Einen Moment nur, dann verschwand das geisterhaft fahle, grünliche Glühen. Doch ich wusste – weil ich es in diesem Moment *sah* – dass sich in jenem Augenblick das Leuchten auf die Tafel übertragen hatte, die zweite, die ich vor Wochen hier in den Ruinen aus der Hand einer Weißen Frau empfangen hatte. Und nun war diese Tafel erstmals, seit sie sich in meinem Besitz befand, aktiviert worden.

Molokastor ließ ein »Aaah!« hören. Es entsprach dem Laut eines Wissenschaftlers, der ein besonders beeindruckendes Phänomen studiert. Dies war seinem auf immensem Wissen basierenden Interesse geschuldet; und so kannte ich den ältlichen, schmalbrüstigen Kurator. Aber wiederum war da eine gewisse, schwer fassbare Änderung in seinem Ausdrucksverhalten, ein Unterton, der mich stutzig machte.

Er sah mich nicht an, sondern blickte auf die Stelle vor mir, über die ich zuvor meine leuchtenden Hände gehalten hatte. Das Gestell seiner Brille nahm einen silbernen Glanz an, als breche sich das Licht des Morgens in Glas und Metall, doch so hell war es noch gar nicht zu dieser Tageszeit. Ich konnte Molokastors Augen nicht sehen; das beunruhigte mich auf eine Weise, die ich nicht hätte benennen können.

»Man fordert eine Entscheidung von Ihnen. Man *hat* sie erwartet, denn offensichtlich nehmen die Ereignisse bereits ihren Lauf, mit oder ohne Ihrem Einverständnis.«

Molokastors Stimme klang seltsam: Sie hatte ihren Klang verändert. Aus dem gleichförmigen, permanenten Dozieren war ein eigentümlicher Singsang geworden.

Ich öffnete den Mund, um zu fragen, was diese ominösen Worte bedeuteten, doch stattdessen stieß ich hervor: »Sie also auch! Sie dienen dem Schwarzen Orden!«

Molokastor hielt in seinem Singsang inne. Seine Reaktion auf meinen Ausruf bestand in einem geringschätzigen Herabziehen der Mundwinkel angesichts meiner Naivität.

»Aber Sie haben doch Ihr Museum verteidigt! Sie haben versucht, das Artefakt vor *DEREN* Zugriff zu schützen! Sie haben zugesehen, wie Menschen dabei gestorben sind! Ihre langjährigen Freunde und Kollegen, die Wachleute!«, begehrte ich auf.

»Und letztlich landete die Tafel dort, wo sie hingehört: Im Sanctum Sanctorum des Tempels der *TIEFEN*! Auf dem Altar der todlos schlafenden Götter!« Molokastors Stimme bebte vor fanatischem Triumph, als er das sagte. Seine Augen loderten, für einen kurzen Augenblick, in einem bösen, zerstörerischen Feuer.

Ich konnte nicht verhindern, dass mein Kiefer herunterklappte, und ich dastand wie ein Idiot. »Sie haben ...«

die Tore zur Zukunft weit geöffnet – und die Türen zum Museum, ja.«

»Die Wachleute ... «

»Bauernopfer. Wer sich den *ALTEN* nicht beugt, den

wahren Herren dieser Welt, wird gnadenlos zerrieben«, versetzte Molokastor ungerührt. Er wirkte kalt wie ein Automat und dennoch völlig Herr seiner Sinne. Man zwang ihn also nicht. Er handelte aus Überzeugung.

Ich spürte eine Welle aus Abscheu, Zorn und Ekel diesem Mann gegenüber, mit dem ich so viele Stunden spekulativer Disputationen verbracht, dessen profunde Gelehrsamkeit ich immer bewundert hatte.

»Ich gehöre dem Orden schon lange an. Irgendwann hat man eine Entscheidung von mir gefordert, genauer, eine Zustimmung – oder mir den Untergang angedroht. Man fügt sich IHREN Gesetzen besser.«

»Ich habe nicht vor, einem Orden von Mördern beizutreten«.«

»Ich denke, das sind Sie schon. Ihre Hände … die Tafel von C'thuagunn enthüllt ihr Geheimnis nur dem, der die Gabe hat, sie zu öffnen und als Tor zu benutzen für DIE, die draußen lauern seit Anbeginn der Zeit. Sie haben sie gerade aktiviert, was nur eins bedeuten kann …«

»Was?!«

»Nun, dies eben: Ihre lebenslange Suche nach dem Unheimlichen, dem Übersinnlichen. Ihr Ungenügen an der Realität, die für die meisten Menschen die Einzige ist. Ihre übererregbare Fantasie schon als Kind. Ihre Streifzüge durch die Wälder, bei denen Sie immer wieder unbewusst Orte aufsuchten, an denen SIE in früherer Zeit angebetet wurden. Ihre Einsamkeit in dieser Welt, die Sie niemals verstehen wird, weil alle Fasern Ihrer Seele und Ihres Körpers nach Heimkehr, nach Wiedervereinigung mit IHNEN schreien.«

Ich ergänzte mechanisch: »All meine Träume und Wahrnehmungen … Meine Erinnerungen, so bruchstückhaft sie auch sind … Es erklärt alles: meine Verbundenheit mit gewissen Orten; mit den Wäldern, den alten, schrecklichen Wäldern dort jenseits des Tales …«

»Die waren schon den Druiden bekannt. *IHR* Kult geriet niemals in Vergessenheit.«

»Blutige Menschenopfer …«

»Die widerlichsten und abartigsten Praktiken finsterer Magie: Totenkult. Blutrituale. Tod. Auslöschung und Wiedergeburt. Kein noch so kranker Geist eines Inquisitors kann sich diese Wahrheit auch nur ansatzweise vorstellen … *IHRE* Wahrheit! Erschreckt Sie das?«

Ich hätte die Frage nicht mit Ja beantworten können.

»Und meine Eltern? Ist das wahr? Ist mein Vater einer von … *IHNEN*? Haben *SIE* meine Familie in den Untergang getrieben?«

»Wir haben alle Informationen, die Sie benötigen, um zu wissen, wer Sie wirklich sind, und noch mehr dazu. Wissen von jenseits der Sterne. Wissen, die gesamte Welt aus den Angeln zu heben. Für den Anfang: Ja, es ist wahr! In Ihren Adern fließt das Blut der Alten Rasse. Ihre Visionen, Ihre Träume – sind Erinnerungen an Ihre wahre Heimat.«

»*CARCOSA*?«

Molokastor lachte.

»Unter anderem.«

»Woher wissen Sie das alles über mich?«

»Wir beobachten Sie schon lange.«

»Aber meine Träume …«

»Uns ist nichts verborgen. Auch nicht, was Sie jetzt gerade denken.«

»Und was denke ich?«

»Dass das gesamte Leben eine Lüge ist. Und – Sie haben recht!«

»Ich habe trotzdem nicht vor …«

»Sie haben gar keine andere Wahl. Machen Sie sich nichts vor: Sie sind kein moralinsaurer Weltverbesserer, der den Helden spielen will. *IHNEN* gegenüber versucht man das besser auch gar nicht! Sie suchen Antworten auf die Fragen

Ihres Lebens und die Antworten darauf haben *DIE* – als einzige.«

»Warum glauben Sie, dass ich keine Wahl habe?«

»Ich sagte es doch: Ich sah das Leuchten an Ihren Händen. Ihre Tafel daheim ist nun mit unserem Exemplar verbunden, und gemeinsam bilden sie eine Art Sternentor. Es war eine Gabe von *IHM* persönlich, einem Auserwählten verliehen.«

»Der 'König in Gelb'«, murmelte ich, und alles fiel mir wieder ein. Alles, was ich dort drüben gesehen hatte. Einen Augenblick lang schien die Erde aus ihrer Achse zu kippen. Ich stierte in den ungeheuren, infernalen Abgrund, aus dem die Lüge namens 'Leben' einst hervorgekrochen war auf *IHREN* Befehl hin. Und ich stierte auf die Brut *DERER*, die hinter dem Höllenschlund lauerten und geiferten. Der Abgrund befand sich nur zwischen Molokastor und mir.

»Jetzt können Sie mir helfen«, vernahm ich seine Stimme aus weiter Ferne.

»Der 'König in Gelb'! Ich habe mich immer gefragt, wer er ist? Wer verbirgt sich hinter der 'Bleichen Maske'?«

Molokastor blickte mich fragend an.

»Die meisten glauben … der König sei *HASTUR* … der Bruder *CTHULHU*s, ein Wesen der Luft«, sagte ich zögernd.

»Aber das stimmt nicht. Es mag sein, dass *HASTUR* nach den Großen Kriegen nach *CARCOSA* verbannt wurde, aber da ist er nicht mehr. Der König, das ultmative Grauen, das sich hinter der Bleichen Maske verbirgt, das Verderben bringt, allein schon durch das Wissen um die Wahrheit: All das hat etwas zu tun mit dem Götzen, dessen schreckliches Gesicht sich seit wer weiß wie vielen Äonen in der Mauer, die nun von dieser Ruine umschlossen wird, abzeichnet. Es ist weit älter als *CTHULHU* und *HASTUR*. Ich bin der Ansicht, dass mir, als ich dort *drüben* war, weitaus mehr mitgeteilt worden ist, als mir jetzt bewusst ist oder in Jahren sein wird; vielleicht sogar vom König selbst oder von einer anderen unsichtbaren Macht. Aufgrund dieses Wissens bin ich der Ansicht, dass es sich bei dem Antlitz um das keines anderen, als des URALTEN selbst handelt, Vater der verfeindeten Brüder, die über Wasser und Luft herrschen – so wie CTHUGA über das Feuer und SHUB-NIGGURATH über die Erde. Somit ist er der Urahn der gesamten Brut der Alten und des Lebens selbst. Sein Gesicht ist der Rachen der Ewigkeit, das Maul der Götter, welches Titanen hervorbrachte, Ungeheuer und Menschen, von denen Letztere vielleicht die schlimmeren Ungeheuer sind.«

Molokastor verzog das Gesicht zu einem verächtlichen Grinsen, verächtlich gegenüber der Welt, nicht geringschätzig gegenüber mir, das spürte ich sofort. Er trat direkt vor mich. Obwohl er kleiner war als ich, schien er mich um Haupteslänge zu überragen. Einen Moment lang hatte ich entsetzliche Angst, er sei wieder nur eine Maske des 'Königs in Gelb', wie der Archäologe, der mich durch sein Erscheinen auf die richtige Spur hatte locken sollen – während er in CARCOSA nach irdischen Begriffen doch schon vor Urzeiten geopfert worden war, zumindest der Teil seiner Seele, der für SIE und den URALTEN Interesse besaß. Woher wusste ich das alles nur?

Mir war mit einem Male klar, dass Molokastors Frage, wer oder was sich hinter der Maske des Königs in Gelb verbarg, keine echte, sondern ein Test gewesen war, einer, den ich bestanden hatte.

»Sie haben Ihren König wahrhaft gründlich studiert, meinen Glückwunsch! Das Maul der Götter, fürwahr, es hat zu seinem unheiligen Vergnügen alles Leben ausgespien, um sich an dessen Leiden zu laben, und wird es wieder verschlingen an einem nicht allzu fernen Tag.«

Damit drehte Molokastor sich um, stutzte auf deutlich vorgetäuschte Art, als sähe er etwas auf der schwarzen Fläche, wo nach meiner Einschätzung ein Haus hätte stehen müssen. Natürlich wusste er, dass dieses Etwas da sein werde, doch er benahm sich, wie man es bei einem Kind zu tun pflegt, welches man auf ein Geschenk aufmerksam machen will.

»Ach, schauen Sie, was ist denn das dort?«

Ich betrat die schwarze Fläche, die sich weich und unwirklich anfühlte, und sah, dass es sich um Asche handelte. In der Asche lag das Buch mit dem Einband aus Schlangenhaut, daneben meine Sachen, meine Reisetasche. Ich blickte Molokastor fragend an.

»Die Pension … in der ich wohnte … sie war hier. Wo ist sie hin?« Ich war mir des stammelnden Blödsinns meiner Frage bewusst. Wie es aussah, verstand ich ohnehin kaum etwas. Weshalb also nicht stammeln wie ein Idiot.

»Eine Pension?«

Molokastor trieb noch immer seine Spiele mit mir.

»Es kann doch nicht ein ganzes Haus verschwinden«, murmelte ich.

»Es gab hier mal einen Bauernhof, der tatsächlich zu einer Art Herberge umfunktioniert wurde. Ein altes Ehepaar hat ihn bewirtschaftet. Sie war die Verfechterin eines gewissen Kultes. Aber das Haus gibt es schon lange nicht mehr. Es ist vor etwa einem halben Jahrhundert bei einem Brand völlig zerstört worden«, erklärte Molokastor. Für ihn war das Gespräch beendet. Er murmelte etwas wie »Wir sehen uns wieder«, wandte sich um und verschwand völlig geräuschlos im Nebel, der immer stärker wurde, als wolle er die Häuser und Straßen um mich herum auslöschen, mich in unbeschreiblicher Verwirrung und Grauen zurücklassend.

Ich hob den Kopf und blickte in den Himmel, erfüllt von einem Gefühl grenzenloser Verlorenheit. Und ich sah, was nun kam. Was nun kommen musste gemäß den Gesetzen des Unheils, die SIE diktieren.

174

Kapitel 14

Finster und erfüllt vom Glanz dunkler Sterne, die wie die toten Augen vergessener Götter über den Himmel rollen, fällt die letzte Nacht über den Planeten Erde. Keine Sonne wird am nächsten Morgen mehr aufgehen. Und wenn sie es dennoch tut, so wird sie einen von allem bisherigen Leben befreiten Himmelskörper bescheinen, der ziellos durch die Ewigkeit des Kosmos treibt. Kalt, zerklüftet und tot wie Myriaden anderer Himmelskörper auch. Es sei denn, SIE beschließen etwas anderes und IHR teuflischer, von äonenaltem Hass getriebener Geist gebiert neue Abscheulichkeiten, die schlimmer sind als bloße Verwüstung und die Abwesenheit von jeglichem Leben.

Wie auch immer, ich werde es nicht mehr mitbekommen, denn ich werde mich selbst töten, bevor all das geschieht – wenn ich auch weiß, dass ich IHNEN damit nicht entkommen kann, denn SIE beherrschen die Räume und Lande des Todes. Ja, diese sind IHRE Heimat. Meine Selbstvernichtung wird mich sogar erst recht in IHRE Klauen treiben. Doch ich halte mich an der wahnwitzigen Illusion fest, klammere mich an sie wie ein Ertrinkender, dass mit dem Tod alles vorbei ist. Ich muss etwas tun! Ich will nicht hier in IHRE Hände fallen, weil SIE mich zu IHREM Werkzeug machen werden.

Wenn ich nach draußen blicke, durch das kleine, spitzgiebelige Fenster direkt unter dem Dach, so meine ich fast, die Todesbotin bereits am sich verfinsternden Himmel sehen zu können. Es ist, als ob die Götter, die der Menschheit wohlgesonnen sind, voll Trauer ihr Antlitz verhüllen und sich abwenden, weil auch sie nichts mehr tun können gegen den Willen der ALTEN. Die ALTEN haben die Welt der Menschen zum Tode verurteilt, um IHR eigenes

Dominium auf den Trümmern der Zivilisation zu errichten, gegen die sich stets ihr Hass richtete.

Echidna, so haben sie den Planeten genannt, der aus den Tiefen des Weltraums, aus dem Zentrum des ultimativen Chaos auf die Erde zustürzt. Echidna, die Mutter der Gräuel, der Ungeheuer! So nannten sie die alten Griechen. Zusammen mit ihrem Gemahl, dem entsetzlichen Typhon, waren sie die Eltern der Hydra, des Zerberos, der Chimaira.

Die Zeitungen hatten berichtet, dass die größten Teleskope, über welche die Menschen derzeit verfügten, schon vor geraumer Zeit jene planetenähnliche, dunkle Masse ausgemacht hatten, deren Bahn heute Nacht die der Erde kreuzen würde.

Durch die unglaubliche, kaum messbare Schwere und Dichte des Asteroiden würde es zu 'Veränderungen des Magnetfelds der Erde, der Atmosphäre, der Zusammensetzung der Luft und vor allem der Temperatur kommen, die ein Leben auf diesem Planeten nach bisherigen Maßstäben unmöglich machte und alle bisherigen Naturgesetze außer Kraft setzte.' So hatten es die Zeitungen ausgedrückt. Es hatte nicht erst der triumphierenden, fanatischen Reaktion des Oberpriesters des Schwarzen Ordens bedurft – eines Mannes oder Wesens, das ich daraufhin tötete – um mir darüber klar zu werden, dass die blasphemischen Riten des Ordens Erfolg gehabt hatten.

Möglicherweise war die nahezu kugelförmige Masse durch den Dämonensultan *AZATHOTH* selbst von seinem Thron im ultimativen Chaos ausgespien worden. Oder sie war ein Teil des Schwarzen Planeten *YUGGOTH*, jener finsteren Welt am äußersten Rande unseres Sonnensystems, die einst, vor Äonen, als eine Art Sternentor gedient hatte für jene Diener der *GROSSEN ALTEN*, die von *IHRER* Heimatwelt auf die junge Erde herabgekommen waren. Es spielte keine Rolle. Echidna war *IHRE* Antwort für die, die *SIE* gerufen hatten.

Und *SIE* kamen nun, um *IHRE* Schreckensherrschaft ein zweites Mal anzutreten auf diesem Planeten, den *SIE* als *IHR* Eigentum betrachten. Nicht, weil *SIE* gerufen worden waren, sondern weil es seit Äonen *IHR* Wille war, das Leben, das sie geschaffen hatten, wieder zu vernichten. Warum? Weil dieses Leben seit der Stufe der Menschwerdung geglaubt hatte, sich *IHRER* Herrschaft entwinden zu können. Oder weil *SIE* einfach keine Verwendung mehr dafür hatten. Oder weil SIE die Zerstörung, weil sie Schmerz und Schrecken liebten und sich in Art der Vampire davon nährten.

Ich blicke hinaus in die sich ausbreitende Nacht. Wie das Blut einer Wunde, die sich nicht mehr schließt, ergießt sie sich über die Stadt. Sie gebiert Schatten am Rande des Sehfeldes, in den Ecken der Straßen und alten Höfe. Ich versuche mir vorzustellen, wie eine Welt aussähe, die unter *IHRER* Herrschaft steht, obwohl das unmöglich ist, weil es jenseits allen Begreifens liegt, was dann als 'Realität' bezeichnet wird.

Ein schlurfender Schatten nähert sich, ein Penner mit einem Klumpfuß. Er stutzt. Bleibt stehen, weil er glaubt, in den brütenden Ansammlungen von Dunkelheit zwischen den schwachen Lichtinseln der Straßenlaternen etwas gesehen oder gehört zu haben. Auf einmal schreit er, wie ich in einem anderen Leben einmal ein Pferd habe schreien hören, das mit drei gebrochenen Läufen in seinem Blut lag. Er humpelt davon, versucht sogar zu rennen, stürzt, erhebt sich, taumelt weiter, stürzt erneut und robbt auf allen vieren davon. Seine Finger krallen sich in den Dreck der Straße, um seinen zu schweren Leib voranzubringen, weg von dem, was da in der Finsternis der Hinterhöfe lauert.

SIE sind bereits näher als ich befürchtete. *IHRE* alles verderbenden Schatten streichen schändend über die Erde, wie ein Fieberwind aus den Dschungeln, in denen man *IHNEN* vor Äonen gigantische, monströse Tempel erbaute, um SIE in widernatürlichen und blasphemischen Riten anzubeten. Oder wie ein Sandsturm aus den Wüsten, in dem Wahnsinnige und Sterbende IHR gottloses und irres Hecheln und Zischen, IHR Fauchen und Brüllen hören können.

SIE strecken IHRE giftigen Klauen nach der Erde und dem Leben aus. Die Siegel, die SIE einst banden, sind gebrochen und die Macht des Älteren Zeichens, mit dem freundliche Götter SIE zurückhielten in IHREM Exil in den Äußeren Räumen, ist erloschen.

Andere Sterne beherrschen nun den Nachthimmel über der Erde. Es sind die Boten des Unheils, die uns von dort oben anstarren mit den Augen böser und gewalttätiger Riesen.

Ich sehe aus dem Fenster, während auch in meiner Dachkammer die Schatten länger, zahlreicher und dichter werden. Von einem ungesunden Eigenleben erfüllt scheinen, als wollte die Finsternis um mich herum Tentakel ausbilden, um nach mir zu greifen.

Ich versuche mir darüber klar zu werden, wann diese letzte Phase in dem kosmischen Drama, welches das Schicksal der Menschheit besiegeln wird, und das unauflöslich mit meinem eigenen Schicksal verbunden ist, begonnen hat. Ich suche nicht den Punkt, an dem man es noch hätte verhindern können, denn diesen Punkt gab es nie. Das Leben der menschlichen Rasse war von Anfang an eine Lüge, gezüchtet aus dem unergründlichen und perversen Willen der ALTEN mittels dunkler Magie und entsetzlicher Protowissenschaft.

Mein Schicksal ist auch nicht automatisch mit dem der gesamten Menschheit verbunden, weil ich ein Mensch bin, denn ich bin es und bin es nicht. Ein heimatloser Bastard bin ich, ein Hybride, verbunden mit beiden Rassen, beiden Welten.

Ich blicke nach draußen und die dünne Schicht aus

Fensterglas, welche die hungrige Nacht mit ihren dämonischen Augen draußen hält, wirkt wie ein magischer Spiegel. Der menschliche Teil in mir sucht nach Antworten. Sie tauchen in dem dunklen Glas auf, seltsame, nebulöse Formen, die zu Gestalten werden. Ich sehe … sehe, wie alles begonnen hat vor nunmehr nicht ganz einem Jahr. Wieder erstirbt die Natur im Herbst zu schmutzigem Graubraun wie der schwächliche Glanz einer fahlen Sonne, diesmal für immer, und es ist mir, als entschwebte in den Fernen der letzte Akkord einer Melodie unendlicher Melancholie. Ich sehe tote Blätter auf dem Grab der Eltern … dem des Schulfreundes … Ich sehe mein Gespräch mit dessen Vater, erinnere mich, wie er zu einer grauenhaften Kreatur wurde, die zu mir sprach von uralten Geheimnissen. Von einer vormenschlichen Rasse außerirdischer Ungeheuer, die einst die Erde beherrschten. Die danach drängen, die Gefängnisse, in die sie von den mächtigen, doch gesichtslosen *ÄLTEREN GÖTTERN* verbannt wurden, mittels schwarzer Magie zu verlassen. Um die Menschheit von ihrem vermeintlich selbst erbauten Thron zu stürzen und wieder zu herrschen mit abartiger Grausamkeit und dämonischer Macht.

Das Ungeheuer erzählte mir von der Lüge der Wissenschaften und der Religionen, die meinten, den Mensch in den Mittelpunkt von allem stellen zu müssen, anstatt ihm die Rolle zuzuerkennen, die er in Wirklichkeit einnimmt. Die einer Amöbe, zu Versuchszwecken im Reagenzglas gezüchtet. Gezüchtet von IHNEN, die damit Ziele verfolgten, die heute niemand mehr kennt, vielleicht nicht einmal mehr *SIE* selbst.

Das Ungeheuer erzählte mir aber auch die Lüge meines eigenen Lebens. Nicht viele Jahre nach meiner Geburt, die von düsteren Geheimnissen überschattet gewesen zu sein schien, und über die man nur hinter vorgehaltener Hand flüsterte, starb meine Mutter nach langem Leiden. Mein Vater war ihr bereits vorausgegangen unter mehr als mysteriösen Umständen. Die Verwandten, bei denen ich aufwuchs, hatten davon gesprochen, meine Eltern hätten beide im Todeskampf 'mit fremden Zungen geredet'. Der Pfarrer, der wohl einige Brocken der uralten Sprache verstand, habe sich in einem Anfall von Panik umgebracht, 'auf grässliche und widernatürliche Weise'. Ich kann mir heute nur allzu gut vorstellen, dass das dämonische und unheimliche Flüstern, welches aus dem Mund meiner todgeweihten Eltern drang, nicht mehr ihre eigenen Stimmen waren, sondern dass *SIE* von *drüben* aus ihnen gesprochen und von Dingen und Geheimnissen geredet hatten, die für den menschlichen Geist Unerträgliches darstellten und ihn förmlich zerbersten ließen.

Und ich? Was wollte ich – heute – mit dem Wissen, über das ich nun verfügte?

Ich musste mich entscheiden.

Gegen *SIE* kämpfen? Allein? Ein absurder Gedanke. Gegen Götter kann ein Mensch nicht kämpfen. Mich dem Orden anschließen, um seine Ziele des Mordens und der Zerstörung zu meinen eigenen zu machen? Das hatte ich gewiss nicht vor! Neutral bleiben konnte ich jedoch auch nicht.

Der Orden umlauerte mich, spielte mir Informationen zu, von denen sie, die übersinnliche Erkenntnisse besaßen, genau wussten, dass ich ein Leben lang nach eben diesen gesucht hatte. Sie ließen mich durch allzu offensichtliche Todesfälle in meiner Umgebung wissen, dass sie auch anders handeln konnten.

Eines Tages fand ich ein Schriftstück vor, das man mir unter der Haustür hindurchgeschoben haben musste. Es löste sich in dem Moment auf, als ich es gelesen hatte. »Wenn wir wollen, so können wir Sie gesellschaftlich komplett isolieren, in den Wahnsinn treiben oder zu einem Massenmörder machen, ohne, dass Sie physisch auch nur in der Nähe Ihrer vermeintlichen Opfer waren«, teilte man mir mit.

»Wir wissen, dass Sie praktisch keinerlei gesellschaftliche Kontakte pflegen, aber wenn wir wollen, so wird man das Blut Ihres entsetzlich zugerichteten Briefträgers oder Ihres Frisörs an Ihren Händen finden – also entscheiden Sie sich. Bedenken Sie: Nicht wir erwarten Ihre Entscheidung – wohl aber der *KÖNIG IN GELB. ER*, vor dem Kaiser sich verneigen. Gez., die Gesellschaft des Gelben Zeichens.«

Das war eine offensichtliche Drohung – und ich ließ mir nicht drohen!

»Ich werde nicht zu einem Treffen des Ordens erscheinen!«, herrschte ich den bleichen, schreckerfüllten jungen Mann an, mitten im Gewühl der überfüllten Bahnhofshalle, von dem ich genau wusste, dass er mir die Nachricht hatte zukommen lassen.

Er starrte mich an. In seinen dunklen Augen sah ich nicht nur befriedigtes Erkennen aufblitzen, nein, ich sah auch die Silhouette jener lichtlosen Küste, an der sich die Wolkenwellen brachen. Ich sah die Türme und Minarette auf der Mauer und den schwarzen Spiegel des Sees unter den Zwillingssonnen, die die Spitzen der Türme mit ihrer blasigen Sphärengestalt verdeckten.

»Aber das bist du doch längst«, wisperte eine heisere, kaum menschliche Stimme in meinem Nacken. Als ich mich umschaute, war da niemand. Doch dann wagte ich einen mehr als nur flüchtigen Blick auf etwas, das inmitten der hastenden Menge schwebte wie die Drohung von Stundenglas und Sense in einem Sterbehospiz. Das Etwas erinnerte entfernt an das Gesicht eines Menschen und war dennoch so fremdartig, so bar alles Vertrauten, dass ich laut aufschrie und unter dem Gelächter einer raubvogelartigen

Stimme aus der Bahnhofshalle stürzte. Ein einziges Mal nur hatte ich einen Blick in jenes Gesicht getan. Damals, als ich dem König die 'Bleiche Maske' vom Gesicht zog, und ich schwöre, was darunter wuchernd lauerte, war kein Anblick für einen Menschen. Einen Herzschlag länger und ich wäre zu einem lallenden Idioten geworden.

Das Schlimmste aber: Die wispernde Stimme hatte recht: Ich hatte schon längst den blasphemischen Treffen dieser verrückten Fanatiker beigewohnt, mehr als einmal. Vielleicht hatte das Ende damit begonnen.

Ich blickte in das konturenlose Schwarz des Fensterglases, das mit meinen Gedanken zu verschmelzen schien, als ich meine Stirn an das kühle Glas presste. Ich erinnerte mich: an die jüngste Vergangenheit. An das Hallen der Schritte in den dumpfigen Korridoren irgendwo unter der Erde, in einem Stollen, tief im Wald. An die Nässe an den rohen Felswänden, das dumpfe Dröhnen der unsichtbaren Trommeln. Ich sah die schwarzen, vermummten Gestalten, wie ich sie schon einmal gesehen hatte – in *CARCOSA*. Nur war ich jetzt einer von ihnen. Trug selbst eine schwarze Robe und als einziger eine Maske aus silberhellem Metall vor dem Gesicht, die nur die Augen, zwei Löcher zum Atmen und den Mund frei ließ, dessen silberne Lippen in einer Grimasse des Hohns und der Geringschätzung nach unten gekrümmt waren.

Zwei Gestalten vor mir, die Fackeln trugen … Gestalten hinter mir, die ein gefesseltes Opfer mit sich zerrten, eine junge Frau … nackt … fast noch ein Kind. Auch hinter dem Opfer bewegten sich Gestalten durchs Dunkel, ich wusste nicht, wie viele, vermutlich ein langer Zug.

Düster und schwer hallten die Trommeln durch die klamme Luft, die nach Erde roch und kaum zu atmen war. Der Trommelrhythmus war schleppend wie der Schlag eines mächtigen Herzens irgendwo tief in der Erde. Gesänge hallten durch die finsteren, von Fackeln erhellten Gänge. Uralte, dämonische Beschwörungen in Zungen, die geredet worden waren lange vor der Ankunft des Menschen auf diesem Planeten. Beschwörungen von Dingen, die zu entsetzlich waren, als dass jemand anderes als die degenerierten und entmenschlichten Kultisten es je gewagt hätte, deren Namen laut auszusprechen, denn sie zu benennen, hieß, sie zu rufen: die Dinge, die im Dunkel lauerten mit starrenden, bösartigen Augen, lodernd in alles verzehrendem Hass. Dinge mit giftigen Klauen und mehr Armen als Lebewesen haben durften. Dinge, die die Dunkelheit selbst waren, deren Flügel die eisigen Strudel des Weltraums gepeitscht hatten, ehe das Leben selbst erschaffen worden war in diesem Teil des Universums, der jünger ist, als unsere Fachleute gemeinhin annehmen.

Ein Traum? Das hieß, es war ein Alptraum, musste einer sein! Den Göttern sei Dank! Ich hatte die Gabe, einen Traum als solchen zu erkennen, mich halbwegs zu wappnen, wenn er drohte, schlimm zu werden; und dieser hier versprach, sehr schlimm zu werden …

Das schwere, unheilvolle Dröhnen der Trommeln veränderte sich, wurde treibend. Irgendetwas geschah …

Der Gang, durch den ich mit den Kultisten und dem Opfer schritt, wurde enger. Er bildete eine Art Durchlass, der Spuren menschlicher Bearbeitung zeigte. Filigran in den Fels gehämmerte Leisten und Simse ergaben etwas wie Tore, schmale Portale – doch ohne die Türflügel, die zu erwarten gewesen wären – in einer bizarren, fremdartigen Architektur, die ich noch nie gesehen hatte. Zumindest nicht auf der Erde.

Drei spitzgiebeligen Tore, die von eigenartig geschwungenen, flügelartigen Simsen umrahmt wurden, schloss sich eine Sektion an, die Nischen in den Felswänden zu beiden Seiten aufwies.

In den Nischen standen Gestalten, in Roben gehüllt, die nur die Gesichter frei ließen. Entsetzliche Fratzen, erstarrt in uraltem Tod.

Entweder waren diese Toten aus Stein, herausgemeißelt wie die Tore, oder sie waren versteinert im Laufe der Äonen, die an ihnen vorübergeweht waren. Aber selbst, wenn diese Geschöpfe jemals gelebt hatten, so waren sie nicht menschlich gewesen – menschenähnlich, ja, doch viel größer. Ihre Greiforgane, soweit ich sie unter den Falten der salpeterverkrusteten Leichentücher erahnen konnte, schienen entsetzliche Krallen zu sein, dazu geschaffen, zu reißen und zu schlitzen. Sie wiesen vermutlich mehr als fünf Fingerglieder auf. Ihre Schädel wirkten deformiert, wenn auch nicht plump, so doch von einer Anatomie, die auf unserem Planeten nicht vorkommt. Gleichwohl zweifelte ich keinen Augenblick daran, die Relikte von Lebewesen zu erblicken, die überaus vernunftbegabt gewesen waren, uns Menschen haushoch überlegen. Ich wusste auf eine Art, wie man nur in Träumen wissen kann, dass das hier die *URALTEN* waren. Wesen von einst unbeschreiblicher Macht, vielleicht sogar die *ÄLTEREN GÖTTER* selbst, sie, die einst über die Erde geschritten waren Türmen gleich. Vielleicht verdankte die menschliche Rasse ihre Existenz – genauer, ihr Fortbestehen bis auf den heutigen Tag – nur ihnen. Doch ob aus Gnade oder Mitleidlosigkeit, wusste ich bei dem Anblick dieser Statuen nicht mehr zu sagen.

Entsetzt bis in die tiefsten Abgründe meines Seins musste ich mir in die Faust beißen, um nicht laut aufzuschreien. Denn als ich ihre Augen in den bleichen Schädeln wahrnahm, waren sie lebendig! Sie schimmerten feucht – lebende, bewegliche Organe. Sie verfolgten eine jede unserer Bewegungen, als die düstere Prozession vorbeischritt, erfüllt von einem Ausdruck, den ich nicht zu deuten vermochte, weil es in unserer Sprache und unserer Welt keinen Begriff dafür gibt. Auch wagte ich mir nicht vorzustellen, was es bedeutete, dass sie überhaupt hier waren, im Herrschaftsbereich der *ALTEN* … Waren sie Gefangene, standen unter einem Zauberbann oder waren sie einfach gestorben? Konnten Götter sterben?

Wir schritten weiter und weiter. Das Opfer bäumte sich in seinen Fesseln auf, stöhnte in den Knebel. Doch aller Widerstand half nichts. Die junge Frau wurde gnadenlos mitgeschleift unter dem dumpfen, unheilvollen Takt der Trommeln. Die Vermummten zerrten sie durch eine Finsternis, in der Moder und Staub das Atmen fast unmöglich machten, durch eine Dunkelheit, die sich in den Ecken und Winkeln zu etwas nahezu Stofflichem zusammenballte, das ungeahnten Schrecken gnädig zu verhüllen schien.

Da erscholl ein entsetzlicher Schrei, der gewiss nicht aus einer menschlichen Kehle kam, sondern aus den Tiefen der Erde. Ich aber war mir sicher, dass ihn eines der verhüllten Skelette ausgestoßen hatte, deren versteinerte Kiefer schon seit Äonen aufgerissen klafften …

Irgendwo tropfte Wasser, platschte auf eine wässrige Oberfläche herab. Ich sah Gräben und Kavernen, in denen schwarze Flüssigkeitsstrudel sich träge kräuselten und zu Spiegel wurden für noch mehr Schrecken. Ich vernahm das Rauschen unterirdischer Ströme in einem Felsenlabyrinth, durch das sich der Weg nun entlangschlängelte. Zwischen den Höhlen und den tiefer gelegenen Wasserflächen bewegten sich verhüllte Wesen, deren Anblick Mitleid und Abscheu zugleich hervorriefen. Sie humpelten und hüpften verkrüppelt, verrenkt umher, uns mit tückischen Blicken aus ihren weißen, halb blinden Augen musternd. Ich sah, dass sich entlang der Wände, die aus lockerem Geröll und Sand bestanden, Heere von Leichen in allen Stadien des Verfalls befanden: Schädel, Rippen, Totenhände türmten sich zu grotesken Haufen. Ich hörte die Lumpengestalten fressen und schmatzen, nagen, würgen und keuchen und sich um die Beute streiten wie Hyänen.

Dann tauchten Tische aus einem weißen, unbekannten Material im zuckenden Schein der Fackeln auf. Sie waren mit altem Blut verkrustet. Es klebte in mäandernden Fäden, in Spritzern, Flecken und Schlieren auch an den weißlichen Wänden, die wie Marmor schimmerten. Es war, als habe der Tod selbst, geifernd in Ekstase, mit dem Blut Glyphen voll verborgenen Sinns an die Wände geschmiert, verständlich nur den Toten und Sterbenden. Während ein Teil meines Verstandes, der von Grauen und Beklemmung gepeinigt wurde, dennoch versuchte, in den blutigen Runen den Sinn einer Schrift auszumachen, lauschte der andere in die Finsternis, aus der weitere, grauenerregende Schreie erschollen. Sie steigerten sich zu einem Gebrüll unerträglichen Schmerzes und der Verzweiflung, zu einer Qual jenseits aller Vorstellung, begleitet von hämischem Gelächter voll diabolischer Bosheit.

Dann endlich weitete sich der Weg vor uns zu einer mächtigen Halle, gesäumt von Säulen und Stelen von majestätischer Macht. Gigantisch wirkte das Steinwerk, das zyklopisch vor uns aufragte, schwer und bedrückend, als habe der Tod sich selbst ein Monument errichtet, das noch stehen würde, wenn das Licht des letzten Sterns im Universum erloschen war.

Die ungeheuren Säulen, die unregelmäßig, fast obszön geformt und von merkwürdigen Lakunen und Hohlräumen durchzogen waren, schimmerten in einem ungesunden Schwärzlich-Grün. Sie erinnerten mich an gewaltige, faulende Lebensformen, die von Algen überzogen waren, wie etwa an Land gespülte Wale. Ich vermochte ihr Ende zu erblicken, doch nur, wenn ich den Kopf in den Nacken legte, soweit es mir möglich war.

Oben waren sie mit einer Art Querbalken verbunden, sodass sich die ungefähre Form eines Shinto-Schreins ergab, doch diesen Kultgegenstand gesunder Religiosität verhöhnten sie durch ihre verrenkte, widernatürliche Form.

Zwei runde Löcher im Querbalken, aus denen schwarzer, öliger Schleim troff, erinnerten an blicklose, gleichermaßen idiotisch und böse stierende Augen. Auf diese Weise wirkte die Öffnung, die die beiden Säulen bildeten, wie ein Rachen, der sich in eine Dunkelheit hin eröffnete, die noch dichter und furchteinflößender wirkte, als die, durch welche wir gerade geschritten waren, wenn sie auch vom zuckenden Schein offenen Feuers durchbrochen war.

Ich hatte das Gefühl rettungsloser Verlorenheit und eines Ausgeliefertseins, vor dem es kein Zurückweichen mehr gab, als wir jenes letzte Tor durchschritten hatten: die Fackelträger, ich – mit der eisernen Maske, die mein menschliches Gesicht nicht nur verbarg, sondern verneinte – das Opfer in seinen Fesseln und all die anderen Kuttenträger der düsteren Prozession.

Die in gewachsenen Fels gehauene Halle hinter dem maulartigen Tor wurde von einem Altar dominiert, genauer, einer verwirrend komplexen Altarkonstruktion, die in ihrer künstlerischen Perfektion tatsächlich wie das lebendige Wesen wirkte, das sie darstellen sollte, sodass ich mit einem Keuchen des Entsetzens zurückprallte.

Weil ich wusste, dass ich träumte oder gerade deswegen, spürte ich ziemlich genau den Zeitpunkt, ab dem der Albtraum unerträglich zu werden begann, und dieser Punkt war jetzt gekommen!

Den Hauptteil des Altars bildete eine einzige Figur. Diese war so abstoßend und grässlich, dass selbst ihre künstlerische Darstellung, deren Perfektion alle menschliche Kunstfertigkeit überstieg, Abscheu und Grauen hervorrief.

Ich vermag sie nicht annähernd zu beschreiben, obwohl ich sie im Schein der Fackeln, umgeben von Dreifüßen und Räuchergefäßen, da in der Finsternis hocken sah: eine geflügelte Monstrosität, deren gezackte, drachenartige Schwingen die Seitenteile des zentralen Altaraufbaus bildeten. Sie wies einen riesigen Schädel auf, der fast nur aus einem Maul mit hakenartig gekrümmten Dolchzähnen zu bestehen schien, um welches sich dicke, kurze Tentakel gruppierten. Die aufgerissenen Augen waren aus einem rot schimmernden, mir unbekannten Stein gefertigt. Das Mineral erweckte den Anschein, als glänzten die Augen feucht und seien lebendig, als verfolgten sie, wohl verursacht durch die Lichtreflexe des offenen Feuers, jede unserer Bewegungen.

Die mächtigen Vordergliedmaßen ruhten im Schoß der auf krötenartigen Hinterläufen hockenden Kreatur und hielten eine waagrecht ausgerichtete, steinerne Tafel, die zusätzlich von einem mit Glyphen versehenen Sockel gehalten wurde; zweifellos der eigentliche Altar.

Seitlich am Rumpf der Kreatur befanden sich fleischige Fangarme mit Saugnäpfen, die sich um den Altartisch legten, um ihn ringelten in einem so feuchten Glanz, als seien sie tatsächlich von flüssigem Schleim überzogen.

Zu beiden Seiten der Flügel ragten weitere Tafeln auf, terrassenähnlich übereinandergeschichtet. Sie waren aus dem gleichen, dunklen Mineral gefertigt wie die Kreatur selbst. Sie vervollständigten die Konstruktion zu einem obszön wirkenden, unbeschreiblichen Szenario des Grauens, denn die terrassenförmigen Seitenflügel des Altars waren bedeckt mit zahllosen menschlichen Leichnamen. Die Leichen waren auf jede nur erdenkliche Art verstümmelt, zerfetzt, zerrissen, zerhackt und zerfleischt. Sie befanden sich in jedem Stadium der Auflösung, die ein menschlicher Leib nach seinem Tod nur durchmachen kann. Von frisch angetrocknetem, schwarz geronnenem Blut bis zur vollständigen Verwesung und Skelettierung. Von frisch glänzenden, in grellem Rot schreienden Wunden, bis zum zittrigen, mürben Gewebe, dem Fraß bleicher, dicker Würmer, sah ich das Werk des Totengottes, dem wir alle anheimfallen, gewaltsam oder nach den Gesetzen der Natur.

Mit einem Male, durch welch teuflische Einflüsterung auch immer verursacht, wusste ich, was zu tun war. Wenn in mir schon seit geraumer Zeit ein schrecklicher Verdacht aufgekeimt war, so fand ich ihn jetzt bestätigt, als ich mit herrischer Geste wortlos befahl, das sich windende Opfer auf den Altar zu werfen.

Wies mich die Maske, die ich als einziger der Vermummten trug, tatsächlich als einen aus, der etwas zu sagen hatte, gar als Anführer galt?

Hatte ich die Geste des Befehlens gegen meinen eigenen Willen ausgeführt? Gegen den Willen der Person, die gleichsam hinter der Maske vor Entsetzen bleich hockte und die Vorgänge jenseits ihrer Sehschlitze beobachtete? Jene Person, die ich gewöhnlich 'Ich' zu nennen pflegte? Aber die Hände dessen, der in dem nun folgenden infernalischen Schreckensszenario die Regie führte, übernahmen mit tödlicher Präzision, was zu tun war. Dieser *Er,* dieses *Ich,* welches die Kontrolle über mein Handeln übernommen hatte, agierte, während mein 'Ich' hinter der Maske vor Entsetzen, Abscheu und Grauen schrie und wimmerte.

Die Trommeln schwiegen, verharrten in fanatischer Erwartung des Schlachtens, das nun begann.

Mein Mund redete in einer Sprache, die ich niemals gehört, geschweige denn beherrscht hatte. Meine Zunge formte die gutturalen, barbarischen Laute einer unerhört blasphemischen Beschwörung. Die Worte wallten auf, schienen die Räume der Finsternis zu durchdringen, die hier allgegenwärtig war, der Finsternis, die IHRE Heimat darstellte. Sie schien überzugreifen auf das Licht der Fackeln, die Glut der Kohlebecken und sie zu verdunkeln. Es war, als schiebe sich eine ungeheure schwarze Wolke zwischen den Lichtschein und den schreckenserfüllten Altarraum. Es war, als griffe jene schwarze Wolke, die von abstoßender, öliger Konsistenz war, in die Ecken und Winkel des Raumes und verbinde sich dort mit der Dunkelheit der gesamten Welt. Auf eine nicht rationale, dennoch evidente Art wusste ich, dass dies die Orte waren, an denen SIE sich manifestierten. Die Ecken und Winkel, in denen die Dunkelheit herrschte, bildeten die Portale, durch die SIE kamen von den Schwarzen Sternen. Dies waren die Tore, die der Magier öffnen konnte, hinein in diese Welt, weil SIE von drüben hasserfüllt gegen die Barrieren anrannten, welche die Älteren Götter einst errichtet hatten.

Das Opfer, die junge, blonde Frau von nicht einmal zwanzig Jahren, starrte zu mir herauf, gepeitscht von Panik, die bereits in Irrsinn überging. Doch ihr Blick erreichte mich nicht. Er prallte ab am eisigen Metall der Maske. Ich hätte nicht zu sagen vermocht, in wessen Augen sie blickte, die ihr als einzig Organisches, Verletzliches durch die Sehschlitze entgegenleuchteten. Waren es meine eigenen oder waren auch sie schon erfüllt vom dunklen Glanz der Schwarzen Sterne, der in diese Welt einsickerte wie ein tödliches Gift?

Ich riss der Frau den Knebel aus dem Mund, und sofort wurde ich von einer Flut gestammelter Bitten und dem Flehen um Gnade und Verschonung überschwemmt. Doch nicht lange, denn wie zuvor meine Zunge, so wussten ja auch meine Hände längst, was sie zu tun hatten.

Ich rammte meine Rechte derart in ihren geöffneten Mund hinein, dass ihr die Zähne barsten.

Ihre Schreie wurden zu einem röchelnden Winseln. Doch auch das erstickte ich, packte ihre Zunge tief im feuchten, warmen Schlund, und riss sie ihr heraus. Das Blut schoss in einer grellroten Fontäne hinterher, überflutete das Gesicht des stumm gewordenen Opfers und platschte auf den Altar nieder, mit dem im Moment des Auftreffens eine Veränderung stattzufinden schien, genau wie mit mir.

Es war, als ginge ein Ruck durch die gesamte, monströse Konstruktion wie bei einem Erdbeben. Etwas hallte durch die finsteren Gänge, dem Dröhnen einer schweren Tür vergleichbar. Doch vielleicht erzeugten auch nur meine Taten ein Echo des Wahnsinns in den Tiefen meines Verstandes.

Ich brachte das warme, triefende Stück Fleisch in meinen Händen den Göttern dar, indem ich es in das Feuer eines der Kohlebecken warf, wo es zischend verglühte, nachdem ich zuvor ein Stück davon gekostet hatte. Es schmeckte warm, roh und ein wenig bitter nach der Furcht des Opfers. Plötzlich gab es für mich kein Halten mehr. Aus der Pflicht eines Oberpriesters, die mich anfangs wie ein unbewusstes Programm, eine automatisierte Arbeitsroutine hatte handeln lassen, wurde perverse Ekstase … wurde dunkle, unheilige Lust, von verderbter Begierde angetrieben …

Meine Finger schossen wie Dolche in die weit aufgerissenen Augen des Opfers, rissen sie aus ihren Höhlen, wobei die Frau Laute unerträglicher Qual ausstieß, die dem Quieken kleiner Tiere glichen, die langsam zerquetscht wurden. Ich warf auch diese ledrigen, tropfenden Klumpen mit den langen Nervenbündeln in die Glut. Dann zertrümmerte ich mit einem Ellbogenstoß das Brustbein des Opfers, das mit einem Knirschen zerbarst, als bräche Glas. Das fiepende, vogelartig klingende Wimmern der Frau ging in ein nasses Gurgeln und brodelndes Röcheln über, während eine Fontäne dunklen, fast schwarzen Blutes aus der klaffenden Wunde ihres Mundes schoss. Ich fasste in die heiße, nasse, pulsierende Öffnung der Brusthöhle. Meine in warmem, schleimigem Leben tastenden Hände fanden das

Herz und rissen es heraus.

Das Herz pumpte noch ein paar Stöße, als ich es hoch über meinen Kopf hielt, den Göttern in feierlicher Geste darbringend.

Der warme Lebenssaft rann über meine Unterarme in die Ärmel meines Gewandes hinein, ich roch das frische Fleisch durch die Schlitze meiner Maske … da erbebten die Tiefen des Gewölbes vom Gebrüll eines gigantischen Etwas …

Entsetzt erkannte ich, dass dies keine ominöse Geistpräsenz war, sondern ein lebendiges Wesen, so grotesk und ungeheuerlich es auch sein mochte. Es lebte in meiner Welt! Und dann tauchte jener Schatten aus dem Dunkel auf …

Es war, als seien die Felsen ringsumher lebendig geworden und stapften einher. Ein Schatten, so groß wie ein Berg, von einer bestimmten Gestalt, die mir vertraut zu sein schien, obwohl ich sie nicht recht erkennen konnte. Kein amorphes Etwas, sondern ein sich schlangengleich windender, monströser Schemen war es, eine gefährliche und tödliche Kraft.

Als das ohrenbetäubende Gebrüll wiederum durch die dunklen Katakomben hallte, wusste ich: Dies war der nackte Terror …

Mit diesem Wissen, einen unartikulierten Schrei auf den vor Entsetzen noch gelähmten Lippen, wachte ich auf, fuhr in meinem Bett hoch, als hätte mich ein Schlag getroffen.

Eine ganze Zeit hockte ich keuchend im Dunkel, in meine Kissen vergraben, unfähig, mich zu rühren. In grenzenloser Erleichterung begriff ich erst nach schier endlosen Augenblicken: »Ein Traum! Es war nur ein Traum!« Mein Geist wiederholte die erlösenden Worte im Takt meines Herzschlags, der sich nicht beruhigen wollte. Meine Hand tastete nach dem Schalter der Nachttischlampe, bei deren Aufflackern ich erneut aufschrie, doch diesmal vor

Entsetzen …

War mir der fremde, heiße Gestank in meinem Schlafzimmer nicht aufgefallen? Ich blickte an mir hinab, registrierend, dass ich völlig angekleidet im Bett lag. Doch dies war nicht das Schlimmste, nicht einmal die Tatsache, dass ich mit einer vor Schmutz und Feuchtigkeit starrenden, schwarzen Kutte bekleidet war, von der ich bis eben nicht gewusst hatte, dass sich so etwas in meinem Besitz befand …

Auch der Umstand, dass neben meinem Bett eine silbern glänzende Metallmaske lag, auf der rote Spritzer ein wirres Muster bildeten, war nicht so verstörend, wie das perverse, alles Leben höhnende Stillleben, das ich in meinen blutgetränkten Kissen fand: Dort auf den Laken, die sich mit Blut vollgesogen hatten, lag die grotesk angeordnete Verhöhnung eines menschlichen Gesichtes – zwei blutige Augenbälle mit Sehnerven und eine rot schimmernde Zunge. Darunter, in einem Abstand, wie es auch beim intakten Organismus der Fall gewesen wäre, der fleischige Klumpen eines herausgerissenen Herzens.

Keuchend sprang ich auf. Prallte vor dem ungeheuerlichen, widerwärtigen Anblick zurück. Ich verfiel in ein irres, hysterisches Lachen, denn diese menschlichen Überreste, die mir meinen perversen Albtraum vergegenwärtigten, lagen so, dass sie ein bestimmtes Gesicht zu bilden schienen – das des Opfers!

Ja, es wollte mir sogar scheinen, dass die Augen noch von einem Rest Leben erfüllt waren, mich mit einem Ausdruck tiefster Anklage und drohender Verdammnis anstarrten. Die Zunge sich bewegte, als wolle sie noch immer schreien und meine Untat artikulieren, mich noch mehr in den Abgrund untilgbarer Schuld stürzen. Es war, als schlüge das Herz noch immer, das Blut, das ich im Namen finsterer Mächte vergossen, über mein Bett ausgießend als ewig unauslöschliches Mahnmal meines Verbrechens …

Das kalte Glas drückte gegen meine Stirn, die ich noch immer gegen das Fenster presste. Ich hatte meine Hände in ohnmächtiger Qual ineinander verkrampft, während gepresste Laute zwischen meinen Lippen hervordrangen, Laute der Scham und der Schuld im Bewusstsein meiner rettungslosen Verdammnis.

Am düster verhangenen Nachthimmel türmten sich Wolkengebirge auf, ballten sich zusammen wie Schatten lastenden Unheils.

Meine Gedanken, um Schuld und Verdammnis kreisend, schweiften immer wieder ab in leere, sinnlose Traumbilder. Weg von diesem Albtraum, der durch DEREN teuflisches Wirken real geworden war, der mich tatsächlich zu einem bloßen Instrument IHRES Willens gemacht hatte. Meine Tagträume trieben mich hin zu der Frage, ob nicht alles hätte anders werden können. Zu welchem Zeitpunkt diese unheilvolle Entwicklung zu verhindern gewesen wäre? Wie leicht ist es doch für unseren Geist, sich selbst als Opfer, nicht als Täter zu sehen! Nicht als Handelnder, dem die Verantwortung für sein Tun anzulasten ist, sondern als Getriebener durch Umstände, die es vor uns selbst als gerechtfertigt erscheinen lassen, zu sagen, es habe nicht anders kommen können, man habe nur reflexartig reagiert.

Als ob das etwas änderte!

Und dennoch …

Meine Untat, die ich – auf der Ebene des Traumes oder real? – begangen hatte, blieb zunächst folgenlos.

Ich beseitigte die Spuren in meinem Schlafzimmer. Verbrannte die verräterischen menschlichen Überreste. Ich vermochte nach wie vor nicht zu sagen, ob das grauenhafte Geschehen in diesem oder jenem Seinsbereich stattgefunden hatte, ob wirklich Blut an meinen Händen klebte oder ich nur geträumt hatte. Ob es die Vision aus einer anderen, längst vergangenen Zeit war oder ein magischer Trick des Ordens, die Vorwegnahme einer Zukunft, die noch zu verhindern war. Oder hatte sich das alles in einem Zwischenreich abgespielt, in dem nicht die Gesetze der menschlichen Logik galten, sondern allein *IHR* Wille? Dementsprechend war ich erfüllt von Verwirrung, Unsicherheit und einer unerträglichen, lähmenden Furcht. Etwa um diese Zeit geschah es, dass ein altes Phantom aus meinen Kindertagen wieder auftauchte und mich im Düsterlicht bis weit in den Tag hineinreichender Albträume zu verfolgen begann, wie es das damals schon getan hatte.

Es musste um die Zeit gewesen sein, da ich schon bei meinem Onkel und meinen beiden Tanten aufwuchs nach dem Tod meiner Eltern. Gleichwohl waren sie in meiner Erinnerung an meiner Seite, als ich dem Mann mit dem roten Gesicht und den weißen Haaren zum ersten Mal begegnete. Es waren meine Eltern, die ich von Bangigkeit erfüllt fragte, wer denn dieser Mann sei und was er wolle? Woraus ich gegenwärtig schloss, wie bruchstückhaft und ungenau meine Erinnerungen an die Zeit mit meinen Eltern waren, fast so, als sei mein Geist von einer partiellen Amnesie überschattet. Als berge, verdränge oder verleugne er Geheimnisse in jenen dunklen Kammern, in die kein Lichtstrahl meines Verstandes fiel.

Ich hatte die Existenz des Mannes im Lauf der vielen Jahre vergessen. Vermutlich war er nicht einmal mehr am Leben. Jetzt tauchte er wie ein Gespenst inmitten der Lebenden auf, die vorübereilten, ohne Notiz von ihm zu nehmen. Seine starrenden Augen von beunruhigend intensivem Blau in einem Gesicht, das vom Alkohol gerötet schien, waren auf mich gerichtet. Ich glaube, wenn er mich schon damals als Kind, an der Hand meiner Eltern, so angeblickt hätte, ich wäre tot zu Boden gesunken.

Doch er hatte mich damals nie gemustert, eigentlich nur

auf den Boden gesehen, meine Eltern und ein paar andere Leute kurz gegrüßt und war dann zwischen den Häusern verschwunden. In einem schmalen, stinkenden Gässchen, wo er hinter einer der grauen, unansehnlichen Fassaden zu wohnen schien.

Sein starrer Blick war mir schon damals aufgefallen, sein rotglühendes Gesicht, als habe er Fieber, das im Kontrast zu seinen weißen Haaren stand, die er militärisch kurz geschnitten trug.

Er war mit einer schwarzen Lederjacke gekleidet, aber am auffälligsten fand ich seine Hände, die Sommers wie Winters in dunkelgrünen Lederhandschuhen steckten und irgendwie seltsam aussahen.

»Was ist mit seinen Händen?«, hatte ich einmal gefragt, als er gerade grüßend, den stieren Blick auf den Boden gerichtet, vorbeigegangen war, um schließlich in der stinkenden Gasse zu verschwinden.

»Er hat keine Hände mehr«, hatte mein Vater - oder mein Onkel - erwidert. So erinnere ich es jedenfalls heute. Vielleicht, weil jemand oder etwas wollte, dass ich es tat.

»Das sind Haken unter den Handschuhen. Prothesen.«

»Ein Unfall«, hatte meine Mutter, oder eine andere weibliche Person, hinzugefügt. »Ein schrecklicher Unfall.«

Hatte sie es wirklich gesagt? Ich ging heute davon aus. Wie schrecklich wäre es doch, erfahren zu müssen, dass selbst die eigenen Gefühle, Gedanken, Erinnerungen in Wahrheit gar nicht zu einem selbst gehörten. Bildeten sie doch gewissermaßen den Kernpunkt der eigenen Person. Was blieb von mir selbst übrig, wenn auch sie Manipulationen finsterster Mächte waren?

Zurück zu dem Mann aus meiner Kindheit: Irgendwann war er aus den Straßen der Stadt verschwunden, wahrscheinlich gestorben und ich hatte ihn vergessen. Bis heute, da er wieder auftauchte, ein schreckliches Gespenst mit blauen Augen, weißem Haar, einem roten Gesicht und Haken statt Händen. Diesmal suchten diese irren, toten Augen mich, genau wie in den Albträumen, die damals meinen Begegnungen mit diesem Mann immer gefolgt waren.

Ich saß in den Stunden des frühen Abends in einem Straßencafé, mir gegenüber mein alter Freund Gerlach Melchior, seines Zeichens Pathologe. Ihm hatte ich damals das Blut aus dem Marmorbecken der Burgruine zur Analyse übergeben und schuldete ihm diesbezüglich noch eine Erklärung, was er nicht vergessen hatte und mich nun daran gemahnte.

Der Himmel wölbte sich in tiefem Blau wie ein Dom über den Kirchtürmen der Stadt. Die Lichter der Straßenlaternen versuchten vergeblich, mit ihrem Gasflammenschein die drohende Nacht aufzuhalten. Ich befand mich in einem Zwiespalt. Sagte ich Gerlach, einem Mann, der leidenschaftslos dem rein wissenschaftlichen Weltbilde verpflichtet war, die Wahrheit, erklärte er mich für verrückt. Was er, da er um den Inhalt meiner Studien wusste, insgeheim wohl ohnehin schon tat. Erfand ich irgendwelche Lügen, verstrickte ich mich in Widersprüche dann wurde ich ihm, dem eiskalten Logiker und Analytiker, verdächtig. Ich hatte nicht den leisesten Zweifel daran, dass er ohne zu zögern, falls ich mich eines Verbrechens schuldig machte, seinen unbestechlichen Gerechtigkeitssinn über unsere Freundschaft stellen und mich ans Messer liefern würde.

Bei diesem Gedanken stieg mein grässlicher Traum, der Wahrheit geworden war, wieder vor meinem inneren Auge auf. Ich krümmte mich schaudernd zusammen, in Erinnerung dessen, was ich in meinem Bett vorgefunden hatte. Ja, war ich denn nicht schon längst schuldig geworden vor Gerlach und der Menschheit? Hatten *SIE* mich nicht längst abgesondert von der Gemeinschaft des Homo sapiens?

Nein! Musste ich vor mir selbst zugeben. *SIE* hatten mir die Tötung nicht befohlen! Ich hatte sie aus freien Stücken vollzogen, hatte mich sogar berauscht an dem Blut und der Macht, war längst einer von *IHNEN*, ein Mitglied des Ordens vom Gelben Zeichen, wenn ich mich auch noch gegen diese Einsicht sträubte.

Wie so oft in den letzten Tagen fragte ich mich auch jetzt wieder, wer mein Opfer gewesen war. Ich hatte peinlich genau jede verfügbare Zeitung studiert, mir den Schädel zermarternd, wen sie zurückgelassen haben mochte, wer sie nun vermisste, was für ein Leben ich zerstört hatte. Doch nirgends hatte ich eine Spur der jungen Frau finden können. Nirgendwo war von einem Verbrechen die Rede gewesen, niemand als vermisst gemeldet.

Also doch nur ein Traum?! Aber niemand, der je gezwungen war, Blut zu beseitigen, wird an der Echtheit meiner Erfahrung zweifeln können.

Nur – wie war das alles vor sich gegangen? Wie hatten SIE …

»Ist dir kalt?«, fragte Gerlach in meine Gedanken hinein.

»Nein. Durchaus nicht!« Seine Frage ließ mich aufblicken und – da war auf einmal *Er.*

Noch bevor ich etwas sagen oder reagieren oder Gerlach auf den Mann aufmerksam machen konnte, stand er an unserem Tisch. Direkt neben mir, sodass er mich mit seinen schrecklichen Haken hätte berühren können – aufgetaucht aus der Menge, die ihn zu ignorieren schien. Gebannt starrte ich in seine Augen, deren Blick mich festhielt wie mit Stahlklammern. Seine Stimme knirschte wie Steine, die unter einem Mühlrad zerrieben werden, als er zu mir sprach. Bestürzt wurde mir klar, wie viele Jahre vergangen waren seit ich diese Stimme zuletzt gehört hatte. Ja, mir wurde bewusst, dass dieser Mann, der keinen Deut gealtert zu sein schien, gar nicht mehr am Leben sein konnte.

»Du hast das Gelbe Zeichen gefunden. Warum benutzt du es nicht?«

Diesen einen Satz sagte er nur, dann blitzte es vor meinen Augen auf wie vor einer drohenden Ohnmacht. Ich tauchte gleichsam aus einem tiefen Gewässer auf (»… die schwarzen Wasser des Sees von Hali …«), fand mich im Café wieder, inmitten von Stimmengewirr, Besteckgeklapper, umgeben von Menschen, dies alles ebenso vertraut wie bedeutungslos.

»Was war das für einer?«, wollte Gerlach Melchior wissen. Er musterte mich streng durch seine Gelehrtenbrille, die sein schmales Gesicht noch hagerer wirken ließ.

»Du hast ihn also auch gesehen?«

Vor Erleichterung schrie ich die Worte fast hinaus. Kein böser Albtraum aus frühen Tagen … kein Phantom …

»Den Penner dort? Natürlich!«

Ich blickte in die Richtung, in die Gerlach wies, und sah – einen ganz anderen Mann mit grauem Bart und langem, braunen Mantel, der aus dem letzten Jahrhundert zu stammen schien.

»Geld für Schnaps wollte er«, murmelte ich tonlos. »Was sonst.«

War ich am Ende doch 'nur' verrückt? Oder waren das die Auswirkungen der Tatsache, dass ich hinter die Maske des 'Königs in Gelb' geblickt hatte? Dass ich das Gesicht der Wahrheit geschaut hatte, der Wahrheit des URALTEN, des Stammherrn der KOSMISCHEN GRÄUEL und somit allen Lebens im Universum? Auch hatte ich das ominöse Theaterstück gelesen, das IHN beschrieb, das Buch in Schlangenhaut gebunden. Hieß es nicht, dass jeder, der dieses Werk studierte, den Verstand verlor? Aber bedeutete das nicht auch, falls ich verrückt war, dass die Drohung der ALTEN und des Königs gar nicht über der Welt schwebte? Dass der Orden nicht an ihrem Untergang arbeitete, indem er *SIE* zurückrief? Oder hieß es nicht vielmehr genau das: dass ich verrückt wurde, gerade weil das alles geschah? Ich blickte mich um, im Café, auf der Straße, wo die Menschen durch den frühen Abend eilten, schwatzten und lachten. Ich sah die Lichter der Laternen und die hinter den Fenstern, erkannte die Dunkelheit in den Gassen und spürte keine Hoffnung aufkeimen.

Nein, das hieß nicht, dass ich mir dies nur einbildete, sondern dass es tatsächlich etwas gab, *wodurch* ich verrückt geworden war. Durch die Tatsache nämlich, dass das Leben, wie Männer vom Schlage Gerlachs es beschrieben, in seiner Entstehung, seiner Struktur, eine Lüge war. Ein Experiment bösartiger kosmischer Wesen, die als Götter und Dämonen Eingang in die Mythen der Menschheit gefunden hatten. Die als Krankheit, Verbrechen, Krieg und Chaos, als Feinde, die es zu bekämpfen galt, in dem modernen Mythos namens 'Wissenschaft' lebten. Maskiert und unerkannt, ihre wahre, teuflische Natur verbergend … bis SIE zuschlugen, um uns alle zu verschlingen.

Nur *ich* hatte den Mann mit den Hakenhänden gesehen, doch genau genommen musste das nicht heißen, dass ich verrückt war, sondern nur, dass der König mich auserwählt hatte, mehr zu erfassen als andere. Vielleicht offenbarte er sich Verrückten, ja, vielleicht bevorzugte er sie sogar. Es konnte aber auch sein, dass man lediglich über eine besondere Wahrnehmung verfügen musste, eine Art sechsten Sinn. Möglicherweise war dies schon von Geburt an festgelegt, eine Art genetisches Äquivalent des Gelben Zeichens. Wie in meinem Fall etwa, indem meine Eltern von den *ALTEN* berührt worden waren. Am letzten Tag aber, wenn er an der Spitze seiner namenlosen Heerscharen von *CARCOSA* herabstieg, würden alle *IHN* sehen können. Bis es jedoch so weit war, enthüllt *ER* seine *PLÄNE* nur denen, die auserwählt sind wie ich, in dessen Adern das Blut der *ALTEN* kreist. Das Erbe der alten Sternengötter, vor denen mächtigere Wesen als der Mensch gezittert hatten.

»Kaiser haben sich vor *IHM* verneigt«, hieß es im Drama.

Das Gelbe Zeichen, Ausdruck eines allumfassenden Todesurteils, war also ausgeschickt worden. Das hatte der Hakenmann, der offensichtlich ein Bote des Königs war, gesagt. Aber hatte ich es wirklich gefunden? Wann?

Ich wusste, wie die Glyphe aussah, aber wo hatte ich das Zeichen gefunden? Wie sollte ich es benutzen?

» … Also? Deine Antwort?«

Ich blickte Gerlach verwirrt an.

»Meine … was?«

»Woher hattest du das Blut, das ich neulich für dich untersuchen sollte?«

Mich durchschoss es eiskalt, als ich in die Realität zurückfand, die ich mit Gerlach teilte. Ja, ich schuldete ihm noch eine Antwort. Lügen half wohl nicht – also sagte ich ihm die Wahrheit, an der ich nicht mehr zweifeln konnte. Erzählte ihm von dem steinernen Becken, dem *KÖNIG IN GELB* und meinem Besuch in *CARCOSA*. Von der eigenartigen Parallelwelt, in der ich in einem Haus weilte, das schon im Spätmittelalter abgebrannt war. Von dem Hexenkult, den es heute noch gab, und von den grauenhaften Dingen, die durch den Nebel krochen, sobald auf der Burg nicht menschliche Kultisten Dinge beschworen, die zu schrecklich waren, um sie zu beschreiben.

Als ich geendet hatte, musterte mich Gerlach eine Weile, dann schob er mir einen Zettel über den Tisch, auf den er schon während ich sprach, etwas geschrieben hatte.

»Du brauchst psychiatrische Hilfe«, sagte er schlicht. »Den Arzt, den ich dir hier aufgeschrieben habe, kenne ich persönlich, er ist sehr gut. Ruf heute noch an.«

Ich lachte freudlos auf. »Ich weiß, dass du mir nicht

glaubst.«

»Ich mache mir schon länger Sorgen. Deine sogenannten Studien des Okkulten sind für mich Symptome einer ernsten geistigen Störung. Das Blut ... ich hoffe, du bist in dieser Hinsicht nicht in Schwierigkeiten ...«

»Ich habe niemanden ...«

...umgebracht hatte ich den Satz beenden wollen, doch das konnte ich nun nicht mehr behaupten. Damals auf der Burg, da waren es zwar die Kultisten gewesen, aber heute, da ... war ich einer von ihnen.

»Du glaubst also wirklich, dein wissenschaftlicher Verstand kann die ganze Wirklichkeit erfassen?«, fragte ich Gerlach. Mein Blick schweifte, während ich redete, zum Nachbartisch, auf dem eine scheinbar vergessene Zeitung lag. »Wanderer entdeckt!«, stand dort in großen, schwarzen Lettern. Und darunter: »Schwarzer Asteroid von Planetengröße nimmt Kurs auf unser Sonnensystem.«

»Es geht nicht darum, was ich glaube. Es ist so«, erwiderte Gerlach Melchior achselzuckend. »Es gibt keine andere adäquate Wirklichkeitsbeschreibung außer der wissenschaftlichen. Wenn wir tot sind und unser Gehirn verwest, erlischt der Geist. So einfach ist das. Alles andere ist ein Fall für den Nervenarzt.«

Er war meinem Blick auf die Zeitung gefolgt. »Wie du siehst, ist das reale Leben aufregend genug – und voller Herausforderungen.«

»Herausforderungen?!«, rief ich aus.

»Was ist, wenn das Ding die Erde auch nur streift oder ihre Umlaufbahn schneidet? Oder mit ihr kollidiert?« Meine Stimme klang heiser und dünn.

Gerlach legte die Stirn in Falten.

»Dann haben wir ein Problem, denke ich, aber ich bin kein Astrophysiker. Na ja, die werden das hinkriegen.« Er sah auf seine Uhr. »Sei mir nicht böse, aber ich habe noch einen geschäftlichen Termin.«

»Deine Patienten laufen dir sicher nicht weg«, versetzte ich sarkastisch.

»Nein, aber sie verwesen ziemlich schnell«, gab Gerlach ungerührt zurück. Er stand auf und tippte auf den Zettel. »Ruf den Doktor an. Ich habe ihm bereits gesagt, dass du es tun wirst, also enttäusche mich nicht. Mir liegt etwas an dir. Und wenn dir selbst noch etwas an dir liegt, dann mach einen Termin aus.« Er schüttelte den Kopf. »Was hättest du aus deinen Begabungen alles machen können. Na ja, vielleicht ist es noch nicht zu spät. Ich ruf' dich an.« Damit drehte er sich um und verschwand in der Menge, die ihn verschluckte wie ein riesiges Ungeheuer.

Noch ehe ich mich über ihn ärgern und den verdammten Zettel mit der Anschrift des Irrenarztes zerreißen konnte, vernahm ich einen Ruf aus der anderen Richtung.

»Wachet auf! Sehet, das Ende ist nahe!«, rief da einer, der ein Schild mit der entsprechenden Inschrift hochhielt. Ein zerlumptes, abgerissenes Exemplar Mensch mit knochigem Gesicht, das nur aus Bart zu bestehen schien, und Augen darin, die im Wahnsinn loderten.

»Echidna kommt aus den Tiefen des Weltraums, ihr könnt nichts dagegen tun! Bereut eure Sünden und tut Buße!«, schrie der Verrückte und die Leute, wenn sie ihn überhaupt wahrnahmen, taten das einzig Vernünftige – sie schüttelten die Köpfe und gingen weiter.

Ich begriff, dass man dem Wanderstern wohl den Namen Echidna gegeben hatte. Auf eine gespenstische Weise erinnerte mich dieser mythologische Name an meinen Traum, der auf so grässliche Art Wirklichkeit geworden war, mit dem entsetzlichen, riesigen Ding in der Tiefe, dessen Gebrüll ich gehört, das ich aber nie gesehen hatte.

Ich schüttelte den Kopf, ergrimmt darüber, dass Gerlach mich für eine so bedauernswerte Kreatur hielt wie jene da, doch als der Irre an mir vorüber war, ohne mich zu beachten, sein Geschrei ohne Unterlass fortsetzend, sah ich, dass an seinem Rücken das Gelbe Zeichen haftete. Erschrocken fuhr ich zusammen – war das Zufall oder war dieser Mensch am Ende doch nicht verrückt, sondern verkündete nur die Wahrheit, dieselbe Wahrheit, um die auch ich wusste? Würde ich enden wie er? Als eine erbarmungswürdige Kreatur? Oder war ich schon so geendet und Gerlachs Wink mit dem Zaunpfahl, ich bräuchte die Hilfe eines Irrenarztes, ein nur allzu deutlicher Hinweis darauf?

Ohne zu zögern, eilte ich dem Mann hinterher, um ihn anzusprechen, doch die Menge hatte ihn verschluckt, wie zuvor Gerlach. Dass ich mir den Warner nicht eingebildet hatte war leicht aus der Tatsache zu schließen, dass die Leute von ihm redeten und von seiner Botschaft. Doch wen ich auch fragte, niemand hatte gesehen, wohin er gegangen war. Ach, wie oft, wie inbrünstig hatte ich mir in den letzten Monaten gewünscht, alles, was ich erlebt hatte, sei nur Einbildung gewesen und Gerlach somit in gewisser Weise recht gegeben, was meine geistige Verfassung betraf. Doch besaß ich genug Belege dafür, dass es diese zweite Wirklichkeit gab, sodass ich mich nicht in eine bequeme Illusion flüchten konnte.

Natürlich lachten sie über den Warner an jenem frühen Abend.

»So ein Verrückter! Wie oft wurde diese gute, alte Erde schon totgeredet. So ein Schwachsinn! Steckt bestimmt eine Sekte dahinter!« Doch ich fand nicht heraus, ob dieses Lachen echt war oder ob sich dahinter nicht eine panische Furcht verbarg. Die Leute redeten nämlich auch über den Wanderstern, der als dunkle, unheimliche Masse aus den Tiefen des Raumes auf die Erde zustürzte. Die Behörden hatten den Kurs des Planeten bekannt gegeben. Es hieß, wenn er seinen Kurs nicht ändere, werde er in weniger als einer Woche die Erde erreichen.

Manche sprachen von einem längeren Zeitraum, der noch bis zum Aufprall verblieb, andere leugneten die Bedrohung komplett und meinten, die Zeitungen müssten eben etwas schreiben. Einer versicherte sogar, Gott der Herr (er meinte wohl den Christengott) werde die Bedrohung abwenden.

Manche hatten auch das Zeichen auf dem Rücken des Mannes gesehen, freilich ohne es deuten zu können. Der Irre selbst blieb verschwunden.

»Ihr Narren!«, hätte ich gern ausgerufen. »Wenn das Zeichen des Königs für euch sichtbar wird, ist die Zeit gekommen … *ER* hat es ausgesandt als Pfand des Todes, des Niedergangs und des rettungslosen Verfalls? So, wie es einst mit dem Königreich *HASTUR* geschah, am Anfang aller Zeit!

Doch ich schwieg.

Was hätte mein Schreien geändert?

Kapitel 16

In dieser Zeit begannen die Träume.

Es handelte sich um eine ganz spezielle Art von Träumen oder sollte ich sagen – von Reisen? Um eine komplett andere Kategorie von Erfahrung als jene hinterhältige, als Traum getarnte, Falle, die mir der Orden gestellt hatte und in die ich hineingetappt war wie ein debiler Narr.

Ich hatte schon früher die Erfahrungen anderer Suchenden mit der Technik des astralen Reisens, der willentlichen Traumbeeinflussung, der Meditation etc. gesammelt, auf der Suche nach der Wahrheit, auf der Suche nach den *ALTEN*. Ja, auch gerade nach *IHNEN*, ich Narr! Als seien dies Fähigkeiten und Kräfte, die es dem Menschen gestatten, sie zu kontrollieren!

Nun stellten sich diese Erlebnisse ganz spontan und ohne mein Zutun ein. Ich führe sie heute – in dieser letzten Nacht, die sich über die Mauern, Häuser und Türme meiner Heimatstadt senkt, sodass ihre dunklen Silhouetten wie die von *CARCOSA* selbst erscheinen – noch immer auf gewisse Fluida zurück, die Echidna ausstößt auf ihrem Weg durch den ewig lichtlosen Raum. Derweil ihr dämonischer Gatte unter dem Vulkan sich furchtgebietend rührt und tobt und Feuer speit. Ihre Brut aber erhebt sich auf gezackten Drachenschwingen, unaussprechliche Furcht und Grauen beschwörend bei den Rassen des Universums, die weit älter sind als die menschliche, und die seit Äonen beteten, dass diese Heimsuchung nie wieder kommen möge. Dennoch geschieht es nun, in einem Kataklysmus, der alles niederreißen wird!

Dies muss ich erklären, doch will ich mit meinen nächtlichen Reisen beginnen, die *mich* heimsuchen, weil ich glaube, dass sie in verschlüsselter Form das Material liefern, das ich zur Erklärung des letzten Grauens benötige.

Erwachend fand ich mich auf einer öden, zerklüfteten Anhöhe wieder, rings um mich herum eine Wüste aus Eis, die sich in endlosen Dünen bis zum bleiernen Horizont erstreckte. Ein fürchterlich heulender Wind versuchte, mich von den Beinen zu reißen. Ich musste mich mit aller Kraft dagegenstemmen, um nicht fortgerissen zu werden in die graue Dämmerung, die trübselig und angsteinflößend zugleich herrschte und keiner Tages- oder Nachtzeit zuzuordnen war.

Ich vermutete, dass dieser allem Leben feindliche Ort, wo er sich auch befinden mochte, immer in diese graue Dämmerung getaucht war, ohne Verstreichen irgendeiner Zeit. Ein ewiger Augenblick außerhalb der Zeit und auch des Raumes.

Seltsamerweise, obwohl dieser Ort noch am ehesten an den Südpol erinnerte, empfand ich keine Kälte, nur den erbarmungslosen, grauenhaften Wind, der mit der Kraft eines Ungeheuers tobte. Und so stemmte ich mich gegen ihn an. Stapfte durch knöchel-, manchmal kniehohen Schnee dahin, rutschte über Eiskrusten, manchmal auf-, manchmal abwärts, auf einer hügelig geschwungenen Ebene, scheinbar ohne Ziel.

Da! Auf einmal sah ich einen gewaltigen Schatten aus dem blendenden Flirren unzähliger Schneeflocken auftauchen, dunkler als der Himmel und jene dürftige Sicht, die der Wind, der mir Schnee und Eis ins Gesicht trieb, zur Orientierung übrig ließ. Ich erschrak zunächst maßlos. Doch als sich der Schatten während eines längeren Zeitraums, in dem ich in völliger Starre verharrte, noch immer nicht bewegte, hielt ich darauf zu und sah mich einer mächtigen Skulptur gegenüber. Einer aus schwarzem Material gefertigten Statue. Mir war sofort klar, dass dies das größte Artefakt sein musste, das jemals geschaffen worden war.

Noch ehe meine Augen es überhaupt überblickt, mein Verstand es begriffen hatte, löste diese bedrohlich-dunkle Masse aus Gestein eine unbeschreibliche Furcht in mir aus. Verzweifelt versuchte ich, diesem Ding einen Namen zu geben. Ich glaube, unser Geist ist so beschaffen, dass er Dinge für weniger entsetzlich hält, wenn er sie benennen kann.

Das Ding verfügte über einen Rumpf sowie Arme und Beine, die jedoch menschlicher Proportion spotteten, eher etwas Drachenartiges hatten. Aus den Schultern ragten etwa hundert schlangenartige Köpfe, aus den Seiten ebenso viele Arme. Diese endeten in schrecklichen Klauen, und es stand auf ebenso vielen Beinen, die wie Baumstämme anmuteten. Wenn sie auch, wie die gesamte Gestalt und deren einzelne Merkmale, keineswegs plump, sondern von einer geschmeidigen und krafterfüllten Eleganz waren, die mich wiederum an Drachen oder Schlangen erinnerten.

Mit einem Schlag wusste ich: Dies war Typhon, der Erzeuger der Hydra, des Zerberos, der Chimaira – bei den alten Griechen der Vater der Schrecken genannt – dem hier vor Urzeiten ein Kultbild errichtet worden war. Es war sicherlich kein Zufall, dass der dunkle Planet, der todbringend auf die Erde zuraste, den Namen seiner gleicherweise monströsen Gattin trug. Es war, als hätten sich die Titanen, die Erstgeborenen der Götter, erhoben, um die Schöpfung des Lichtes zu zerstören und in den Abgrund ewiger Finsternis zu schleudern, dem sie selbst nun nach Jahrtausenden währendem Exil entstiegen.

Waren die *GROSSEN ALTEN* in Wirklichkeit dies: die in die Abgründe verbannten Titanen, die nun ans Tageslicht des Bewusstseins krochen, um ihr Recht einzufordern? Denn auch Typhon war von Zeus unter den Vulkan Ätna auf Sizilien verbannt worden, entmachtet wie viele *ALTE* durch die Älteren Götter auch. Waren die Älteren etwa die

Olympier?

Das helle Tageslicht des Bewusstseins werde bestürmt durch die Komplexe und durch Archetypen aus den dunklen Tiefen des Unbewussten, darin sie eine über viele Jahre verdrängte Existenz geführt hatten, so lautete die Meinung meines Nervenarztes, seine Interpretation meiner 'Wahnideen'. Eine Erklärung für die GROSSEN ALTEN, die ich mir ausgedacht hatte, um die Tatsache zu beschreiben und symbolisch zu erklären, dass mein Bewusstsein gerade von Inhalten aus dessen Tiefenschichten überschwemmt werde.

Doch ich greife vor.

In dem Moment, als ich die Statue des Typhon als das erkannte, was sie war, erscholl ein furchteinflößendes Brüllen, zornig wie das eines tollwütiges Raubtieres – derart dröhnend, als ob ein Teil des Gebirges aus ewigem Eis einstürzte. Es war das gleiche Brüllen wie in jenem Gewölbe, in dem ich meine Untat begangen hatte. Und wieder wurde ich wach davon …

Es war ein Morgen ohne Licht, in den hinein ich erwachte. Ein verhangener Himmel voll nebelgrauer Wolken wölbte sich über eine Stadt, in deren Winkel und Gassen die Schatten der überstandenen Nacht noch lebendig waren, als weigerten sie sich, zu gehen. Und ebenso wenig wurde ich den beklemmenden Eindruck des Traumes los. Die Erinnerung an ihn hockte in meinem Geist und ließ all meine Eindrücke jenes düsteren Tages in ihrem Licht erscheinen, wie Lack eine Glasscheibe färbt, ohne dass ich so recht hätte sagen können, auf welche Weise genau.

Wo war ich in jenem Traum gewesen? Ein verschneites Hochplateau – war das jene Region, die Lovecraft LENG nannte? Und wenn ja, was bedeutete das? Was war Leng überhaupt? Gab es dort ein Geheimnis zu entdecken? War es ein Ort des Schutzes oder der Bedrohung? Und welches grauenhafte Wesen verfolgte mich da, ohne dass es sich zeigte, von seinem infernalischen Gebrüll abgesehen? Mit diesen Fragen beschäftigt, schlenderte ich durch die Straßen. Dort gab es nur ein Thema – der Wanderstern Echidna, und was er für die Erde bedeuten würde. (Offizielle Stellen hatten zu jenem Zeitpunkt noch nicht bestätigt, dass er mit ziemlicher Sicherheit mit der Erde kollidieren und alles Leben auf ihr auslöschen werde)

Mir war klar, dass da eine kosmische Hochzeit im Raum stand – die Eltern gewaltiger Ungeheuer strebten in einem unheiligen Sinne aufeinander zu, um sich zu vereinen. Was würde aus dieser Verbindung hervorgehen? Ungeheuer, so mächtig und entsetzlich, wie sie noch kein Mensch je gesehen hatte?

Ich erstarrte in plötzlichem Entsetzen, als er aus einem dunklen Torbogen trat. Der Mann mit den Hakenhänden. Es hatte keinen Zweck, zu fliehen. Wohin hätte ich mich wenden sollen? Er hätte mich überall gefunden.

Taumelnd und doch kraftvoll, sodass er mich an einen Automaten oder künstlichen Menschen erinnerte, kam er aus den Schatten des Torbogens auf mich zu, seine starren, blassblauen Augen wie unter hypnotischem Zwang auf mich gerichtet. Sein kantiges Gesicht glühte rot, seine weißen Haare wirkten frisch gekürzt und militärisch streng.

Er hob einen Arm; der handähnliche, in dunkelgrünes Leder gehüllte Prothesenhaken zeigte auf mich.

»Du hast das gelbe Zeichen gefunden!«, schnarrte seine Stimme. »Warum benutzt du es nicht?!«

Die gleichen Worte hatte er schon einmal ausgesprochen, diesmal schrie er sie in einem Zorn, wie ich ihn noch nie erlebt hatte, und seine Augen schleuderten gletscherblaue Blitze auf mich. Sein Gesicht schwebte mit einem Mal ganz dicht vor meinem, sodass ich seinen sauren Atem roch. Sauer, nicht wie bei alten Leuten, sondern als ob tief in seinem Innern etwas gäre, als ob seine Eingeweide sich in Auflösung befänden.

Dann war er verschwunden.

»Manche Leute heutzutage«, murmelte eine Frau und schüttelte im Vorbeigehen den Kopf. »Also wirklich!«

Sie lachte wie aus Mitleid mit jemandem, der Opfer eines grausamen Scherzes geworden ist. Dann verschwand sie in einer Seitenstraße, die nicht mehr als eine kleine Gasse war. Etwas veranlasste mich, ihr zu folgen. Verwirrt stellte ich fest, dass ich sie in diesem winzigen Augenblick äußerst ansprechend gefunden hatte. Eine Frau unbestimmten Alters, dunkel, von einer Wärme umflort, die zugleich die einer Mutter und die einer Gefährtin war. Mehr hatte ich in der kurzen Zeit ihres Vorbeigehens nicht erkennen können und dennoch folgte ich ihr. Vielleicht war es ihr Duft, der frisch und süß zugleich noch in der Luft hing oder die Tatsache, dass sie einen hellen, blauen Mantel trug.

Ich tauchte ein in die Dunkelheit der schmalen Seitengasse, wo früher, so erinnerte ich mich, ein Krämerladen gewesen war. Die Luft erschien mir klamm, von den pilzigen, modrigen Ausdünstungen der Mauern durchdrungen, schwer zu atmen. Sie legte sich wie ein schwermütiges Schluchzen auf die Lungen. Ich musste meinen Augen Zeit geben, sich auf die düstere Umgebung einzustellen.

Die Frau war verschwunden. Der Krämerladen aus meiner Erinnerung an Kindertage existierte nicht mehr, dafür wurde ich von einer weiteren Erinnerung, genauer, einer ganzen Flut Erinnerungen, durchströmt.

Der Krämerladen ... Ich war darin gewesen, an jenem tiefblauen Abend in einem ungewöhnlich milden Dezember, ganz früh in meinem Leben. Ich war, glaube ich, noch nicht einmal in der Schule. Es roch aus den großen Körben nach Obst, Winteräpfeln, scharf nach Lauch ... und Schnaps.

Ihr Götter! Da war es *doch* geschehen, dass er mich einmal

berührt hatte. Der Hakenmann! Er war in den Laden getorkelt und hatte mir – aus Versehen – seine harten Prothesen in die Flanken gebohrt, weil ich zu nahe an der alten Ladentür mit der Glocke gestanden war.

Er hatte mich seltsam angesehen und etwas Unverständliches gemurmelt; mein Vater hatte mich weggezogen und angeraunzt, ich solle den Leuten nicht im Weg stehen, aber ich hatte genau gewusst, dass er mich nur von dem unheimlichen Mann weghaben wollte. So jedenfalls dachte ich damals.

Eigentlich war dies ein unbedeutendes Ereignis, doch eines, welches ein Kind den ganzen Tag verfolgt. Es nimmt die Episode mit in die schweigende, lastende Dunkelheit seines Zimmers, wo es im Bett liegt und jeder Schatten zu dem Umriss des unheimlichen Mannes wird. Nimmt sie mit in seine Träume, aus denen es schreiend und schweißnass erwacht, weil der Unheimliche darin mehr mit ihm gemacht hat, als es nur aus Versehen zu berühren …

Jetzt stand ich hier, nach so vielen Jahren. Wenn der Laden auch verschwunden war, so starrten die Hausfassaden doch genauso vor Schmutz wie damals. Der gleiche Geruch hing in der Luft – nach Moder und Verfall. Das Licht blutete aus den kleinen Fensterscheiben Lichtinseln auf den von Unrat übersäten Boden, der aussah, als habe der Krämer seine Obstkisten ausgeleert. Ratten huschten durch den Lichtschein.

Hastige Schritte verloren sich in dem Spalt, der die beiden letzten Häuser der Gasse trennte, die sehr eng beieinanderstanden. Waren das die Schritte der Frau?

Ein plötzlicher, merkwürdig starker Drang überkam mich, sie zu beschützen, weil ihr Gefahr drohte.

Was lag hinter diesen beiden Häusern? Wiesen? Ruinen? Solche Orte konnten nur Gefahr bedeuten!

Ich beschleunigte meine Schritte. Die im Spalt stoppten,

als seien sie gegen ein Hindernis geprallt.

Da hörte ich eine Stimme in einem der Häuser: »Die Toten kommen wieder. Die Toten wandeln auf Erden!«

Ich trat näher an eines der kleinen, offenstehenden Fenster heran, um ins Innere des Hauses zu spähen. Die Gardinen waren zurückgezogen, sodass man den in Kerzenlicht getauchten Raum gut einsehen konnte.

Drei Personen befanden sich in einer Art Wohnzimmer, dessen Diwan wohl lange Zeit ein Krankenlager gewesen war und der nun durch die Kerzen und Bilder mit schwarzen Trauerfloren als Totenlager ausgewiesen wurde. Die Personen befanden sich in ständiger Bewegung. Erst allmählich wurde mir klar, dass die beiden jüngeren – ein Paar oder auch Geschwister – vor einem massigen Mann zurückwichen, der mit taumelnden, unsicheren und fahrigen Bewegungen auf sie eindrang.

Die junge Frau und der schlaksige Mann mit der bleichen Haut und der Hakennase flohen eindeutig vor dem massigen Mann, doch offenbar vergeblich.

Er wirkte bei aller Unbeholfenheit gleichzeitig wie besessen von der instinkthaften Gier eines schrecklichen Raubtiers. Und mit der gleichen Vehemenz stieß er auch vor, um die junge Frau zu packen. Mir drehte sich der Magen um, als ich sah, wie seine zur Klaue gekrümmte Rechte sich in den Leib der Frau krallte. Ich vernahm ein Geräusch wie von reißendem Stoff, gepaart mit Lauten, als wühle einer in feuchtem Schlamm. Verfolgte mit Grauen das Stoßen und Bohren im pulsierenden Inneren des aufgerissenen menschlichen Körpers, in Blut und glitschigem Gedärm. Ich starrte auf den fleischigen Arm des massigen Mannes, dessen weitärmliges, weißes Hemd von Blut getränkt war.

Die Frau stand da, die Augen weit aufgerissen und verdreht, dass man nur das Weiße sah, während ihr blutige Fäden aus Mund und Nase quollen. War sie bereits tot oder lebte sie noch?

Der Mann presste sein grässlich verzerrtes Gesicht an den Körper der Frau in dem Bestreben, das aus ihr hervorstürzende Blut mit dem Mund aufzufangen. Seine gräuliche Fratze war mit einem Schmierfilm aus grellem Rot überzogen.

Laute unaussprechlicher Seelenqual ausstoßend, drang der junge Mann mit einem goldenen Kerzenständer auf den Massigen ein. Er zermalmte ihm den Hinterkopf, indem er den schweren Gegenstand unter irrem Heulen ohne Unterlass auf den scheinbar schmerzunempfindlichen Schädel des gierig Saugenden sausen ließ. Der wuchtete seine Leibesmasse herum, sein Arm glitt aus der Frau heraus, die sofort wie eine Puppe auf den glitschigen Boden stürzte. In seiner bluttriefenden Rechten pulsierte das Herz seines Opfers.

Der junge Mann stieß eine Mischung aus Kreischen, Heulen und Wimmern aus. Er taumelte rückwärts. Seine Schritte verursachten auf dem bluttriefenden Teppich schmatzende Laute, der Kerzenständer entfiel ihm.

Der massige Mann biss in das noch pulsierende Herz, verschlang es mit geradezu unglaublicher Gier. Dann taumelte er, die Augen im blutverschmierten Gesicht verdreht, auf den jungen Mann zu, verbiss sich in dessen Hals, was dieser nahezu ohne Gegenwehr geschehen ließ, und zerfetzte ihm die Kehle mit tollwütigen Bissen.

Ich wich an die gegenüberliegende Hauswand zurück, die mir hart und rissig in den Rücken drückte. Ich zitterte, Brechreiz würgte meine Kehle. Schon fiel jener massige Schatten auf mich, denn aus der offenen Eingangstür des Mordhauses heraus trat der Mörder. Er stand da, überströmt vom Blut seiner Opfer, mit ausgestreckten Armen – und ich konnte deutlich sehen, dass der Mann, der dort stand, tot war. Das grausig verrenkte Gesicht, die verdrehten, blicklos starrenden Augen, die dunklen Flecken erstarrten Blutes in einem zum Erliegen gekommenen Kreislauf, deutlich sichtbar auf der unterkühlt blauen Haut. Kein Zweifel, das Wesen, das dort schwankend und schnüffelnd wie ein Tier Ausschau hielt, war sicher einmal ein Mensch gewesen, jetzt aber ein lebendiger Leichnam.

»Das ist nicht tot, was ewig liegt, und in fremden Äonen mag selbst der Tod noch sterben« – war das der Sinn der Worte HPLs?!

Bezogen sie sich nicht auf den großen *CTHULHU* selbst, der tot, doch träumend in seinem unterirdischen Tempel in *R'LYEH* weilte, sondern auf die apokalyptische Zeit seiner Wiederkehr? Hieß dies, das Ende der Zeiten war gekommen, wie die Abrahamitische Religion es als das Jüngste Gericht prophezeit hatte?

Entsetzliche Schreie drangen von der Straße her in die kleine Gasse – und dort, wo noch Reste der alten Stadtmauer standen und sich um einen alten Wehrturm gruppierten, sah ich noch mehr entsetzliche Gestalten, die augenscheinlich tot waren, obwohl sie umherwandelten.

Zerlumpte Gestalten in allen Graden der Verwesung. Weißliche, auslaufende Augen in knochigen Höhlen. Blutigverstümmelte Hände, die Finger abgebissen. Knochige Totenklauen. Sich in großen Tropfen ablösendes Fleisch, schwarz von Verwesung, das auf die Erde klatschte, den Blick freilegend auf gelblich-bleiche Knochen, zerbrochen und spitz wie Speere oder Lanzen!

Sie fielen über die lebenden Passanten her, die kreischend und erfolglos den Angreifern zu entkommen suchten, und rissen sie in Stücke, wie dies ein Rudel Raubtiere schrecklicher nicht hätte tun können. Fleisch wurde von Knochen gerissen, Gliedmaßen wurden aus den Gelenkpfannen gedreht und abgerissen, Kehlen mit Zähnen und Klauen zerfetzt. Leiber wurden aufschlitzt und glitschige Därme hervorgespult. Bald schwammen die Straßen im Blut der Gemordeten.

Ein Schnauben ganz in meiner Nähe riss mich aus der Rolle des atemlos starrenden Beobachters, der nur aus Augen und Entsetzen zu bestehen schien, in die Gegenwart zurück. Der blutbeschmierte Untote, der in der Tür des Mordhauses stand, hatte mich wahrgenommen. Sein verwesendes Gesicht hatte sich mir zugewandt. Obwohl seine sich in Auflösung befindenden Augen auf einen imaginären Punkt oberhalb meiner linken Schulter stierten, wusste ich, dass er mich *sah*.

Dass er mich als *Beute* sah. Ich rannte los. Hatte einen Moment Angst, keine Luft zu bekommen, doch es war nur die Panik, die meine Lungen zusammendrückte.

Ich rannte, weg von diesem … Ding, bevor mich das gleiche Schicksal ereilte wie die beide jungen Leute im Haus.

Zurück auf die Straße konnte ich nicht, dort wimmelte es von *ihnen*, den verwesenden Fressautomaten. Also musste ich weiter in die Gasse hinein, in das Dunkel, in dem die Frau im blauen Mantel verschwunden war. War sie ein Lockvogel gewesen? Dazu da, mich hierherzubringen?

Ein jämmerlicher Aufschrei aus weiblicher Kehle ließ mich den Gedanken schnell verwerfen. Selbst, wenn es sich so verhielt, so war sie nun selbst Opfer.

Ich sah sie am äußersten Ende der Gasse, wo die Finsternis schwächer wurde, obwohl keine Lichtquelle vorhanden war, wo sie zurückwich zwischen die Ruinen von zwei ehemals riesigen Gebäuden, durch deren leere Fensterhöhlen nun aber der Wind mit klagender Stimme strich.

Zwischen den steinernen Leichen einst menschlicher Behausungen ballte sich etwas Enormes, Blasiges wie eine Qualle aus dunkelrot-schwärzlichem, von dicken Adern durchzogenem Fleisch. Oder wie ein Tumor, dessen Höhe fast den Dachfirst der Häuser erreichte. Unzählige Auswüchse, Fäden, Tentakel und dicke, krakenartige Arme ragten aus der fleischigen Masse, die von rhythmisch zuckenden, sich öffnenden und schließenden Öffnungen überzogen war, gleich Mäulern. In einem der dickeren Fangarme hing die Frau im blauen Mantel wie eine zerbrochene Puppe.

Hinter ihr nahm ich glasartige Gebilde am vorderen Pol der Masse wahr, irre glotzende Augen. Die Frau war von einem zähen, bläulichen Schleim überzogen, der von ihren Ärmeln und dem Saum des Mantels zu Boden tropfte. Sie war gewiss bereits tot. Doch mit einer Plötzlichkeit, die mich keuchend zurückweichen ließ – was angesichts der winzigen Bewegung unangemessen schien – öffnete die frei an dem Tentakel in der Luft schwebende Gestalt die Augen und sah mich an. Mir war sofort klar, dass dies nicht mehr der Blick eines Menschen war, noch ehe jene Stimme ertönte, die, verzerrt und unheimlich hallend, aus dem Innern einer Höhle zu dringen schien. Die Frau bewegte die Lippen, doch sie war nur das Sprachrohr einer Macht, die sich ihrer bediente.

»Das Ende deiner Rasse hat längst begonnen! Wann wirst du dich entscheiden? Du kannst herrschen auf dem gelben Thron von *CARCOSA* – oder untergehen mit den schwächlichen Lebensformen eines misslungenen Experiments namens 'Mensch'. Entscheide dich, Sohn!«

Die Verbindung zwischen dem Tentakel und der Frau löste sich und sie klatschte schwer wie ein großer, aus dem Meer gezogener Fisch auf den Boden, wo sie zu blauem Schleim zerrann. Sich auf groteske Weise völlig auflöste zu einer schaumigen Substanz, die im Rinnstein verschwand. Das riesige Wesen zog sich in die Dunkelheit zwischen den Häusern zurück wie eine Spinne, die sich in einer Mauerritze verkriecht, ...

Noch am gleichen Tag machte ich einen Termin bei Dr. Jendresen aus – dem Irrenarzt, den mir mein alter Freund Melchior empfohlen hatte. Meine Hände zitterten dabei so stark, dass ich drei Anläufe brauchte, um den Hörer zu halten und die Nummer zu wählen. Der Schatten, vor dem ich entsetzt zurückwich, war mein eigener. Irrsinn? Realität? Eine Realität, die selbst irrsinnig war, sodass jeder, der an ihr zerbrach, sich absolut normal verhielt und dennoch zugrunde ging? Weil er ohne Sicherheit, ohne Gewähr blieb, dass ihn nicht im nächsten Augenblick der Fußboden verschlang, Hände, die aus den Wänden langten, ihn zerrissen!

War ich wach? Träumte ich? Geschah das alles? War ich längst tot, Gefangener eines Zwischenreiches, in dem letztlich alles möglich war? Klarheit! O, ihr alten Götter! Ihr alle, an die Menschen jemals glaubten, ich brauchte Klarheit!

Ich *flehte* Dr. Jendresen an, mir zuzuhören.

220

Kapitel 17

»Und die Frau, die Ihre Aufmerksamkeit erregt hat, hat sich dann einfach aufgelöst – wurde zu einer amorphen Masse bläulicher Farbe?«

»So ist es.«

Das Sprechzimmer des Arztes war vor allem eines – angenehm. Angenehm von der Temperatur her, vom gedämpften Licht einer einzigen Lampe auf dem Schreibtisch im Hintergrund (nur ihre Farbe missfiel mir, der Lampenschirm war *gelb*). Angenehm wegen des Geruchs unendlich vieler alter Bücher in den Wandregalen. Behaglich auch der Ledersessel, in dem ich mehr lag als saß. Ich hatte keine Ahnung, ob dies Zufall war – der persönliche Geschmack des Arztes – oder ob es sich aus Berechnung so verhielt, um die Patienten zum Reden zu veranlassen. Aber das spielte im Augenblick keine Rolle. Denn trotz der fast behaglichen Atmosphäre war ich es nicht gewohnt, über mich zu reden.

Meine Hände krampften sich in die Lederpolster wie in Erwartung großen Schmerzes, während ich den Arzt musterte, der wiederum keinerlei Notiz von mir zu nehmen schien, sondern auf seinen Schreibblock starrte – doch ich wusste, dass dies täuschte. Der Mann musterte mich sehr genau, mit aller ihm zu Gebote stehenden Routine. Ich fühlte mich regelrecht belauert.

Dr. Jendresen war schon älter, zwischen fünfzig und sechzig mindestens. Seine weißen, am Hinterkopf noch überaus fülligen Haare standen wirr ab, sein Bart war gestutzt und lief am Kinn spitz zu, die Brille mit dem dicken, schwarzen Rand verlieh seinem Gesicht etwas überaus Strenges. Doch er hätte aufgrund dieser Äußerlichkeiten auch ein Künstler, Maler oder Dirigent sein können.

Er hatte meine Äußerungen, wie es schien, mit seiner winzigen, flinken Schrift fast vollständig notiert. Endlich legte er den Block zur Seite und sein durchdringender Blick traf mich, als werde er durch die Gläser seiner Brille zusätzlich verstärkt. Ich musste an den Verräter Molokastor denken und schauderte unwillkürlich. Nach einer längeren Zeit des Schweigens, in der ich es nicht schaffte, seinem Blick standzuhalten, überflog Dr. Jendresen noch einmal seine Aufzeichnungen, dann erklärte er mit tiefer, volltönender Stimme: »Sie brauchen Hilfe, mehr Hilfe, als ich Ihnen bieten kann, denn Sie sind krank, sehr krank. Sie haben Ihren Realitätssinn komplett verloren.«

Er sah auf die Uhr.

»Ich werde Sie noch heute in die Nervenheilanstalt überstellen, wo unverzüglich mit der Therapie begonnen werden muss. Sie werden starke Medikamente brauchen, mit zum Teil gravierenden Nebenwirkungen, aber selbst davon sollten wir uns keine Wunder erwarten. Sie sind, wie gesagt, sehr krank.«

»Wenn das Therapieren überhaupt noch einen Sinn macht«, erwiderte ich ungerührt, denn mit keiner anderen Reaktion von seiner Seite hatte ich gerechnet.

»Warum sollte es nicht?«

»Der Wanderstern, der auf die Erde zustürzt. Echidna …«

»Ich habe davon gelesen.« Dr. Jendresen nickte. »Wenn sich die Astronomen nicht verrechnen, wird er in etwa 6,4 Milliarden Jahren unser Sonnensystem erreicht haben.«

Während ich ihn mit ungläubig aufgerissenen Augen anstarrte, wühlte er auf seinem Schreibtisch, bis er eine Zeitung gefunden hatte, die er mir dann reichte. Mir schwindelte, als ich den Artikel überflogen hatte. Ich dachte an die andere Zeitung in dem Café, die Gespräche der Menschen auf den Straßen, die von einem baldigen Ende allen Lebens geredet hatten, …

Ich begriff. Die ALTEN hatten mir diese Botschaft übermittelt, um mich zu einer Entscheidung zu zwingen …

»Glauben Sie das, ja?«

Hatte ich laut gesprochen? Dr. Jendresen notierte sich meine letzte Äußerung und schüttelte dabei leicht den Kopf.

»Sie versuchen, Ihren Wahn gegen eine Realitätsprüfung zu immunisieren.«

»Und die wandelnden Toten auf den Straßen?«

»Wo, sagten Sie, hätten Sie das gesehen? In der Seitengasse, wo früher der Krämerladen war?«

»Ja!«

»Ich weiß, dass es dort neulich in einer Familie zu einem Todesfall kam, weil sie von einem meiner Kollegen betreut wird. Ich kann Ihnen versichern, da ich für die Trauerbegleitung von diesem Kollegen hinzugezogen wurde, dass der Tote, der Vater der Familie, bereits beerdigt ist. Es ist alles in Ordnung, soweit man das in einem solch traurigen Fall sagen kann.«

»Aber …«

»Ihr eigener Vater starb in geistiger Umnachtung?«

»Ja, das sagt man.«

»Ihre Mutter, behaupten Sie, habe Sie von einer außerirdischen Intelligenz empfangen?«

»Ja.«

»Und sie starb im Wahnsinn?«

»So sagte man mir.«

»Ein erbliches Leiden also. Es wäre ein Wunder gewesen, wenn es bei Ihnen nicht eines Tages ausgebrochen wäre. Ich rufe jetzt in der Klinik an.«

Ich erhob mich.

»Es tut mir leid, Ihre Zeit verschwendet zu haben. Sie können mir nicht helfen.«

Dr. Jendresen seufzte. »Also schön. Dann möchte ich Sie

wenigstens so lange in ambulanter Behandlung bei mir wissen, bis Sie einsehen, dass Sie krank sind.«

Ich seufzte meinerseits und ließ mich wieder in den Sessel zurücksinken, der mein Gewicht wohltuend in sich aufnahm. Was konnte es schaden? Ich wusste, was ich wusste. Einen Mann der Wissenschaft vielleicht sogar auf meiner Seite zu haben, zu versuchen, ihn von der Bedrohung, in der die Menschheit schwebte, zu überzeugen – warum nicht?

»Also, wo fangen wir an?«

»Am besten in Ihrer Kindheit.«

»Wissen Sie, da ist wirklich etwas seltsam. Einiges sogar.«

»Inwiefern?«

»Das Ding, von dem ich Ihnen erzählte, Rosenroth, der Vater meines toten Schulfreundes …«

»Ja?«

»Er sagte mir, dass SIE mich gezeugt hätten. Aber wie kann das sein? Ich habe meinen Vater gekannt. Ich war sechs oder sieben, als er starb. Kurz darauf begann der Wahnsinn meiner Mutter, sie starb, als ich neun war. Wie sollen SIE mich gezeugt und meine Mutter bei der Begegnung mit IHNEN in den Wahnsinn getrieben haben, wo ich doch schon etwa sieben Jahre auf der Welt war?«

»Eine Ungereimtheit, der wir nachgehen sollten. Es ist gut, dass Sie Brüche zu entdecken beginnen zwischen Ihrer Wahnwelt und Ihrer realen Existenz.«

»Und da ist noch etwas.«

»Ja?«

»Rosenroth sprach von einer alten Basilika im Osten, in der mein Vater zum ersten Mal auf SIE stieß. Dazu habe ich eine Erinnerung, ein Bild. Ich glaube, ich war dabei in jenem alten Gotteshaus – also war ich damals schon auf der Welt! Das kann schlecht vor meiner Zeugung durch SIE gewesen sein.«

»Das ist wahr! Aber wie kommen Sie darauf, dass es

dieselbe Basilika ist?«

Ich blickte Dr. Jendresen verdutzt an. »Ich weiß es einfach.«

Die Verwirrung über diesen Tatbestand hielt an, als ich die Praxis des Nervenarztes verlassen hatte und ein wenig durch die Straßen schlenderte. Alles wirkte verändert: Das hektische Treiben um mich herum schien begleitet von einem Plappern der Menschen, das fast heiter anmutete, und auf den ruhigeren Plätzen und Straßen herrschte ein eigentümlicher Friede. Der Himmel leuchtete in einem herrlichen Gelb-Orange und es schien fast etwas Feierliches im Klang der Glocken vom alten Kirchturm mitzuschwingen.

Ja, es war mir, als hielten SIE kurz IHREN Atem an oder als zögerten SIE, den finalen Schlag gegen die Menschheit zu führen. Waren SIE in irgendeiner Weise verwirrt? Ich glaubte kaum, dass mein Entschluss, weiter zu Dr. Jendresen zu gehen, die Entscheidungen derart alter und mächtiger Wesen in irgendeiner Weise beeinflusste.

Und doch … hatte man mir nicht gesagt, wie wichtig ich für SIE sei?

Vielleicht war mein Geist für SIE eine Art Tor, das SIE durchqueren mussten, wenn SIE diese Welt betreten wollten?

In der Nähe des Kirchplatzes, dort, wo man den Lärm der breiteren Straßen nur gedämpft hören konnte, setzte ich mich auf eine Bank.

Der Himmel dämmerte bereits in tiefem Abendblau und aus den hohen, gotischen Fenstern des Gotteshauses schimmerte ein goldener Glanz wie zuvor der des Himmels, nur heller, aber zugleich milder. Er bildete seltsame Lichtinseln auf dem Pflaster des alten Platzes. Ich war verwirrt über meine Erinnerungen bezüglich meiner Kindheit, aber das war im Grunde nicht neu. Ich verfügte über einen groben Rahmen an Erinnerungsbildern, die in sich soweit gefestigt waren, dass ich anhand dieser definieren konnte, wer ich war – aber mehr auch nicht. Es fehlten herausragende persönliche Erlebnisse, Geschehnisse von Bedeutsamkeit, die mich von anderen unterschieden und zu einem unwiederholbaren Individuum werden ließen. Es war so, als sei ich eine Menschennatur unter vielen, der bei der Fließbandproduktion gerade so viel mitgegeben worden war, dass sie sich als Mensch, als Gattungswesen unter vielen fühlte, nicht aber als einmalige Person.

Schatten zogen an mir vorbei. Einer blieb stehen. Es war der Hakenmann. Dieses Mal fasste er mich an. Es fühlte sich an wie damals in dem Krämerladen: Seine harte, von kaltem Leder verhüllte Prothese presste sich so fest an meine Rippen, dass es schmerzte.

»Du hast das Richtige getan«, schnarrte seine Stimme und dann begann er zu grinsen und ich konnte deutlich erkennen, dass sich hinter der von chronischem Alkohol-Abusus geröteten Haut etwas bewegte, das nicht mit der mimischen Gesichtsmuskulatur eines Menschen synchron lief. Es war, als ob seine Haut sich über etwas Schlammiges und Weiches spannte, das sich nach Belieben verändern konnte. Das schrumpfte, sich ausdehnte und mich, wenn es seine minimalste Ausdehnung erreicht hatte, an die Silhouette einer Seeanemone erinnerte.

Ich erstarrte unter dem mitleidlosen Druck seiner Hakenhand und sah für einige scheinbar endlose Augenblicke erschreckend deutliche und detailreiche Szenen aus meinen gegenwärtigen, nächtlichen Traumerlebnissen. Sah die verschneite, weite Landschaft, hörte das wütende Heulen des Windes.

Da war die Statue mit den hundert Schlangenköpfen, waren Prozessionen von monströsen, mehrarmigen Wesen, die Krustazeen glichen. Sie führten groteske, blasphemische Riten auf zu Ehren des monströsen Gottes aus Stein. Ich sah Räume sich zwischen den Sternen auftun. Eigenartige metallische, mechanische Objekte durchmaßen die ungeheuren Abstände zwischen bewohnten Planeten, in sich eine unheilvolle Saat tragend, welche die Planetenbewohner infizierte und sie zu entsetzlichen Monstern machte – zu *IHREN* Dienern.

Ich sah, wie gewaltige Städte sich aus Meeren erhoben, auf diesem Planeten oder anderswo. Städte, die lebenden Monstern glichen, angefüllt mit absurdem, dämonischem, bösartigem Leben.

Solche Städte aus organischem, grün-schwarzem Material erhoben sich auch aus manchen Dschungeln, wo sie seit Äonen unter Ranken und Flechten verborgen gelauert hatten, nur einigen nicht menschlichen Kultisten zugänglich, die in unterirdischen Tempeln entsetzliche Blutopfer dargebracht hatten. Opfer für ihre Götter, für die einst diese Städte und Tempel errichtet worden waren. Auf dass sie nicht in Vergessenheit gerieten und auch jene nicht vergaßen, die ihrer gedachten, wenn sie dereinst wiederkamen, um ihre blutige Herrschaft neu zu errichten.

Wieder war da das Gebrüll jenes scheußlichen, gigantischen Tieres, das ich nicht sehen konnte und das mir gerade deshalb furchtbare Angst einflößte. Der gewaltige, monströse Schatten tief unten im Gebein der Erde, in Kavernen ewiger Dunkelheit.

Ich schreckte auf. Der Hakenmann war verschwunden. Stattdessen setzte sich ein Mann neben mich auf die Bank. Erst beim zweiten Hinschauen erkannte ich ihn. Es war Molokastor.

»Man erwartet Sie heute Abend zu einer Versammlung«, sagte er in spöttischem Tonfall, ohne mich anzublicken. »Der Hohepriester muss ein weiteres Opfer darbringen.« Jetzt erst bedachte er mich mit dem Blick eines Teufels.

»Das Opfer wird das Eintreffen Echidnas beschleunigen.

Je schneller wir diesen Planeten seinem Schicksal zuführen, umso besser. Dann können wir unsere wahre Gestalt annehmen und *IHNEN* folgen zu neuen Horizonten.«

Was hinderte mich daran, diesem Judas das Herz aus der Brust zu reißen? Was?!

»Sie sind nicht real«, erwiderte ich so gelassen, wie es mir möglich war. »SIE sind nicht real, sind es nie gewesen. Ich bin jetzt in nervenärztlicher Behandlung und stelle mich meinen Wahnwelten.«

Hatte ich wirklich geglaubt, den Judas beeindrucken zu können? Molokastor lachte leise und gefährlich.

»Wenn da nicht die seltsamen Lücken in Ihren Erinnerungen wären, nicht wahr? Bezüglich des Todeszeitpunktes Ihrer Eltern und Ihres eigenen Alters!«

Ich sah ihn an.

»Kein Wunder, dass Sie das wissen! Sie sind nur eine Ausgeburt meines Unbewussten!«

»Die Basilika in den Bergen der hohen Tatra ... die Walachei ... der zugemauerte Durchlass in der Trägerwand, den Ihr Vater fand und aufbrach ... der Raum mit den eigenartigen Schriftzeichen dahinter und der Falltür im Boden ...«

Ich schrie auf. Mein Gesicht brannte. Das hatte ich nicht mehr gewusst! Das hatte ich vergessen. Aber woher wusste er das?

»Wie alt, sagten Sie, waren Sie damals?«

»Zu klein für das, was dann geschah ... für das, was unter der Falltür heraufkam ... der schreckliche schwarze Nebel, der eine Art von Finger ausbildete, ...«

Meine Stimme war nicht mehr als ein jammerndes Flüstern. Ich sah es jetzt, nach so vielen Jahren, wieder vor mir.

Mein Vater brüllt: »Schaff den Jungen hier raus!«

Meine Mutter schnappt mich und beginnt zu laufen, doch

ich bin viel zu schwer für sie. Die Luft ist erfüllt von einem grauenhaften Gestank und von einem Flüstern, das von überall herzukommen scheint. Ich weine und habe mich erbrochen, auch meine Mutter würgt. Es ist nicht nur der Gestank allein … da ist ein Flirren in der Luft, wie ein Schatten, der sich vor den Mond schiebt und die Nacht zu einem schwarzen Albtraum macht. Mein Vater hat sämtliche Kerzen in der Kirche entzündet, um seine Arbeit zu begutachten, sobald sie vollendet ist. Die Kerzen flackern wie unter dem Schlag riesiger, ledriger Drachenflügel. Die Augen der vielen Heiligenstatuen weinen blutige Tränen, dann schmelzen sie, sinken als weiche Masse in sich zusammen, als seien sie aus Wachs. Ihre kleinen Köpfe scheinen sich in verzweifelter Demut einer Macht zu beugen, die da plötzlich überall ist. Dann verlieren sie ihre Form, werden zu unansehnlichen Klumpen.

Ein Heulen und Brausen in der Luft, hoch droben, wo das Gebälk der alten Kirche sich in dunkle Schatten hüllt. Schatten, die stofflich geworden sind und entsetzliche Fratzen beherbergen, die nur dann kurz aufflackern, wenn man gerade wegsieht. Da sind Klauen und Flügel, ein Wimmeln wie von nassen, schlangengleichen Leibern, von einem Gewürm aus der Tiefe der See …

Ein fauliger Wind bringt grässliche Stimmen mit sich, kreischend im Wahnsinn und von einer Bösartigkeit, die ganze Universen zerschmettern könnte …

Augen, so groß wie Sterne, starren aus dem Dunkel …

Eine alte Frau mit schwarzem Umhang und ebensolchem Kopftuch, das fast ihr ganzes Gesicht bedeckt, sitzt, wie jeden Tag, auf einer der Bänke in trauriger Andacht. Ich fürchte mich vor dieser Frau, die manchmal Worte in einer Sprache murmelt, die ich nicht verstehe. Sie hat große, böse Augen, die zu den Schläfen hinschielen. Mein Vater sagt immer, so etwas komme vor und ich solle sie nicht so anstarren wegen ihrer Augen.

Jetzt hat sie gemerkt, dass da etwas nicht stimmt, dass da etwas in der Basilika ist, das dort nicht hineingehört, und sie fängt an zu schreien. Ihre Augen, die jetzt noch grotesker wirken, starren in Richtung meines Vaters, der einen entsetzlichen Schrei ausstößt.

Ich beobachte alles, obwohl meine Mutter flüstert, ich solle es nicht tun.

Die alte Frau springt mit einem grotesken Satz auf und versucht, zum Ausgang der Kirche zu humpeln.

Etwas, das aus schwarzem Nebel besteht, der aus der Falltür quillt, das auch meinen Vater gepackt hat, dieses Etwas ist schneller und greift sich die Frau vor meinen Augen … schleudert sie umher wie eine Puppe; und wie bei einer solchen lösen sich ihre Gliedmaßen ab und fliegen durch die Luft, lange Fäden aus Blut hinter sich herziehend. Am Schluss springt ihr der Kopf in hohem Bogen vom Hals, und die Blutfontäne, die hervorbricht, sieht aus, als strecke sich ihm eine riesige rote Zunge hinterher. Der Kopf beschreibt eine merkwürdige Kurve und landet direkt vor meinen Füßen auf dem Boden.

Die Augen stieren mich auf ihre verdrehte, widerliche Art an, während sich die Kiefer mit einem Übelkeit erregenden Schmatzen öffnen und schließen und Blut zwischen ihnen hervorströmt. Doch ich weiß nicht, was schlimmer ist: dies oder das Geräusch, das die Eingeweide machen, die aus dem zerrissenen Leichnam der Frau hervorquellen und schwer auf den Boden platschen.

Wird meinem Vater das Gleiche widerfahren?

Der Trost, den ich habe, ist pervers und widerlich: Dazu schreit er schon zu lange, denn obgleich ich ihn nicht sehe, ich höre ihn … Sie machen etwas anderes mit ihm …

Ich riss die Augen auf.

Mit dem Keuchen eines Ertrinkenden fand ich mich auf

der Bank neben Molokastor wieder. Er hatte gesehen, was ich sah. Er hatte es mir gezeigt.

»Und ihre Mutter?«, fragte er mit dem Blick eines Kartenspielers, der einen letzten Trumpf ausspielt. »Glauben Sie wirklich, dass sie tot ist?«

»Ich bin bei ihrer Beerdigung gewesen.«

»Was erklärt das schon. Sie könnte Ihnen die Wahrheit sagen, über Ihre Herkunft, nicht wahr? Wer sonst, wenn nicht die eigene Mutter?«

Er stand auf. »Ich finde, Sie sehen sehr angespannt aus, mein lieber Freund. Sie sollten sich etwas Zerstreuung gönnen. Gehen Sie aus, amüsieren Sie sich.«

Damit verschwand er, wie es so seine Art war.

Mein Kopf schwirrte noch von den mehr als beunruhigenden Erinnerungen, die er mir gezeigt hatte, als ich nach dem Zettel griff, der viel *zu* beiläufig, um als Zufall gelten zu können, aus seiner Hand auf die Bank gefallen war. Das Blatt zeigte wunderschöne alte Karussells und Achterbahnen als Holzschnitte auf buntem Papier. Über ihnen schwebte ein Clownskopf, groß und monströs, der auf einem Gewühl aus Fangarmen hockte. Das sardonische, spöttische Grinsen des Clowns wurde kurz zu einem klaffenden, zähnestarrenden Rachen, der dreidimensional aus dem Blatt heraus auf mein Gesicht zusprang – und einen Augenblick davor verharrte. Der Clownskopf zwinkerte mir zu, auf eine widerlich vertraut-verschwörerische Art, dann verschwand er. Zurück blieb das Papier mit den schönen alten Holzschnitten.

Ein Jahrmarkt war in der Stadt. Mir war bedeutet worden, ihn zu besuchen. Ich hatte keine Ahnung, was er mit mir, meiner Mutter oder IHNEN zu tun haben sollte. Aber ich würde es herausfinden.

Und Dr. Jendresen davon erzählen.

Kapitel 18

Mein Verhältnis zu Jahrmärkten war stets ein zwiespältiges gewesen – verlorenes Paradies der Kindheit auf der einen Seite, widerliche Anhäufung vergnügungssüchtiger Massen andererseits. Auch vor diesem Jahrmarkt, obwohl er das Flair der Nostalgie verströmte, schreckte ich zurück. Doch aus einem anderen Grund: Er war dunkel.

Wenngleich die Buden und Karussells, die Russenschaukeln, die Raupen- und Panoramabahnen beleuchtet waren, schien das Licht der funkelnden Lampen und Lichterketten sogleich wieder verschluckt zu werden. Ähnlich verhielt es sich mit der Musik der Kirmesorgeln und verborgenen Kapellen in den Zelten: Man hörte sie zwar, aber wie durch einen Wattebausch hindurch.

Der Platz und die Wege waren sichtbar, doch dieses fast verschluckte Licht, das die Konturen der Gegenstände auf dem Platz am Rande der Stadt in ein geheimnisvolles Dunkel hüllte, ließ sie zugleich stärker hervortreten. Im Innern dieses Spiels aus Schatten und abermals Schatten, die sich kaleidoskopartig übereinanderzulegen und ineinander zu verflechten schienen, glomm so etwas wie ein Schein, ein eigenartiges Leuchten, das von einer indirekten Lichtquelle herzurühren schien, die im Zentrum des Dunkels verborgen war und es dennoch mit kostbarem Glanz aus lauter Lichtfunken schweren, getriebenen Goldes durchdrang und erhellte.

Ungezählte Menschen hatten sich an dem großen Mittelweg, der den Platz von seinem Zentrum aus zum Rand hin durchlief, zu beiden Seiten versammelt, und schienen auf etwas zu warten.

Ich mischte mich unter sie.

Eine Atmosphäre gespannter Erwartung herrschte. Alle

plapperten und lachten, doch klang es hektisch, fast hysterisch – wie gespielte Heiterkeit angesichts einer ausweglosen Situation. In der Luft hing schwer das Aroma heißen Fettes und angebrannter Speisen, vermischt mit einer widerlichen Süße.

Ich sah keine bekannten Gesichter unter den Wartenden, überhaupt hatte ich Schwierigkeiten, individuelle Merkmale an ihnen herauszufinden. Es war mir, als befände ich mich in einer Gesellschaft von Schaufensterpuppen, künstlichen Menschen, die sich bewegten, redeten und lachten, somit lebendig wirkten, es aber nicht waren.

Das erschien mir ebenso unheimlich wie der verbrannte, ranzige Essensgestank mir widerlich war, doch glücklicherweise musste ich nicht lange ausharren, ehe ich bemerkte, dass das, worauf die Versammelten warteten, nun kam. Winselnde, jaulende Flöten, scheppernde und wummernde Trommeln kündeten eine Art von Prozession an. Tatsächlich schrie jemand:

»Der Umzug! Der Umzug kommt!«

Die Wartenden applaudierten in kindischer Freude und schon rollten die ersten, von festlich behängten Pferden gezogenen Wagen an, marschierte die erste Kapelle den Weg entlang.

»Das sind doch keine Menschen!«, schoss es mir schreckerfüllt durch den Kopf. Doch das seltsame, schwarzgoldene, von den bunten Lampen der Reitschulen durchbrochene Licht war wohl an meiner gestörten Wahrnehmung Schuld, denn schon sah ich, dass die an dem Umzug Beteiligten Masken und Kostüme trugen wie beim Karneval, in einer schier unendlichen Vielzahl der Spielarten des Schauerlichen und Schrecklichen. Da gab es groteske Verballhornungen der Physiognomie – übergroße Glotzaugen, hakenförmige, spitze oder knollige Nasen, schiefe Münder, grinsend, gefletscht, gebleckt die

Fangzähne. Ich bemerkte riesige Hände mit Klauen oder Wurstfingern, Füße in Clownsschuhen oder wie von Tieren. Buckel, Warzen, Geschwüre, Verwachsungen. Alles absurd, krank und grässlich anzuschauen. Absolut nichts, worüber man lachen konnte, obwohl die mich umgebenden Schaufensterpuppen es wie auf einen unhörbaren Befehl hin taten.

Die Musikanten der Kapellen waren ebenso kostümiert und die auf den Wagen auch. Letztere schienen jeweils ganz bestimmte Szenen darzustellen, die aus Interaktionen der einzelnen Schreckensgestalten untereinander bestanden, nach einem Code, der sich mir nicht erschloss. Das johlende Publikum verstand dafür umso mehr. Es winkte den Maskierten zu und zeigte auf sie, um auf ganz besonders gelungene Darbietungen aufmerksam zu machen. Daraufhin unterbrachen die Maskierten immer wieder ihr Spiel und winkten zurück.

Das Ganze wirkte nicht nur grotesk und lächerlich, sondern auf unerklärliche Weise auch bedrohlich, als könne jeden Moment etwas Schlimmes passieren.

Tatsächlich erblickte ich zwischen den Zuschauern Maskierte in besonders schauerlichen Kostümen. Noch heute bin ich der Auffassung, dass es überhaupt keine Masken waren, sondern *Wesen*. Diese *Wesen* umschlichen Einzelne, fielen sie von hinten an und machten etwas mit ihnen, das die Angegriffenen kurz und wie im Schmerz aufschreien ließ, worauf sie hysterisch und lauter als zuvor in Gelächter ausbrachen.

Mir wurde mulmig zumute. Ich hatte zu viel gesehen und erlebt auf diesem Gebiet, um unbeschwert mitlachen zu können, und ich wollte um keinen Preis von den nassen, schleimigen Pranken der grotesk hüpfenden Kreaturen angefasst werden.

Ein kleiner, fast grotesk dürrer Mann neben mir berührte

mich an der Hand. Mein erster Schreck wich einer schnellen Erleichterung, als er mir zuraunte: »Ich weiß, wohin Sie wollen. Und ich weiß, wie Sie dorthin kommen.«

Ich musterte ihn von der Seite.

Er war von unbestimmbarem Alter. Der schwarze Hut auf seinem für diesen Körper viel zu großen Kopf hatte ersichtliche Mühe, ein Gestrüpp aus unkrautähnlichem Haarwuchs zu verbergen. Ein ähnliches dunkles Gestrüpp umgab auch sein fliehendes Kinn. Seine Nase war spitz und wirkte künstlich, doch am dominierendsten und zugleich erschreckendsten waren die riesigen, blassen Augen in seinem hageren, bleichen Gesicht. Ihr Blick stach zu wie ein Dolch.

»Heißt das, wir gehen von hier weg?«, fragte ich irritiert, als stünde ich bereits unter dem Bann des Männchens. Ich bemerkte nun auch einen Buckel, der sich unter seinem Frack wölbte.

»Nicht so schnell, junger Freund!«, murmelte der Fremde, ohne seinen Blick vom Umzug abzuwenden. »Genießen wir doch erst die Vorstellung! Man hat sich dieses Jahr ganz besondere Mühe gegeben! Sehen Sie, dort! Vortrefflich! Aaah!«

Er fiel meckernd wie eine Ziege in das Gelächter der Menge ein, als auf einem der Wagen, der mit schwarzem Samt verhängt war, eine Art riesiger Käfer einem affenartigen Geschöpf den Kopf abriss, worauf sich eine fast nackte, weibliche Gestalt mit der weißen Haut eines Grottenmolches sofort auf den Affenkopf stürzte, um ihn hungrig zu verschlingen.

»Das stolze Volk der N'amtarru in einer Hungerrebellion gegen die Herren der Mingol!« Das Männchen lachte wie über einen guten Witz und schüttelte den gewaltigen Kopf.

»Trefflich, ganz trefflich, finden Sie nicht!«

»Naja, wenn man bedenkt, dass bald die Welt untergeht.«

Ich hatte das als eine Art Realitätscheck gesagt. Ich befand mich hier offenbar in einem Panoptikum, in welchem nach IHREN Regeln gespielt wurde. Oder war das hier nur eine Wahnwelt á la Dr. Jendresen?

Das ganz sicher nicht! Es war auch kein Traum – ich hatte den Jahrmarkt an einem ganzen normalen Tag über ganz normale Straßen, die zu ihm führten, betreten, zu einem Zeitpunkt, an dem jedes Jahr Markt war in unserer Stadt. Ich konnte ihn jederzeit verlassen. Wäre auch sogleich wieder in meinem Leben gewesen, ohne erst aufwachen zu müssen, zu eben jenem Datum, das heute früh in der Zeitung gestanden hatte. Der Markt war Teil meines ganz normalen Lebens in dieser Stadt. Er war nur – anders.

Ob die Leute um mich das auch bemerkten? Oder nahm nur ich den Markt so wahr?

Mein neuer Begleiter verfolgte das Geschehen um uns herum mit der verzückten Miene eines echten Genießers. Seine Blicke glitten amüsiert und begeistert bald hierhin, bald dorthin; sein Kopf ruckte dabei herum wie der eines Vogels. Das Männchen erinnerte mich an einen Schauspieler, der seine Rolle spielte.

»Die Welt? Die Welt wird sicher nicht untergehen«, versetzte mein Begleiter nun leichthin. »Nicht wegen eines dämlichen Asteroiden. Dazu wurde sie schon zu oft totgesagt, schon im Mittelalter, durch religiöse Fanatiker, zu jedem Millennium. Nein, untergehen wird sie nicht.«

Ich musste etwas anderes ausprobieren.

»Wurden Sie von IHNEN geschickt? Vom schwarzen Orden? Vom KÖNIG IN GELB?«

Die Verblüffung, mit der das Männchen mich ansah, war echt.

»Der König in Gelb – das war mal ein tolles Panoptikum – mit einer Bühnenschau, die noch heute ihresgleichen sucht! Hat ein Kollege und guter Freund von mir gemacht. Ist aber schon lange her. Der Rest sagt mir nichts. Was meinen Sie?«

»Wer sind Sie?!« Ich blickte in ehrlicher Überraschung, ja, Bestürzung auf den kleinen Mann.

»Darf ich mich vorstellen? Thaddäus Zehent, Schausteller, Magier, Künstler – und in erster Linie Profi im Finden all dessen, wonach Menschen suchen!«

Zehent verbeugte sich auf übertriebene Weise und schwenkte dabei seinen Hut in so formvollendeter Weise, dass ich dessen Luftzug spürte. Es hätte mich nicht verwundert, wenn in diesem Augenblick ein Kaninchen daraus hervorgesprungen wäre.

Eine Blaskapelle aus gefährlich wirkenden, in Tierfellen gekleideten Teufeln wurde von einer weiteren abgelöst, deren Mitglieder allesamt in grüne Schuppengewänder mit glotzenden Fischköpfen gekleidet waren und auf mir unbekannten Instrumenten einen Höllenlärm veranstalteten.

Der Wagen, der ihnen folgte, war riesig, ein rollender Palast. Überhaupt wurden die Fahrzeuge immer größer, beeindruckender, aber auch erschreckender: Monstrositäten, die ein krankes Gehirn aus unbekannten Materialien konstruiert haben musste, die alles, was ihnen in den Weg käme, niederwalzen würden.

Ich hatte auf einmal Schwierigkeiten beim Atmen.

Die Zuschauer wichen vor den rollenden Szenerien, die wie Panzer und andere Kriegsgeräte aussahen, immer weiter zurück.

Ein Wagen glich einem feuerroten Palast. Vor ihm hockte ein Teufel, hoch wie ein Turm, und verschlang Menschen oder ihnen ähnliche Kreaturen. Blut spritzte und schoss in Strömen aus den Körpern, Knochen splitterten krachend.

Ein weiteres Fahrzeug, eine rollende Plattform. Auf ihm stand eine turmhohe Frauengestalt im weißen Gewand, sie hatte zwei monströse, wie von Krebs oder Schlimmerem zerfressene Köpfe mit schrecklich rollenden Augen, die eigentlich zähnestarrende Mäuler waren.

Auf dem nächsten Gefährt, das einen künstlichen Wald verkrüppelter Bäume zeigte, hüpften unzählige krötenhafte Mutationen mit scheußlichen Fangarmen umher. In der Mitte des Waldes befand sich ein Sarkophag, der offenbar aus den Steinen einer Burgmauer gemacht war. Aus ihm schoss in Abständen – wie in einer Geisterbahn – eine zerlumpte, halbverweste Frauenleiche. Himmel, war das Hebzibah?

Es musste so sein, denn sie zeigte mit Fingern, die zerbrochenen Stöcken glichen, auf mich und lachte meckernd, das Lachen, welches ich droben im Wald hörte, als ich bei ihr gewesen war.

Ein weiteres Fahrzeug präsentierte einen Baum mit einem Gesicht und einem grässlichen Maul hinter einem dünnen Schleier aus Gaze, der vor der Rinde wehte. Vor ihm verneigten sich wurzelknollenartige Wesen, auch das zerfressene, räudige Zerrbild einer Ziege stand daneben. Der Baum stieß ein tiefes, bedrohliches Grollen aus.

Der nächste Wagen entsprach einem Brunnen. Eine dunkle, turmartige Konstruktion mehrerer, sich übereinander befindender, runder und muschelförmiger Becken. Das Wasser gurgelte, als käme es aus mächtigen Tiefen, in schwarz-grünen Kaskaden abwärts, unter den blinden Augen von Tritonen und Wasserspeiern, die aus einem Fiebertraum entsprungen zu sein schienen. Dabei verströmte das Ding eine widerliche, enorme Hitze.

Der nächste Wagen, ein schwarzer Tank, dessen Deckel sich in bestimmten Intervallen öffnete, während Tentakel aus ihm hervorschossen. Sie bestanden aus organischem Material, waren somit lebendig und gehörten offenbar zu einem gigantischen Wesen im Innern des schwarzen Tanks. Sie flößten mir eine Heidenangst ein.

Zwischen den Zuschauern stapfte mittlerweile ein

schwarzer, zottiger Gorilla von der Größe eines zweistöckigen Hauses umher, der die Leute mit seinen riesigen Pranken ergriff und herumwirbelte. Juchzend und gackernd wie Kinder streckten sie ihm ihre Arme entgegen und strebten offenbar danach, von ihm herumgeschleudert zu werden. Soweit ich sehen konnte, wurde bei diesen Aktionen niemand verletzt. Sobald der Gorilla, bei dem es sich um eine mechanische Puppe handeln musste, jemanden hatte fallen lassen, sprang dieser auf und reckte ihm in fanatischer Begeisterung erneut die Arme entgegen wie ein Kind, das noch einmal in die Höhe geworfen werden will.

Meine Angst, von dem Automaten ergriffen zu werden, war noch größer als die, bei dem unsichtbaren Ungeheuer im dunklen Tank zu verschwinden.

Ich blickte Thaddäus Zehent an, der seinen Hut wieder aufgesetzt hatte und mich mit plötzlichem Ernst musterte. »Das Ganze beginnt, außer Kontrolle zu geraten«, flüsterte er im Ton eines Verschwörers. »Spüren Sie es? Wir sollten sehen, dass wir uns davonmachen.«

»Nichts lieber als das«, nickte ich erleichtert.

Sogleich folgte ich dem wieselflinken Zehent durch das Labyrinth des dunklen Jahrmarkts, vorbei an Buden, Zelten, bunten Pavillons. Ich konnte kaum Schritt halten mit dem kleinen Mann, der sich nicht ein einziges Mal umdrehte, um zu prüfen, ob ich ihm auch tatsächlich folgte. Entweder war dies ein Test oder er ging einfach davon aus, dass sich alle so schnell bewegen konnten wie er.

Ich stolperte über Kabel, Zäune und Kulissenteile. Grell geschminkte Gaukler, Händler, Zauberer oder wer auch immer, alle schrien hinter mir her und boten ihre Waren und Dienstleistungen an.

Während meines Stolperlaufes versuchte ich hin und wieder, die Quelle dieses dunklen, goldenen Scheins auszumachen, der den Platz erfüllte, doch es gelang mir nicht.

Schließlich blieben wir vor einer kleinen Bude stehen, die mehr ein Bretterverschlag war und aussah, als wolle sie jeden Moment in sich zusammenfallen. Im Vergleich zu den restlichen Buden wirkte sie schmucklos. Erst bei näherem Hinsehen nahm ich im Laufe, Gott allein wusste wie vieler Jahre, verblasste Bilder auf ihren Wänden wahr. Diese Bilder schienen sich, so blass, trübe und vage sie waren, zu verändern, wenn man sie mehr als einmal betrachtete.

Ich war inzwischen komplett außer Atem, Zehent dagegen schien sich nicht einmal bewegt zu haben, so ruhig holte er Luft. Er schlug die Zeltplane zur Seite, die als Eingangstür diente, packte mich aber am Arm, als ich eintreten wollte, und hielt mich mit erstaunlicher Kraft fest.

»Bevor jemand mein Reich betritt, muss er wissen, was er zu finden wünscht. Und ob er bereit ist, dem, wonach sein Herz begehrt, gegenüber zu treten. Es anzuschauen in allen Einzelheiten, es in sich aufzunehmen. Denn er *wird* es finden.«

Ich blickte ihm in die Augen, die mich mit hypnotischer Kraft fixierten. Dann nickte ich langsam. Zehent nahm es als Einverständnis und gab den Weg frei.

Ich erlebte einen der merkwürdigsten Momente meines Lebens, denn der von außen winzige Bretterverschlag umschloss einen zumeist in Finsternis gehüllten Raum, der riesig war und wahrhaft Zehents hochtrabende Bezeichnung 'Reich' verdiente.

Überall standen Raumteiler mit Motiven aus Rummel und Zirkus, hingen Schilder und Plakate, waren die Flächen drapiert mit Bildern von Artisten, Karussellpferden und lachenden Clowns. Die einzelnen Raumteiler standen so zueinander, dass sie ein Labyrinth aus Gängen und Zwischenräumen bildeten, das sich in der Finsternis verlor.

Ein leises, doch unüberhörbares Brummen schwebte in der

Luft, welches an- und abschwoll wie ein Echo zwischen hohen Bergwänden. Erst nach einiger Zeit erkannte ich es als den Gesang eines männlichen Baritons. Er wirkte wie die Verballhornung eines gregorianischen Chorals.

Zehent nahm auf einem Stuhl Platz, der an einen Thron erinnerte und sah zu mir auf.

»Nun? Was suchen Sie?«

»Die Wahrheit über meine Herkunft, über meine Eltern und mich selbst.«

Ich kam mir lächerlich vor, denn dies waren kaum Fragen, die man einem Gaukler vorlegt, doch Zehent schloss die Augen, um sich zu konzentrieren. Als ich schon dachte, er sei eingeschlafen, öffnete er sie wieder … und nannte mich bei meinem Namen.

Den hatte er nicht von mir erfahren!

»Wussten Sie, dass Ihre Mutter noch lebt?«

»Was? Aber ich habe sie beerdigt!«

Mir schwindelte.

»Sie haben *Etwas* beerdigt. Ihre Mutter zog es vor, sagen wir, unterzutauchen, nachdem es nicht mehr zu verheimlichen war, dass sie durch ihre Begegnung mit gewissen Kräften – gezeichnet war. Und wo bietet sich ein besserer Unterschlupf als auf einem Jahrmarkt?«

»Haben Sie meine Mutter gekannt?!«

Ich schrie die Worte. Mein Herz begann schmerzhaft zu klopfen.

Zehent schwieg, sah mich an, als überlege er und erinnerte sich schließlich:.

»Ich habe Ihnen schon von der Bühnenshow »Der König in Gelb« erzählt, mit der ein Freund von mir vor vielen Jahren die Märkte bereiste. Die Rolle der Cassilda …«

»Sagen Sie mir nicht, meine Mutter habe die Rolle der Cassilda gespielt …«, rief ich aus. Der Gedanke war so absurd, dass ich fast laut heraus gelacht hätte. Zehent ging auf meinen Ausruf nicht ein.

»Die Show verkaufte sich irgendwann nicht mehr«, fuhr er nachdenklich fort.

»Es gab Todesfälle im Publikum. Mein Freund wurde zweimal angeschossen von Amokläufern aus dem Zuschauerraum. Nicht wenige, die seine Show besucht hatten, starben im Irrenhaus. Dabei schien das Panoptikum selbst sich noch viel schlimmer auf den Geisteszustand der Menschen auszuwirken als das, was die Schauspieler auf der Bühne zeigten. Ich weiß nicht, was ihnen dort alles präsentiert wurde; mein Freund verbot mir bei meinem Leben, das Zelt mit den Exponaten jemals zu betreten. Er wirkte so todernst dabei, dass ich seinem … Befehl Folge leistete. Ich habe einmal nachts, als wir beide in einer schäbigen Hafenstadt gastierten, im volltrunkenen Zustand versucht, sein Verbot zu übertreten, und bin nach der letzten Vorstellung in das Zelt eingebrochen. Ich habe den ganzen Platz zusammengebrüllt, als ich nach wenigen Augenblicken, wie von tausend Höllendämonen gehetzt, wieder aus dem Zelt stürzte. Drei Tage litt ich unter hohem Fieber und gab nur Irrsinniges von mir. Ich weiß nicht einmal mehr, was ich dort im Dunklen gesehen habe. Ich weiß es einfach nicht!«

Ich konnte Zehent verstehen, denn ich hatte in CARCOSA dem KÖNIG hinter die Maske geblickt. Aber ich glaubte nicht, dass ich Zehent, der grübelnd vor sich hinstarrte, mit einer diesbezüglichen Bemerkung helfen würde.

Schließlich sprach er: »Um auf Ihre Mutter zurückzukommen – sie hat die Cassilda gespielt, ja. Nach ihrer … Veränderung.«

»Veränderung?«

»Wie gesagt, die Show ging irgendwann nicht mehr. Nicht, weil man sie verboten hatte – wenn der Staat und vor allem die Kirche das auch vergeblich versuchten – sondern weil sie zu *gefährlich* wurde. Die Schauspieler brauchten ein neues

Auskommen. Ein paar habe ich aufgenommen, auch Ihre Mutter. Nun, sie ist hier.«

Mir war, als habe mir der Schausteller einen Eimer Eiswasser über den Kopf gegossen.

»Sie ist … aber sie ist doch tot! Seit vielen Jahren!« Ähnliches hatte ich ihm schon einmal versichert.

»So, wie Sie sie gekannt haben, existiert sie wirklich nicht mehr«, gab Zehent zu. »Aber was macht einen Menschen aus? Was können SIE ihm nicht nehmen?«

Mir fiel in diesen Augenblicken äußerster Aufregung nicht auf, dass Zehent zuvor behauptet hatte, SIE nicht zu kennen. Vielleicht war das auch nur eine Schutzbehauptung gewesen, vielleicht hatte er mich nur geprüft oder auch an der Nase herumgeführt. Es war mir im Augenblick egal. Was zählte, war die Ungeheuerlichkeit in Zehents Bemerkung: meine Mutter wäre noch am Leben … sie wäre … hier!

Vielleicht war dies aber auch nur ein Taschenspielertrick, denn mit so etwas verdienten Leute wie er ja sein Geld. Wenn er mich derart an der Nase herumführte, würde ich ihn töten. Getötet – das hatte ich ja schon einmal! Mochten die Götter mir vergeben!

»Sie sollten jetzt zu ihr gehen.«

Ich starrte Zehent fragend an. Er zeigte auf einen der Pfade, der zwischen Reklameschildern hindurchführte, die in Pastellfarben Szenen aus dem Zirkusleben zeigten.

Wie ein aufgezogener Automat betrat ich den Pfad, der sich im Dunklen verlor und geradewegs in das Zentrum des Zelt-Labyrinths zu führen schien.

Er war kürzer, als ich gedacht hatte, und gabelte sich nirgends, sodass ich keine Entscheidungen zu fällen hatte und mich nicht verlaufen konnte. Auch wurde er von einem trüben, rosa Licht erhellt, das mich an die Farbe einer Schweinsblase erinnerte.

Der Pfad endete vor einem Schirm, einer Art Raumteiler,

der im Zwielicht stand und von einer Lichtquelle dahinter erhellt wurde.

Dort saß jemand. Es schien eine menschliche Silhouette zu sein, doch ich musste zweimal hinschauen, um sie als solche zu erkennen. Dann jedoch hätte ich diese Gestalt unter Millionen wiedererkannt!

»Mutter?!«

»Mein Sohn! Ja, ich bin es. Es ist lange her, seit wir uns zuletzt sahen! Zu lange!«

Die Stimme rasselte und gurgelte, als werde sie von Unmengen zähen Schleims erstickt.

Ich sprang auf den Raumteiler zu, um ihn zur Seite zu reißen, doch die Gestalt hob eine Hand in einer derart gebieterischen Geste, dass ich innehielt.

»Nein, mein Sohn. Lass den Schirm zwischen uns. Ich will nicht, dass du mich so siehst.«

Die Stimme war kaum mehr als ein mühsames Röcheln und auch mit der Hand, deren Schatten ich sah, war etwas nicht in Ordnung, ohne dass ich hätte sagen können, was.

Zweifel überkamen mich. Ich hatte IHREN Zauber, IHREN Trug und IHRE Macht erlebt – wer sagte mir, dass das real war, was ich hier erlebte?

»Ich bin geflohen«, blubberte die Stimme hinter dem Schirm vor Nässe brodelnd. »Nicht vor IHNEN, denn vor IHNEN kann man nicht fliehen. Aber vor dir! Um dich zu schützen, um dir die Wahrheit nicht sagen zu müssen! In der Hoffnung, SIE vergessen dich und du kannst ein normales Leben führen, wie die anderen auch, die von IHNEN nichts wissen! Aber SIE haben dich nicht vergessen ... sonst wärst du jetzt nicht hier.« Die Art, in der sie sprach, spülte alle meine Zweifel fort: Wenn mein Verstand auch rebellierte, so wusste ich doch instinktiv, wie es nur ein Kind wissen konnte, dass dies die Frau war, die mich geboren hatte.

»Wer ist mein Vater?«, fragte ich rau.

»Dein Vater … natürlich …«

Die Gestalt hinter dem Schirm – meine Mutter – röchelte. Es schien, als versuche sie, unter Wasser zu atmen.

»Was haben SIE damit zu tun? Ich war doch dabei, also schon geboren, als mein Vater die Falltür in der Basilika öffnete und diese Mächte befreite!«, bohrte ich unerbittlich.

»Natürlich. Es geht auch mehr um eine geistige Zeugung. Dein Vater … hatte es bereits im Blut. Es war kein Zufall, dass er den Auftrag annahm, der ihn in dieses verfluchte Gemäuer in den alten Wäldern führte. Dein Großvater Ebeniezer hatte sich bereits mit schwarzer Magie beschäftigt … und sein Vater … und dessen Vater. Meine Heirat mit deinem Vater war eine Farce, arrangiert von Mächten, die bereits die männliche Blutlinie in seiner Familie diktiert hatten. Sie alle sahen aus wie Menschen, doch sie waren es nicht, denn sie waren auf unnatürliche Weise gezeugt worden.

Als ich deinen Vater heiratete, wusste ich das nicht. Nicht, bis SIE mich an jenem Tag in der Basilika, die sich auf den Ruinen einer alten Druidensiedlung erhob, in IHRE Gewalt bekamen.«

Druiden. Ich musste an die Worte meines geisterhaften Zimmerwirtes denken, als ich vor ein paar Monaten vom Nachbarort aus über die dortige Ruine nach CARCOSA geraten war. In jenem Haus, das längst nicht mehr existierte, zumindest nicht auf dieser Ebene der Wirklichkeit, hatte mir der Hausherr von einem alten Druidenkult in den Wäldern erzählt, dem die Frauen des Dorfes angehörten. Frauen wie die Hexe Hebzibah. Druiden.

Der Kreis begann sich zu schließen.

»Die alte Basilika.« Hatte ich das gedacht oder laut ausgesprochen? Ich wusste es nicht, denn ich war wieder dort, in jenem kerzenerhellten, großen, von Nischen und Ecken geheimnisvoll dominierten Raum, und die grauenhafte Szene begann ohne Unterbrechung dort, wo sie auf der Bank neben Molokastor aufgehört hatte …

Ich höre meinen Vater schreien.

Meine Mutter, in dem Versuch, mich aus der Kirche zu zerren, die von dem dämonischen Brausen und Heulen erfüllt ist, erwürgt mich fast.

Dort liegt der blutüberströmte Kopf der alten Frau. Ich stoße bei dem Versuch, mich aus dem Griff meiner Mutter zu winden, gegen ihn. Seine Augen öffnen sich … sind blau wie gefrorene Sterne. Die blutigen Kiefer schnappen nach mir … beißen mich ins Bein … noch heute habe ich die Narbe …

Endlich komme ich von meiner Mutter los. Der Kopf hat sich in meinem Hosenbein verbissen, ich ergreife ihn, keuchend vor Ekel … er ist kalt und teigig, und weicher, als er hätte sein dürfen … Ich reiße ihn von meiner Hose ab und schleudere ihn weg. Er prallt an eine Säule und zerplatzt wie eine überreife Frucht. Ekel erregender, stinkender Schleim quillt daraus hervor.

Meine Mutter brüllt meinen Namen, doch ich laufe zurück, laufe auf das infernalische Gekreisch meines Vaters zu.

Was machen sie nur mit ihm? Wenn ich ihm schon nicht helfen kann, so muss ich doch wenigstens sehen, was da mit ihm passiert!

Es ist mit einem Mal kalt geworden in der Kirche. So kalt, dass ich mich kaum bewegen kann, sodass das Atmen in der beißenden Kälte schwerfällt. Ich bin wie gelähmt, meine Arme und Beine arbeiten sich wie durch zähen Schleim hindurch.

Ein eisiger Windstoß hat die meisten Kerzen zum Erlöschen gebracht. Das Heulen und Brausen ist zu betäubender Stärke angeschwollen. Ich presse mir die Hände auf die Ohren, mir wird schwindelig, ich kann kaum atmen.

Es ist dunkel um mich herum, noch dunkler ist es dort hinten bei der Falltür ... und doch kann ich sehen ... kann meinen Vater sehen ... wie er zappelt im mitleidlosen Griff von etwas Unglaublichem, das größer zu sein scheint als die Basilika selbst, weil es auf beunruhigende Weise nicht stofflich ist, sondern alles durchdringt.

Es ist so schwarz wie der Nachthimmel, als ich zu ihm emporblickte, wie so oft, wenn ich allein war in eisiger Winternacht, wenn alles funkelte in frostklirrendem, lebensfeindlichem, tödlichem Glanz, selbst der Schnee auf dem Feld und das Eis auf den Bäumen. Oft konzentrierte ich mich dann auf den Raum zwischen zwei der golden blinkenden, winzigen Sterne. Der wurde immer schwärzer und tiefer und stofflicher, je länger ich hinsah. Genau so schwarz ist die gewaltige, halb gasförmige Masse, die meinen sich wehrenden Vater umschlungen hält, nur, dass sie Tentakeln ausgebildet hat, welche wie die Gliedmaßen mächtiger, unbekannter Tiefseebewohner aussehen.

Zwei Hände packen mich von hinten und zerren mich endgültig aus der Kirche. Es ist Mutter. Sie schluchzt und zittert ...

Als wir in dem großen, alten Haus im Dorf ankommen, in dem uns der Auftraggeber meines Vaters für die Dauer der Arbeiten wohnen lässt und das mich ein wenig an einen Palast erinnert, eilen die besorgten Hausangestellten sofort herbei, als sie uns sehen. Die Mutter flüstert dem Hausherrn etwas zu. Lauter schluchzt sie, dass wir meinen Vater niemals wieder sehen werden. Doch damit hat sie nicht recht. Wir sehen ihn wieder. Er kommt spät in der Nacht ins Haus gewankt, triefend von einer übel riechenden Substanz. Seine Augen sind weit aufgerissen und starr wie die eines Toten. Die Hände, mit denen er wie in Volltrunkenheit immer wieder gegen die Haustür schlägt, sind verformt wie in einem permanenten Krampf. Er taumelt umher, schlägt um sich, redet wirres Zeug in einer Sprache, die niemand versteht, und nicht immer ist es seine Stimme, mit der er das tut. Er ist tage- und vor allem nächtelang überhaupt nicht mehr er selbst. Er tobt und schreit in unaussprechlicher Panik. Wenn er verständlich redet, heiser und gepresst, dann ist dies schlimmer zu ertragen als die fremden Stimmen, die wie eine stinkende Substanz aus seinem Mund dringen. Er erbricht sie regelrecht, ähnlich wie die braunen, fingerdicken Würmer, die er auswürgt, welche, von einem grässlichen Eigenleben erfüllt, plötzlich überall sind und beißen. Einer der Hausangestellten stirbt an ihrem Biss unter entsetzlichen Qualen.

Mein Vater redet nächtelang mit wechselnden Stimmen. Alle sind furchtbar besorgt um mich. Ich soll ja nicht hören, was er sagt, doch manchmal verstecke ich mich. Verwirrt und schlotternd vor Angst höre ich das, was er unter grässlichem Stöhnen hervorbringt:

Er raunt qualerfüllt von *ÄLTEREN GÖTTERN*. Seine Äußerungen werden immer wieder von Gemurmel unterbrochen, unverständlich, von eigenartigen Gutturallauten, die für mich damals keinen Sinn ergaben. Doch heute, jetzt, in diesem Augenblick, ist es, als werde der Schleier der Amnesie von meinem Geist weggezogen. Mein Bewusstsein wird überflutet von Eindrücken fremdartigster und bedrohlichster Natur. Es spielt keine Rolle, ob gnädige Verdrängung oder der schwarze Zauber *DERER* von drüben für mein Vergessen, für meine lückenhafte Erinnerung verantwortlich sind. Die Wolkendecke meines menschlichen Gedächtnisses reißt und ich blicke in den Himmel des Bewusstseins – dessen was war, ist und sein wird … *AZATHOTH … UBBO-SATHLA …*

Mein Vater ist stets ein hochanständiger Puritaner von tadelloser Moral gewesen. Nun ergeht er sich in perversen Spekulationen über die Art und Weise, wie die polysexuellen

Monstrositäten weitere Nachkommen unaussprechlicher Grauenhaftigkeit erzeugen, während sie – halb stofflich, halb gasförmig – durch das Universum sickern. Bis hin zu dem Punkt, an dem sich die Erde heute befindet, die ganze Zyklen von Äonen älter ist, als wir heute annehmen.

Sie erzeugen die anderen *GROSSEN ALTEN*, *NYARLATHOTHEP*, *YOG-SOTHOTH* und andere, deren Namen ich längst vergessen hatte, bevor mir Rosenroth die okkulte Bibliothek seines Sohnes zukommen ließ. Doch jetzt erscheinen sie wieder, die Phantome von damals, erstehen vor mir, eine schauerliche Prozession abscheulichster Monstrosität.

Ich sehe sie … ich *sehe*, was menschliche Augen nicht sehen sollten … Was sich meinem sterbenden Vater damals geoffenbart haben musste, als seine Augen wie in träumendem Tiefschlaf eigenartige, zuckende Bewegungen vollführten und sich hinter seinen Lidern in seinem Bewusstsein entrollte … Dinge … aus der Zeit vor aller Zeit … uranfänglicher Schrecken … Wie mächtige, finster drohende Berge aus blasigem Fleisch verdunkeln sie den Himmel, der von blitzartigen Explosionen entflammter atmosphärischer Gase zerrissen wird. Auf gewaltigen, gleichwohl eigentümlich verrenkt wirkenden – oder an andere planetare Bedingungen angepassten – Gliedmaßen schreiten oder gleiten sie voran. Jede Bewegung, jeder Schwung, mit denen diese geschwürartigen Massen vorangepeitscht werden, voll hochmütigen Triumphes und grimmiger Verachtung für das Leben. Ungeheure, gezackte Drachenschwingen peitschen die von giftigen Gasen lodernde Luft. Klauen, an denen der Tod von Millionen fühlender, vernunftbegabter Wesen haftet, zerreißen noch junges Gestein. Bizarre Schädel erheben sich majestätisch und stolz in die kosmische Dunkelheit, die sie zugleich hervorgebracht hat, und doch schaudernd zurückzuweichen scheint vor jenem Ansturm aus Zorn und nackter, irrsinniger Zerstörungswut. Augen, wie aus glutrauchender Lava, stieren in die Nacht und aus unzähligen Rachen, aus zahllosen schleimtriefenden Fängen dröhnt rasendes Gebrüll und wutloderndes Schnauben …

Mein Vater rollte grässlich mit den Augen, und schwarzer Schaum stand ihm vor dem Mund, als er davon sprach, wie sich *YOG-SOTHOTH* mit einem Wesen von einer Welt namens *VHOOR* paarte und so den *GROSSEN CTHULHU* zeugte. Dass er sich später noch einmal mit einem völlig unbekannten Wesen in eine unheilige Umarmung einließ, woraus *HASTUR* der Unaussprechliche hervorging, von dem einige behaupten, er sei der *KÖNIG IN GELB* und *CARCOSA* sei sein Reich. Doch habe ich es dort anders gehört und ich weiß, der König ist ein Avatar des ungezeugten, ersterschaffenen *UBBO-SATHLA* selbst. Sein Reich ist das Ende und der Anfang zugleich, das Ende der Großen Kriege unter den Alten und der Anfang einer neuen Macht; aber auch das Ende der Welt, wie wir sie kennen, wenn Echidna mit der Erde kollidiert. Dies wird der Anfang der neuen Herrschaft der *ALTEN* sein, wenn sich *CTHULHU* aus seinem Grab am Grunde der See erhoben hat, *GLAAKI* aus der Falltür aus Kristall hervorbricht und *SHUB-NIGGURATH* die Mondscheibe zerschmettert hat. Es wird sich auch der schlangenbärtige *BYATIS* befreien, wenn *DAOLOTH* die Illusion dessen, was wir heute Realität nennen, hinweggefegt hat. Wenn man fähig sein wird, die Wirklichkeit so zu erkennen, wie sie ist, wird auch der grässliche *GATHANOTHOA* aus seinem Gefängnis in Mu freikommen und die Ozeane werden weitere Gräuel der Brut der *ALTEN* hervorspeien.

Ia! *SHUB-NIGGURATH*! *NYARLATHOTHEP!*

Mein Vater redete noch von der ursprünglichen Rasse, die zu unvordenklichen Zeiten am Südpol beheimatet war. Eine

Art halb pflanzlicher, geflügelter Wesen mit eigenartigen Köpfen, gegen die der *GROSSE CTHULHU* mit der Brut, die er gezeugt hatte, zu Felde zog. Die sich ihrerseits gegen die Große Rasse von *YITH* zu wehren hatte, ein rein geistiges, raumfahrendes Volk, das sich im Krieg mit kegelförmigen Wesen befand, die in Australien beheimatet waren.

Entsetzliche Waffen sollen damals zum Einsatz gekommen sein. Sie veränderten das komplette Antlitz der jungen Erde. Doch letztlich war es das Hervorbrechen von *UBBO-SATHLA* mit seiner zahllosen Brut aus seinem in graues Licht getauchten Reich tief im Innern der Erde, der die unvorstellbaren Kriege zugunsten der *GROSSEN ALTEN* entschied.

Doch dann tauchten die *ÄLTEREN GÖTTER* auf der Erde auf. In weiteren kosmischen Kataklysmen besiegten sie die Alten, die entweder flohen oder verbannt wurden in unterirdische Reiche oder in die Tiefe der See wie *CTHULHU*. Doch viele entkamen auch dem Zorn der Götter und arbeiten ohne Unterlass an der Befreiung ihrer gefangenen Brüder wie *DAGON* und die *HYDRA* oder *UBB,* Führer der abstoßenden *YUGGS,* die *YTHOGTHA* und *ZOTH-OMMOG* dienen, die im Meer leben. Er sprach von *NAGGOOBB,* dem Vater der Ghouls oder von *SSS'HAAA,* dem Vater der Schlangenmenschen von Valusien, welche die grauenhafte Schlange *YIG* anbeten.

Y-THINN, der Faulige, dessen Berührung alles verwesen lässt, und der schon ganze Galaxien ausrottete, wurde genannt ebenso *M'AA-LINN-T'AAH,* der Gott mit den tausend Augen, der den Erstgeborenen Völkern des Alten Universums Wahnsinn und Verderbnis brachte. Der schuppenhäutige *M'LLNNTHYUATH,* der die *RAMM-MMATH* und die sanftmütigen *UTA-MYLEN,* jene Völker in den materielosen Tiefen jenseits des Äußeren Randes des Universums zu schrecklichen Rebellionen gegen ihre Herren, die Rassen von *U-LUMM* und *D'YBARIN* anstachelte. Unter perversem, höhnischen Gelächter verfolgte er, wie in ebenso grausamen wie militärisch und politisch sinnlosen Kriegen ganze Galaxien entvölkert wurden, bis sein Bruder *DYZAN* kam, um die Toten in widerwärtigen Riten neu zu beleben zu unaussprechlichen Formen einer widernatürlichen Existenz, weder lebend noch tot. Sie bevölkerten die Planeten mit ihren qualerfüllten, verrottenden Heeren, auf dass sie den grausamen und perversen Zielen ihrer Herren dienen sollten als ewig verdammte, unsterbliche Kriegsmacht; selbst von *ÄLTEREN* gefürchtet – das *AUGE* auf dem *THRON,* Zentrum der ewigen Nacht der Hoffnungslosigkeit – das mit den Glocken in den Tempeln von *ULNARR* die vielleicht mächtigste Waffe besaß, über die je ein Gott oder eine gottgleiche Lebensform verfügte, weil ihr Klang alle Hoffnung in den Herzen derer, die sie hören, verstummen und sich in bitterste Verzweiflung verwandeln lässt. Mächtiger als selbst die halb ätherischen Sphärenklänge von *N'AUM-N'UMM,* die auf den Winden der toten Sonnen des sagenhaften *A'LANTARR'YN* reiten. Deren wahnsinniges Gekreisch den Tod über die Planeten und Monde bringt, weswegen sie auch die *TODESSCHREIER* genannt werden. Sie haben die *BANSHEE* hervorgebracht und verleiten die Ghouls zu ihrem perversen, rasenden Hunger.

Sie alle sind in Freiheit. Und gewiss noch mehr Geschöpfe, von denen mein Vater nichts erzählte. Auch ist sicherlich in vorgeschichtlicher Zeit viel mehr passiert als das, wovon das heisere Flüstern des Sterbenden kündete oder worüber die uralten Schriften, über die ich verfüge, berichteten. Sicherlich noch weitaus schlimmer als das, was mein kindlicher Verstand aufgenommen hatte, und was nun vor mir auferstand. Niemand wusste darum und was für Auswirkungen es hatte, bis auf den heutigen Tag. Denn der ahnungslose Mensch ist noch immer Spielball von Kräften, von deren Existenz er nicht einmal den Hauch einer Ahnung hat.

SIE sind da draußen wie *SIE* es immer waren, *SIE* beobachten uns ... mitleidlos, kalt und voller Hass.

Ich schrie auf und stierte wie ein Wahnsinniger auf den Schirm, hinter dem sich das Wesen wand, welches vorgab, meine Mutter zu sein. Wer mochte nach diesen auferstandenen Erinnerungen, die meine Gedächtnislücken auffüllten, noch daran zweifeln? Ich hätte nicht sagen können, ob meine Mutter diese Dinge laut ausgesprochen oder etwas getan hatte, damit ich mich erinnerte. Doch es war noch eine weitere Erkenntnis, die mich nun auf den Schirm starren ließ. Nur mit mühsam unterdrückter Hysterie vermochte ich hervorzustoßen:

»Lass es nicht wahr sein! Lass mein Leben, lass das Leben nicht eine solche Lüge sein, bitte!«

Doch das freudlose, gurgelnde Lachen meiner Mutter, die scheinbar an irgendeinem zähen Schleim erstickte, zeigte nur allzu deutlich, dass sie genau wusste, was gerade in meinem Kopf vorging. Vielleicht veranlasste sie es sogar, dass ich in dieser Art dachte, pflanzte die scheußlichen, wider-natürlichen Bilder in meinen Verstand.

Der Schirm bebte unter dem Ansturm meiner inneren Panik, während die Gestalt dahinter zu einer wahnwitzigen Karikatur ihrer selbst zerschmolz. Das gesamte Zelt schien sich fließend und schäumend auf widerliche Weise zu verändern. Der Boden unter mir erbebte wie ein kenterndes Schiff. Ich versuchte, mich irgendwo festzuhalten. Doch da war nichts. So brach ich, unter dem Ansturm der inneren Bilder würgend und nach Luft ringend, in die Knie, als die letzten Lücken der Erinnerung bezüglich meiner persönlichen Vergangenheit der gnädigen Amnesie entrissen wurden.

»Du hast mich gefressen!«, stieß ich hervor. »Du hast mich

verschlungen!« Jetzt lachte das Wesen hinter dem Schirm roh und zynisch.

»SIE kamen noch einmal zu mir in der Nacht, als dein Vater starb, als das braune, morsche Gewebe, zu dem seine sterbliche, leibliche Existenz verkommen war, unter dem immensen Druck der inneren Fäulnissäfte zerbarst. Als er zu einer widerlichen Lache stinkender, brauner Sieche zerrann.

SIE kamen aus den Ecken des dunklen Zimmers, aus den Wänden, von oben, wo die Wände mit der Decke einen Raumwinkel bildeten. SIE streckten IHRE grässlichen, schleimigen Tentakel nach mir aus …

Ich hatte den Leib deines Vaters verfaulen sehen, während er noch lebte, hatte gehört, wie er schrie und stöhnte, mir aber zerrissen SIE die Seele, den Geist …

Es stimmt, dass auch meine leibliche Existenz sich danach allmählich zu verändern begann, doch als ich zu dir ins Zimmer kam, um dich ein zweites Mal zu gebären, war ich in IHRER Illusion gefangen, ich könne Art und Ausmaß meiner Veränderung kontrollieren.«

»Der Schatten, den du an die Wand warfst …«, keuchte ich, bebend vor einem Grauen, das dabei war, mir den Verstand zu rauben.

»Du selbst hast ausgesehen wie ein Mensch, wie immer. Aber dein Schatten …« Meine Stimme brach, verstummte unter dem unermesslichen Grauen, das alle anderen Wahrnehmungen, alles Denken fortspülte.

Das Ding hinter dem Schirm lachte wieder. Roh und schleimbrodelnd. Es sonderte Nässe ab, deren Tropfen hörbar auf dem Boden aufschlugen und als zähe Lache unter dem Schirm hervorsickerten. Der Schatten wurde zu jenem grotesken, widernatürlichen Schemen von damals, zu entsetzlich, um exakt beschrieben zu werden. Doch drängte sich mir, als mein Verstand dieses Grauen zu rekapitulieren versuchte, der Vergleich mit einer riesigen, aufgedunsenen

Spinne und zugleich deformierten Kröte auf mit Armen, mit vielen, vielen Armen … Da war ein Kiefer, den das dunkle, glänzende Ding soweit aufreißen konnte, dass ein Junge von vielleicht zwölf Jahren darin verschwand … davon verschlungen wurde …

Ich riss den Mund weit auf, doch ich konnte nicht schreien, denn ich bekam keine Luft. Der Druck in meinen Lungen wurde unerträglich. Meine Arme und Beine zuckten in Panik. Farbige Ringe tanzten vor meinen Augen. Meine Kehle brannte. Es war mir, als ob mein Brustkorb einen Unterdruck erzeuge, der Luft einsog und sie drinnen verschloss, statt sie wieder herauszulassen – immer mehr und mehr Luft, bis ich platzte. Doch da schob sich weiches, warmes, schleimiges Gewebe über mich, über meinen Kopf, meine Schultern, meine Brust, über meine Hüften, meine Beine … Ich fühlte mich wie im Rachen einer Schlange, die ihre Beute hinunterwürgt.

Es wird dunkel um mich herum. Und obwohl ich in der Dunkelheit ganz nah bei meinem Gesicht Zähne spüre wie Stalaktiten in einer Tropfsteinhöhle, weiß ich, diese Zähne wollen mich nicht verletzen … Auch die rhythmisch saugenden Bewegungen des Gewebes, das mich umgibt, sind unendlich sanft.

Und da, als meine Lungen unter dem inneren Druck des Zuviels an aspirierter Luft zu platzen drohen, kann ich schreien …

»*MUTTER*!« Und da bin ich frei, werde in einem Strom stinkender, schleimiger, aufschäumender Säfte ins Freie gespült, und liege am Boden … vor dem Schirm, hinter dem sich eine Ungeheuerlichkeit windet und ringelt und schlängelt. Ich ringe nach Luft wie damals. Ich weiß wieder alles! Alles, was ich im Laufe meines Lebens so erfolgreich wie panisch verdrängt hatte …

»Du hast mich gefressen … das Ding, zu dem du geworden

bist, hat mich verschlungen.«

»Um dich neu zu gebären!«, röchelte es auf der anderen Seite des Schirms.

»Denn so will es die Prophezeiung. Hast du die alten Schriften nicht gelesen?«

Ich dachte an Rosenroths Bibliothek – an das legendäre Necronomion, das Buch Eibon, die Pnakotischen Manuskripte und an andere. Tatsächlich – hieß es im Buch von Eibon nicht genau so? Dass der zum Erben der *ALTEN* wird, dessen sterbliche Existenz ausgelöscht wurde, weil er von *IHNEN* verschlungen, doch todlos wiedergeboren wurde in der verdammten, verlorenen Welt! Und das diese Initiation der Beginn jeder wahren, dunklen Magie war? Das Ende der Illusion des Menschseins, der Beginn des Erwachens des wahren Wesens, jenseits aller lächerlichen Beschränkungen der Opferrasse?

Die Wiederkehr der Macht der *ALTEN* als geballte Energie einer schwarzen Sonne im eigenen Wesen, nur darauf wartend, befreit und … gelenkt zu werden?

»Ich will das nicht!«, schrie ich und sprang auf. »Ich bin ein Mensch, kein Monster! Ich werde meine eigene Rasse nicht verraten, nicht, wie andere es getan haben!«

Von einem idiotischen, widersinnigen Impuls gepackt stürzte ich auf den Schirm zu, um ihn zur Seite zu fegen. Ich wollte sehen. Ich wollte sehen, was *SIE* mit meiner Mutter gemacht hatten. Auch wenn ich nicht glaubte, dass ihr nach menschlichem Ermessen noch zu helfen war! Aber ich wollte *SEHEN* wie damals, als *SIE* meinen Vater in den Klauen hielten.

Hinter dem Schirm war … nichts. Keine Spuren von Nässe, kein Geruch des Verfalls.

Ein paar alte Kisten und Kartons standen dort. Aus einem Karton lugte die Kinderpuppe eines Clowns hervor, dessen weißes Gesicht mich höhnisch anzugrinsen schien. Das

Gerümpel wirkte unendlich deprimierend.

Ich war einer Illusion erlegen. Alles war ein Trick gewesen.

Nein, nicht alles. Ich hatte meine verlorenen Erinnerungen wiedergefunden und wusste im Herzen, dass sie der Wahrheit entsprachen. Und das war das Allerschlimmste.

Gebrochen und am Boden zerstört wankte ich aus dem Kabinett ins Freie.

»Haben Sie gefunden, wonach Sie suchten? Der Eintrittspreis richtet sich durchaus nach Ihrer Zufriedenheit!«

Thaddäus Zehents Stimme klang gequetscht, was kein Wunder war. Er pendelte in den Klauen des riesigen Gorillas, dessen schwarzer Schatten auf das Kabinett des Schaustellers fiel.

Ehe ich antworten konnte, hatte der Affe Zehent in der Mitte entzweigerissen – sein Blut, das wie eine Meereswoge aufwallte, stürzte auf mich herab und in das Gebrüll des gigantischen Untiers mischte sich mein eigener Schrei, …

… als ich ruckartig aus einem weiteren Albtraum aufschreckte und dabei fast aus dem Bett fiel.

Die Erkenntnis, die mich sofort einholte, war eine deprimierende: Nicht der Besuch auf dem dunklen Jahrmarkt, nicht die Episode mit dem Affen beinhaltete der Albtraum. Die Bilder dessen, was ich dort erlebt hatte, inklusive meiner panischen Flucht vor dem Ungeheuer hatten sich nur in meinen aktuellen Traum gemischt, der von dem verschneiten Land gehandelt hatte. Von der Statue mit den hundert Schlangenköpfen – und von unaussprechlichen Gräueln in ewig lichtlosen Kavernen unter der Erdoberfläche. Nicht unähnlich jenen, in denen ich als Mitglied des Schwarzen Ordens mein Verbrechen begangen hatte. Das entsetzliche Gebrüll des Affen aber war das des Ungeheuers gewesen, welches dort unten hauste, dem die Opfer galten, und als ich nun erwachte, verstand ich, was passierte.

Ich verstand Art und Charakter des finalen Kataklysmus, dem die Erde zum Opfer fallen würde, und wusste, dass *in diesem Moment* das Ungeheuer erwacht war.

Die heilige Hochzeit von Himmel und Erde hatte stattgefunden.

Der Himmel: Aus ihm stürzte ECHIDNA herab – kein Wandelstern, sondern eine der ALTEN, die einst auf einen anderen Planeten verbannt worden war nach der letzten Schlacht mit den Älteren Göttern. Ein Ereignis, das Eingang in den griechischen Mythos gefunden hatte –

und die jetzt wieder auf die Erde zurückkam.

Die Erde: Unter ihr lag TYPHON, ihr Gemahl, von Zeus unter den Ätna verbannt nach einer wahren Titanenschlacht, jener Reflex der Erinnerung an die Kämpfe der GROSSEN ALTEN in geschichtlich fassbarer Zeit. Es bedeutete, dass die abwegige Theorie stimmte, wonach der menschliche Geist bereits existierte, *bevor* der Mensch in heutiger Form die Weltbühne betrat. Er existierte in den Amphibien und Echsenmenschen, die sich aus den Ursümpfen erhoben hatten, um Lemuria und Mu zu bevölkern, auch in den schrecklichen Schlangenmenschen von Valusia. Die alten Griechen erinnerten sich an diese Zeit der Kämpfe zwischen den ALTEN, wenn sie von Titanenschlachten erzählten. Somit war TYPHON niemand anderes als DAGON, der Avatar des GROSSEN CTHULHU, der seine Gemahlin, die vom Himmel fällt, tobend begrüßt. Und in das Toben fällt das infernalische Gebrüll ihrer grauenhaften Brut mit ein. Allen voran das der schrecklichen HYDRA, die in den unterirdischen Kavernen lebt, die erwachte, als ich ihr ein Opfer darbrachte.

Ihre grässlichen Klauen zerreißen die Erde und ihre Kiefer schnappen zerfetzend nach allem, nachdem sie sich aus ihrem unterirdischen Gefängnis befreit hat. Dies aber wird das Ende sein, wie die alten Schriften aus vormenschlicher Zeit künden, denn sie haben recht.

Das hatte ich auch Dr. Jendresen erzählt und so sah er mich jetzt an durch seine Brille, streng und kalt.

»Was mir noch nicht klar ist, ist Ihre Schlussfolgerung bezüglich der Identität von Typhon und Dagon«, sagte er langsam. »Typhon im alten Griechenland steht für die rohen Kräfte der Natur, die durch die gesellschaftliche Trägerschicht der Feudalaristokratie gezähmt wurde – repräsentiert durch den Herrscher Zeus. Dagon stammt aus dem vorderen Orient und steht mit vielerlei kulturellen Bezügen in Verbindung, wie dem ursprünglichen Zeus mit seinem Donnerkeil sicher auch indogermanische Züge beizulegen sind. Am bekanntesten dürfte Dagons Rolle als Meeresgott der Philister im Alten Testament sein.«

»Ich meine nicht diesen Dagon!«, versetzte ich heftig. »Wie gesagt, die Erwähnung der Kräfte aus den vormenschlichen Schriften zu geschichtlicher Zeit ist eine Erinnerung an zum Zeitpunkt der Niederschrift längst Vergangenes. Zwischen den Ereignissen der Schlachten der GROSSEN ALTEN und der Niederschrift von ein paar verzerrten Namen, versehen mit dem Kontext der jeweiligen Geschichtsepoche, liegen Äonen«

»Worauf stützen Sie Ihre Behauptungen?«

»Auf die alten Schriften, die mir zur Verfügung stehen.«

»Die würde ich gern einmal sehen und auf ihre Echtheit überprüfen.«

Er blickte mich ausdruckslos an.

Ich lehnte mich zurück und zum ersten Mal grinste ich Dr. Jendresen an, nicht ohne Triumph, wie ich betonen möchte.

»Zu diesem Zweck«, sagte ich und griff in meine Tasche, «habe ich Ihnen die drei Wichtigsten mitgebracht. Das Necronomion. Das Buch Eibon«, ich legte mit jeder Nennung den entsprechenden Band auf seinen Schreibtisch,

»und Der König in Gelb.«

Jendresen blätterte jedes Buch kurz durch, dann stapelte er sie übereinander und sah mich mit gefalteten Händen an.

»Das habe ich mir gedacht.«

»Was?«

»Der Einband ist sehr schön und überaus erkennbar jeweils selbst gemacht.

Der Inhalt …«

Er hielt mir die drei Bände hin.

Sie waren leer. Keine Buchstaben, nicht ein einziger. Alle Seiten leer.

»Aber das …«

Es war mir, als lachte Molokastor irgendwo verborgen im Raum. Zugleich wurde mir mit unumstößlicher Gewissheit die Wahrheit einer Aussage des Theologen F. Schleiermacher klar, mit der Stimme Molokastors gesprochen:

»Nicht derjenige ist als religiös zu bezeichnen, der jederzeit aus einem religiösen Werk zitieren kann – sondern derjenige, der imstande ist, selbst eines zu verfassen.«

Die Seiten wollten gefüllt werden.

Mit *meinem* Inhalt. Dem Inhalt des Erben.

Dr. Jendresen seufzte und lehnte sich zurück.

»Ich habe mir Ihre Krankenakte aus dem Hospital kommen lassen. Am Tod Ihrer Eltern war nichts Ungewöhnliches. Ihr Vater starb an Krebs.«

»Lovecraft starb auch an Krebs! Das ist kein Zufall! Offenbar ist dies IHRE Art, zu töten.«

»Ist das der Autor, dessen Fantasiewelt Sie zur Untermauerung Ihres Wahns verwenden? Wie auch immer: Ihre Mutter hat im Verlaufe einer Depression Selbstmord begangen. Was Sie also letzte Woche hinter dem Schirm des Schaustellers gesehen haben wollen, es war ein Trick. Wenn überhaupt!«

Er lehnte sich vor und sah mich direkt an, mit einer nie

gekannten Offenheit.

»Mein lieber Freund, was Sie gerade durchmachen, habe ich schon hundertmal beobachtet. Verdrängte Inhalte Ihres Unbewussten werden an die Oberfläche Ihres Bewusstseins gespült. Das ist eine ungeheuer verwirrende und verstörende Erfahrung. Deshalb versuchen Sie, das bizarre und oft beängstigende Material einzuordnen in ein System, das die Dinge zu erklären scheint und somit beeinflussbar macht. Dazu bedienen Sie sich offenbar des Inhaltes von Fantasiegeschichten, die Sie einmal gelesen haben.«

Ich sprang auf.

»Ich habe soeben eine Entscheidung gefällt!«

»Und die wäre?«

»Ich werde gegen SIE kämpfen! SIE dürfen niemals die Oberhand über die Welt gewinnen! Ich habe mich bisher treiben lassen, mein ganzes Leben! Ich habe nach dem Unbekannten und Übernatürlichen gesucht in den dunklen Winkeln der Welt und meines Verstandes. Ich habe mich dabei merkwürdig indifferent verhalten, was die Moral angeht. Ich habe mich vom Orden überzeugen lassen, dass man gegen SIE gar nicht kämpfen kann – aber das ist eine aus Angst geborene Lüge! Man hat immer eine Wahl, sich für oder gegen etwas zu entscheiden. Wenn ich auch ein Kind zweier Welten bin, so habe ich mich doch in diesem Augenblick für die menschliche Rasse entschieden, für den Planeten Erde, gegen die feindliche Sternenrasse!«

Ich bebte, mein Gesicht glühte wie im Fieber, doch es ging mir unendlich gut dabei – warum hatte ich nur so lange gezögert, dem Grauen die Stirn zu bieten? Es war Zeit zu kämpfen!

Dr. Jendresen reichte mir die Hand.

»Es ist gut, dass Sie versuchen wollen, mit Ihren gesunden Persönlichkeitsanteilen gegen den Wahn zu kämpfen! Es klingt im Augenblick tatsächlich, als hätten wir den Schalter in Richtung 'gesund' umgelegt. Aber es wird nicht einfach werden, machen Sie sich darüber keine Illusionen und verzweifeln Sie nicht!«

»Das werde ich nicht, versprochen!«

»Halten Sie mich auf dem Laufenden!«

Als ich die Praxis verließ, war der Himmel düster. In der Ferne loderten Feuer und die Häuser wirkten dunkel, verlassen und feindselig. Man hörte Schüsse; damit versuchten sie, die umherwandelnden Toten wieder in die Hölle zurückzuschicken. Die Berge der Toten, deren braunes Fleisch stinkend verrottete, hatte man mit grauen Planen zugedeckt, bis man sie verbrennen würde. Manche Anhäufungen waren so hoch wie die Häuser ringsum und nicht jeder Leichnam war wirklich tot.

Wenn ihnen kein lebendiges Fleisch zur Verfügung stand, fraßen sie auch totes, und so hörte ich die Untoten im Vorbeigehen schmatzen, lutschen und nagen. Obwohl ich es nicht wollte, überfielen mich Bilder, wie die in Auflösung begriffenen Fratzen mit den schwarzen Augenhöhlen, in denen weiße Würmer zitterten, ihre Zähne in das verwesende Fleisch um sie herum schlugen, um zu reißen und zu zerfetzen. Es waren nicht nur die Toten, denen man die Gliedmaßen zerschmettert oder amputiert hatte, manchmal fraßen die Untoten die abgetrennten Teile des eigenen Körpers.

Ich durfte keinesfalls sicher sein, dass sie nicht doch noch einmal aufstanden, deshalb beeilte ich mich, an dem Haufen vorbeizukommen, Stadtteile zu erreichen, in denen noch lebende Menschen weilten.

Der Hakenmann wartete bereits auf mich. Er trat aus dem Schatten eines Hauseingangs und verstellte mir den Weg.

»Komm mit«, schnarrte seine sandpapierraue Stimme.

Auf den Straßen befanden sich Menschen, sie gingen ihren

Geschäften nach, doch hektisch und gehetzt. Ich sah die Angst in ihren Augen.

»Wohin?«

»In die Katakomben. Der Orden erwartet dich. Die HYDRA verlangt ein weiteres Opfer und nur der zweimal Geborene kann es vollziehen.«

»Also gut«, nickte ich.

Er sah nicht, dass ich die Fäuste in meinen Manteltaschen ballte, bis sich die Nägel in die Ballen gruben. Er wunderte sich nicht, dass ich mich nicht weigerte, nicht einmal mehr zögerte.

Ich wusste, er würde mich an einsame, verlassene Orte führen, weg von den Lebenden. Und so war es. Er schlug den Weg ins ehemalige Industriegebiet ein, wo alte Lagerhallen verrotteten und die schwarzen Stahlskelette von verrosteten Lastkranen in den Himmel stachen wie die Skelette prähistorischer Lebewesen.

Auch hier brannten Scheiterhaufen, sogar mehr als anderswo. Hier taumelten auch lebende Tote umher und griffen jene an, die die Leichen verbrennen wollten.

Ich hatte mich die ganze Zeit angestrengt nach einer Waffe umgesehen, in der festen Überzeugung, der Zufall werde sie mir zum richtigen Zeitpunkt in die Hände spielen. Weil das Glück mit dem war, der sich auf die richtige Seite gestellt hatte, weil das Glück mit mir sein *musste*.

Ein verzweifelter Mann in einem grauen Mantel kämpfte einen aussichtslosen Kampf gegen einen Untoten, der sich in einem grässlichen Stadium fauliger Auflösung befand. Die Verwesung ließ sein schwarz verfärbtes Gesicht in dicken Tropfen vom Schädelknochen rinnen. Die verfaulten Hände hatte er um das Gewehr des Mannes gelegt. Versuchte, es ihm zu entreißen, was dieser verzweifelt zu verhindern suchte, um nicht so zu enden wie seine beiden Kameraden. Die lagen in ihrem Blut am Boden, Eingeweide schlängelten sich wie rote, zerfetzte Würste aus ihren aufgerissenen Bauchdecken.

Aber auch die Armee der Untoten hatte Verluste erlitten, drei lagen neben den Menschen, die Köpfe zu ekelerregenden Lachen aus Blut, Knochen und Gehirnmasse zerschmettert.

Der Untote gewann den Kampf.

Der Mann im grauen Mantel schrie auf, als er rücklings über einen Kameraden stürzte. Sein Gewehr flog in hohem Bogen durch die Luft und landete direkt vor meinen Füßen. Der Untote fiel über den Liegenden her, riss ihm mit einem Biss das halbe Gesicht vom Schädelknochen.

Das Opfer schrie entsetzlich, schrie noch, als die verwesten Klauen des Ungeheuers seine Bauchdecke aufrissen und die Eingeweide hervorzerrten.

Ich wandte mich von dem grauenhaften Anblick ab – für den Mann kam jede Hilfe zu spät. Ich bückte mich nach dem Gewehr und stellte erfreut fest, dass es einen Bajonettaufsatz hatte. Den rammte ich bis zum Anschlag aus einer vollen Drehung heraus in den Leib des Hakenmannes. Er brüllte mehr aus Zorn als aus Schmerz. Ich drehte das Bajonett ein paar Mal um sich selbst.

Das Loch, das in der Bauchdecke des Hakenmannes klaffte, wuchs zu grotesker Größe an. Ich hatte das Gefühl, nach dem Durchstoßen einer ersten zähen Schicht in weichem Wachs zu wühlen. Was aus dem Innern des Hakenmannes hervorquoll, war eine bestialisch stinkende Masse, die schon vor Jahrzehnten verfault zu sein schien. Die Därme, die inneren Organe und Drüsen hatten sich längst aufgelöst und waren zu einem braunen, dickflüssigen Sud verkocht, der nun zu Boden platschte und schmierige Lachen bildete, deren Gestank mir nahezu die Besinnung raubte. Doch ich ließ nicht locker, schraubte und drehte, zog die Waffe vor und zurück, rammte sie mit aller Kraft in den

Leib des Mannes hinein, der gar nicht mehr existieren konnte, der gar nicht existieren durfte.

Als ich schnaufend vor Anstrengung in sein Säufergesicht blickte, lächelte er. Der braune Sud sprudelte aus seinem Mund, selbst seine Augen weinten braune, miasmatisch stinkende Tränen, doch er lächelte.

»Glaubst du, mich auf diese Weise loswerden zu können?«, gluckerte seine Stimme in siegesgewisser Selbstüberhebung.

»Nein«, erwiderte ich und feuerte die Waffe ab.

Es gab einen enormen Rückschlag. Vor dem Lauf zerplatzte eine Feuerblume, dass ich glaubte, einen Flammenwerfer in Händen zu halten, und der Schuss war so laut, dass er als Echo zwischen den alten Lastkränen hin und her rollte.

Der Hakenmann wurde mit rudernden Armen rücklings gegen einen der Haufen mit Toten geschleudert, dessen Plane sich löste. Sein Rumpf von der Hüfte bis zum Hals war praktisch zerstört, sodass ich tief in sein Inneres blicken konnte, in dem sich fingerdicke, weiße Würmer ringelten.

»Mach dich nicht lächerlich«, gurgelte er und dann lachte er das widerlichste Lachen, das ich je gehört hatte. Es klang, als würden Knochen unter Panzerketten zerrieben.

In diesem Moment schossen braune, verweste Arme aus dem Leichenhaufen hervor, griffen nach dem Hakenmann und zerrten ihn in die Anhäufung aus totem Fleisch hinein. Der letzte Ausdruck auf seinem Gesicht entsprach ungläubigem Staunen, bevor es völlig zerstört wurde. Die dunklen Götter hatten ihren Boten verlassen. Er erfuhr nun seine eigene, erbärmliche Sterblichkeit. Ich hörte ihn schreien und wimmern, als sie ihn in Stücke rissen. Dann war nur noch das widerliche Schmatzen der Untoten zu hören. Mich aber überkam ein unendliches Glücksgefühl, ein Gefühl der Freiheit, wie ich es bisher nie gekannt hatte!

SIE waren nicht unbesiegbar, waren nicht das Schicksal für die, die *SIE* erschaffen haben mochten oder auch nicht – *IHRE* Fassade der Unbesiegbarkeit hatte Risse bekommen. Der Kampf gegen *IHRE* Herrschaft hatte begonnen!

Ich warf die leere Waffe weg und lief, so schnell ich konnte, in die Stadt zurück, in die belebten Straßen.

Ich musste den Sieg mit jemandem teilen, den Sieg und meinen Entschluss zu kämpfen!

Auf einem Platz blieb ich stehen. Die Menschen huschten gesenkten Blickes vorbei, die Angst vor *IHNEN* stand ihnen ins Gesicht geschrieben. Das galt es zu ändern!

»Mitmenschen! Leidensgenossen, hört mich an!«, rief ich mit ausgebreiteten Armen. »*SIE* sind nicht unbesiegbar! Wir können uns gegen *SIE* erheben! Wir können Widerstand leisten! Ich bin ein Eingeweihter und weiß, wo sich *IHRE* Zentrale der Macht befindet! Wir können sie stürmen und unser Schicksal selbst in die Hand nehmen! Brüder, hört mich an und kämpft!«

Ich hatte mich einem Mann in den Weg gestellt, der mir überrascht und ängstlich in die Augen sah. Und dann verzerrte sich sein Gesicht zu einer Maske unaussprechlichen Grauens, er schrie – heiser und wie wahnsinnig.

Andere waren da, eine alte Frau, eine Mutter mit Kind – sie zeigten auf mich, gestikulierten wild, schrien – und dann flohen alle in heilloser Panik … vor mir!

Ich konnte es ihnen nicht einmal verdenken – denn in den Augen des Mannes hatte ich mein Spiegelbild gesehen, so, wie sie mich gesehen hatten – und ich selbst schrie auf vor Panik vor dem … *DING*, das ich im Spiegel der Augen gesehen hatte. Meine Stimme war ebenso wenig menschlich, wie das widerliche Etwas, das ich in dem kleinen, feuchten Rund aus Pupille und Iris hatte erkennen können …

Diese Erkenntnis war so schlimm, so niederschmetternd, dass ich in die Knie brach. Mein Schatten, der Schatten des *DINGS*, fiel auf eine Bank, auf die Hauswand dahinter. Es war nicht der Schatten eines Menschen, sondern erinnerte an das, was sich in dem Kabinett hinter dem Schirm bewegt hatte. An das, was meine Mutter gewesen war – in der Nacht, als sie mich verschlungen hatte – spinnenartig, krötenartig, ein schleimiger Polyp!

Der *WIEDERGEBORENE!*

Irgendwo hörte ich meine Mutter lachen nach Art des verschlingenden Monstrums, brodelnd, ganz in der Nähe. Ich vernahm, wie ihre nicht menschlichen Gliedmaßen über den Straßenbelag schleiften …

Natürlich! Was hatte ich erwartet?!

Du kannst *IHNEN* nicht entkommen, nicht gegen *SIE* kämpfen, nicht, wenn du in deinem Wesen einer von *IHNEN* bist … und ich hatte im Blick des Mannes meine wahre Gestalt gesehen, sah sie immer noch in meinem Schatten.

Plötzlich jedoch verschwanden die grässlichen Konturen und ich sah meinen Schatten wieder menschlich. Doch ich wusste, dies war eine Lüge!

Denn ich hörte zum ersten Mal im vollen Wachzustand das Gebrüll der Hydra, das durch die Luft hallte und den gesamten Planeten zum Erzittern brachte, ja, es schien, als krümme er sich in Furcht.

Meine Träume fielen mir ein – die Statue *DAGONS* auf der Ebene von *KADATH? LENG?* Die dunkle Saat der *ALTEN*, die in seltsamen, metallischen Objekten unvorstellbare interstellare Räume zurücklegte, um auf bewohnten Planeten aufzutreffen. Die Bewohner, humanoid oder bizarr-fremd, in monströse Dienende, in dämonische Sklaven zu verwandeln, die alle schwächeren Lebensformen brutal töteten, fraßen und vernichteten. Sich selbst, wenn es sein musste, und die doch nur den Willen der *ALTEN* erfüllten.

Ich sah, wie die metallenen, spinnenartigen Zylinder in einer unvorstellbar weit entfernten Welt voll unterirdischer Katakomben, vierarmige Reptilwesen zum Stammgeschlecht zweier Rassen machte, die – irgendwann in den Weltraum ausgezogen – auf die Erde kamen. Die sich vereinigten und ausbreiteten. In den dampfenden, nebelverhangenen Dschungeln, die noch kaum ein Mensch je betreten hatte. Sah, wie sie ihre Herrschaft auf diesem Planeten vorbereiteten. Geschuppte, weibliche Kreaturen, entfernt humanoid, mit lebenden Schlangen als Haaren, roten Augen und grässlichen Fängen. Erblickte oktopoide Wesen, schleimig, tentakelübersät, doch fähig zu Sprache und Kultur. Die Früchte dieser Vereinigung waren zu entsetzlich, sie sich auch nur vorzustellen. Grässlich in ihrer Nähe zur menschlichen Anatomie. Grünlich, schleimig, und doch wie die Quintessenz der menschlichen Rasse zum Beginn ihrer ontogenetischen Existenz. Wie die Föten und Embryonen, die in medizinischen Fakultäten und Wanderausstellungen in großen Glaszylindern in Formalin schwammen

Ich sah, wie die Statue *DAGONS* allmählich zur Seite kippte und jener Kreatur Platz schaffte, die aus kryptischen Tiefen emporkroch, die ihr donnerndes Triumphgebrüll gen Himmel schickte, während ihre Klauen versuchten, die Sterne dort oben zu zerreißen.

Wieder sah ich, als Erinnerung oder Vision, wie sich eine Kreatur näherte, von Tempeln in dampfenden Regenwäldern her, in denen sie in blasphemischen Riten angebetet wurde seit Äonen. Rutschend und schleifend wälzten sie sich heran: wie ein grüner, wurzelknollenartiger Berg aus grünem Fleisch, überzogen von einem Wald zuckender, peitschender Tentakel. Und beide – *TYPHON-DAGON* aus der verschneiten Einöde und *ECHIDNA* aus den Tempeln versunkener Dschungelstädte – vereinigten sich.

Die weltraumgeborenen Wesen beteten sie an mit ihrer Brut und huldigten ihnen.

Ich schreckte auf.

Sah so das Ende aus? Die grünen, tentakelbewehrten

Wesen würden die menschliche Rasse einfach ablösen, als hätte es diese niemals gegeben? Ich war immer ein Eigenbrötler und Sonderling gewesen. Hatte mich nie in die menschliche Gemeinschaft einfügen wollen, ja, mich nie recht als einer von ihnen gesehen, aber jetzt bäumte sich alles in mir gegen das scheinbar unausweichliche Ende auf.

Ich stand noch immer auf der Straße und alles um mich wirkte bizarr und seltsam: Der Himmel leuchtete in einem giftigen Grün. Es war unmöglich, eine Tageszeit anzugeben. Es war einfach die Zeit, kurz bevor der Wandelstern auf der Erde auftreffen würde.

Aus den Gesprächsfetzen der geduckt einherschleichenden Leute konnte ich entnehmen, dass der Planet seinen irren Taumelflug durch das All beschleunigt hatte. Er würde früher auf der Erde auftreffen als erwartet. Die Behörden mahnten zur Besonnenheit. Überflüssig zu erwähnen, dass es dennoch zu Massenpaniken, Plünderungen und kriegsähnlichen Zuständen auf der ganzen Welt gekommen war. Von den umherwandelnden Toten abgesehen, mehrten sich die Zeichen des Endes. Propheten hatten SIE gesehen und einige sensitive Geister wussten tatsächlich, worum es ging.

In der Tageszeitung, die ich mir aus einem Automaten zog, stand, dass mehrere schaffende Künstler in allen Teilen der Welt – USA, Mexiko, Russland, Deutschland – ihre Visionen auf ihre je eigene künstlerische Art dargestellt hätten. In einem Zeitraum von vier Wochen seien übereinstimmende Zeichnungen, Gemälde und Skulpturen entstanden – einer hätte es sogar geschafft, in einem selbstentwickelten Verfahren seine Träume abzubilden. Die Zeitung druckte die angeblichen Traumbilder ab, weil sie typisch seien für alle Visionen und deren Darstellungen. Ich erschrak bis ins Mark, als ich die schattenhaften Formen in den grobkörnigen Zeitungsbildern mühelos als meine eigenen

Visionen erkannte. Sie zeigten *DAGON-TYPHON* und die polypenartige *ECHIDNA*, wie beide sich mir in meinen Träumen dargestellt hatten.

Ich ließ die Zeitung fallen und blickte mich um. Die einen flüsterten miteinander von unheilvollen Dingen, andere rannten ziellos umher, als suchten sie irgendwo Schutz. Eine Frau weinte laut, ein verschmutztes Kind stolperte umher, als wüsste es nicht mehr, wohin es gehörte. Als ich in einer eher hilflosen Geste meine Hände nach ihm ausstreckte, schrie es bei meinem Anblick laut auf und rannte davon. Dabei hatte ich es nur nach seinen Eltern fragen wollen. Hatte ihm Schutz gewähren wollen vor dem Chaos und der Auflösung ringsumher. Doch es hatte mich erkannt.

Die Menschen sprachen von Verschwundenen, von Ungeheuern, die geboren worden waren, von Schwärmen riesiger Kalmare an irgendeiner Küste, die an Land gekommen seien und Menschen angegriffen hätten. Von sprechenden Statuen war die Rede und neu entdeckten Ruinenstädten im Nahen Osten, in denen man etwas in unterirdischen Kammern gefunden habe, was die beteiligten Forscher in den Wahnsinn getrieben hätte.

Da wusste ich, dass nur ich noch etwas zur Rettung der Menschheit tun konnte!

SIE hatten mir Macht verliehen durch meine zweite Geburt – was, wenn ich diese Macht nun gegen *SIE* richtete? Das war der einzige Weg! Selbst wenn ich dabei unterging – was hatte ein Leben aus Lüge, was hatte ein Leben unter *IHRER* Diktatur für einen Sinn? Aber wie sollte man *IHNEN* entkommen? Bestimmten *SIE* nicht all unser Tun und Lassen, fällten gar unsere Entscheidungen, noch ehe wir sie trafen?

Wussten *SIE* etwa schon im Voraus, was wir planten und erstickten unseren freien Willen stets im Keim? Machte es überhaupt Sinn, dass eine Ameise sich gegen einen

Dinosaurier auflehnte?

Doch ich sagte mir auch, dass Spekulationen dieser Art nur meine Kraft schwächten und ich mich damit selbst boykottierte. Sie lähmten mein Tun. Ich würde nur dann herausfinden, ob meine schlimmsten Befürchtungen der Wahrheit entsprachen, wenn ich alles Menschenmögliche versuchte. Zu verlieren hatte ich nichts außer Lügen.

Ich musste Molokastor nicht suchen, er fand mich. Auf dem freien Platz bei den alten Bäumen, im Schatten des Kirchturms, wo wir schon einmal gesessen hatten. Auf einmal saß er neben mir; ich hatte ihn nicht kommen sehen oder hören.

»Es läuft alles nach Plan«, sagte er leise, mit der einfühlsamen Stimme eines Nervenarztes. Sein Lächeln war stygisch.

»Der Drache ist erwacht. Die HYDRA ist erwacht. Vater DAGON hat sich aus der Eiswüste erhoben. Mutter ECHIDNA hat die Erde erreicht. Ihre Anhänger in den Tempeln, das mächtige Volk der Mi-Go, war erfolgreich. Die Opfer waren erfolgreich. Auch das Ihre. Dieses letzte ... hat die HYDRA erweckt, die nun ihre Eltern freudig begrüßt. Damit endet der Zyklus für die Menschen und ein Neuer beginnt. Die Saat, die einst von finsteren Sternen auf die Erde kam, ging auf. Die Zeit der GROSSEN ALTEN ist da.« Ich blickte ihn fragend an. »Als vor den Anfängen des Anfangs und noch vor dem Ur-Anfang die ALTEN das Universum schufen – aus purer Bösartigkeit, um sich am Leiden IHRER Geschöpfe zu erfreuen – da pflanzten SIE einen Drachen in das Herz eines jeden Planeten. Die Menschen stellen nur einen verschwindend geringen Bruchteil der Geschöpfe dar, die IHRER Laune entsprangen. Einige wenige der anderen haben Sie ja beim Festumzug auf dem Jahrmarkt gesehen: Die auf den Motivwagen! Wie haben sie Ihnen gefallen? Wenn nun dieser Planet stirbt, weil

SIE seiner überdrüssig sind, oder weil SIE andere Pläne mit ihm haben in *IHRER* unergründlichen, eiskalten Boshaftigkeit – gepriesen sei dafür *IHR* Name! – wird der Drache aus dem Herzen, dem glutflüssigen Kern der Erde, frei. Der Gigant verschlingt den Planeten, um größer und mächtiger zu werden, sich *IHNEN* anzuschließen, selbst zu einem *GROSSEN ALTEN* zu werden, sodass er erschaffen und zerstören kann. Die *HYDRA* hat dieses Ziel fast erreicht, sie ist ungeheuer mächtig. Ist das nicht genial?«

Als ich meine Augen schloss, wusste ich, dass Molokastor recht hatte. Ich *sah* es: Sah, wie der ungeheure Leib des Monstrums sich um die Trümmer der in sich zusammenfallenden Zivilisation ringelte. Seine Schuppen reflektierten glänzend das unheimliche Glosen der Schwarzen Sterne eines toten Himmels. Seine Klauen wühlten zerstörerisch im glühenden Fleisch der sich in der Agonie aufbäumenden Erde, sein giftiger Atem tötete alles Leben. Seine Augen loderten in einem Feuer, das alles verbrannte.

Viel schlimmer noch – das Monstrum war in mir. Die *HYDRA* bewegte sich in meinem Schädel. Ihre Klauen zerwühlten das mürbe Gewebe meines Gehirns, hinterließen blutige Kavernen in den Windungen und Furchen.

»Sie sind der Anführer des Schwarzen Ordens, nicht wahr!« Das war keine Frage, es war eine Feststellung, die ich traf. Molokastor lachte verhalten. Es klang wie der Drohschrei eines fremden Vogels an fernen Himmeln, eines Totenvogels. »Sie haben von Anfang an die Fäden gezogen. Haben alles in der Hand. Es gibt keine undurchschaubare Hierarchie, keine großen Infiltrationen von Instanzen oder Behörden. Das alles brauchen Sie nicht. Sie sind der Bote, der kommt, wenn die Sterne richtig stehen; der Bote, der die Tore öffnet, um das Ende zu bringen.«

»Ja! Ich bin der Schlüssel. Ich bin das Tor«, antwortete

Molokastor. Wieder lachte er. »Ich habe mich in Ihnen wirklich nicht getäuscht. SIE haben sich nicht getäuscht. Sie sind gut. Sehr gut sogar. Der Erbe. Der Prinz. Nehmen Sie die Krone an – und herrschen Sie: Macht für die Wenigen. Ozeane aus Blut für die Massen.«

»Stehen die Sterne denn richtig?«, fragte ich mit einem Blick in den Himmel, der im düsteren Feuer einer unaussprechlichen Drohung glühte, in Farben wie brandiges Gewebe oder ranziges Öl. Menschen standen in den Straßen, zeigten nach oben und gestikulierten.

ECHIDNA kam. Alles wurde dunkel. Das letzte Licht rann aus der Atmosphäre, rann an den Hauswänden hinab wie Blut.

Seltsame Laute waberten in der Luft, die stickig und schwül war und nach Metall schmeckte. Ein Brausen und Tönen erhoben sich. Ich sah die Angst, die ringsum herrschte, wie eine dunkle Gestalt umherwandeln, eine übergroße, menschenartige Gestalt, schwarz wie polierter Stein. Ihre Gewänder wehten wie Nachtwind, und das Leben erstarb, wo sie es berührten.

»Ich bin der Schlüssel. Ich bin das Tor«, wiederholte Molokastor. »Vergangenheit, Gegenwart und Zukunft – alles ist eins in mir.«

In meiner blasphemischen Gestalt, die ich zu meiner Überraschung kontrollieren, also auch herbeirufen konnte, war es ein Leichtes für mich, Molokastor zu töten. Ich stürzte mich auf ihn, riss ihn auf wie Bettzeug, kehrte sein Inneres nach außen.

Wieder sah ich meinen Schatten, der dem des Wesens namens »Mutter« aus meiner nun vollständigen Erinnerung glich: Gliedmaßen wie eine Spinne, grotesk, krötenartig verformt und hüpfend, Tentakel wie von einem Polypen oder einer Qualle. Ich sah menschliche Arme, die zuschlugen und menschliche Hände, die rissen, schlitzten, wenn ich direkt vor mich blickte. Ich sah das *DING* aus meinem Augenwinkel.

Ich weiß nicht, was die Leute sahen, die schreiend angesichts des grässlichen Geschehens davonliefen, doch sicherlich keinen Menschen, der von einem Monster getötet wurde, denn auch Molokastor, der Oberpriester des *GROSSEN CTHULHU*, hatte seine Gestalt gewandelt. War zu etwas Groteskem, Zyklopischem geworden, ein Abbild seines Herrn. Seine Klauen schlugen nach mir, seine Flügel peitschten eine fremdartige, ungesunde Luft, die von den Sternen herzukommen schien, die den Gestank von Fäulnis mit sich brachten. Seine Tentakel wimmelten und zitterten, sie versuchten mich zu packen; vor ihnen musste ich mich besonders in Acht nehmen.

Die fliehenden, kreischenden Menschen sahen zwei Monster, die miteinander rangen. Zwei fremdartige, grässliche, polypenartige Kreaturen, die Fangarme ineinander verkrallt, aus tentakelstarrenden Köpfen pfeifende, flötenartige Laute von sich gebend, aus Öffnungen, die unter schleimigen Fangarmen nur vermutet werden konnten. Mein flötendes Pfeifen klang mir in der eigenen Wahrnehmung eher nach einem zornigen, hasserfüllten Gebrüll, das umso lauter und triumphaler wurde, je mehr sich das Flöten Molokastors als Panik, ja, als Schmerzenslaute einer sterbenden, tödlich verwundeten Kreatur deuten ließen.

Heute glaube ich, dass Molokastor mich damit hatte täuschen wollen, dass dies alles Teil seines Planes war. Ich glaube, in Wirklichkeit lachte er gellend. Mit jeder Wunde, die ich ihm schlug, lachte er lauter und lauter. Selbst, als er tödlich getroffen zu Boden sackte und einen Teil des Kirchturms mit sich riss, schrie er geradezu vor Gelächter über meine Siegesgewissheit, meine Dummheit.

Doch für den Augenblick *triumphierte* ich tatsächlich, als ich mich erhob, überströmt von seinem schleimigen, dampfenden Monsterblut. Ich hatte gesiegt! Der Anführer des Schwarzen Ordens war nicht mehr.

Ich brüllte meinen Triumph hinaus. Es war nicht der Schrei eines Menschen, der dem dunkel-trüben Himmel entgegenhallte, es war IHR Schrei, der Schrei der ALTEN. Sein Erschallen allein reichte aus, Menschen und Tiere, die ihn hörten, in den Abgrund des Todes zu schleudern.

Nach diesem Kampf holte mich mein Menschsein sofort ein: Ich fand mich wieder und das in einem Zustand eigentümlicher Erregung. Mir fiel auf, dass ich etwas in der Hand hielt, ein kreisförmiges Stück Metall, eine Scheibe.

Noch bevor ich es eingehender betrachtete, wusste ich, worum es sich handelte – das Gelbe Zeichen. Es erinnerte an die OM-Silbe der Hindus, eine Glyphe voll Fremdartigkeit und dunklen Geheimnisses. Ich hatte sie, so erinnerte ich mich, aus CARCOSA mitgebracht. Der KÖNIG musste sie mir zugesteckt haben, vielleicht in dem Moment, als ich ihm die Maske abgenommen hatte.

Das also hatte der Hakenmann gemeint, als er sagte, ich hätte ES längst gefunden und müsse ES nun verwenden. Das klang fast so, als habe der Hakenmann erwartet, dass ich Molokastor töten werde – was aber kaum im Sinne des Ordens sein konnte, für den der Hakenmann zweifellos agiert hatte. Es war für den Orden und dessen Ziele wohl kaum förderlich, wenn er seinen Anführer verlor, ein derart hohes und mächtiges Wesen. Oder?

Die Erregung, die mich ergriffen hatte, war nicht nur in mir, auch um mich herum war alles in hektischem, heillosem Aufbruch begriffen. Die Menschen hatten ihr notdürftigstes Hab und Gut zusammengerafft und flohen. Doch wohin wollten sie? Es gab kein Entkommen. Als sie an mir vorbeistürzten und -stolperten, Bündeln auf den Armen mit sich tragend oder ihre Habe hinter sich herziehend, zeigten sie immer wieder hinauf in den Himmel, der in fantastischen Lichterscheinungen glänzte und gleißte. Eigenartige Entladungen in der Atmosphäre brachten Spiegelungen und Leuchtphänomene hervor, die wie bizarre, brennende Gesichter waren, oder wie Greifklauen und Tentakel aus bläulich oder grünlich lumineszierendem Elmsfeuer. Innerhalb des farbigen, irrwitzigen Glänzens und Gleißens waren Bewegungen auszumachen wie von dunklem, organischem Gewebe, das sich wand, ringelte, schlängelte und mit entsetzlichen Fängen nach der Erde griff, um sie zu zerfetzen.

Flüchtende, welche diesen Vorgang wahrnahmen, der von den atmosphärischen Entladungen gespiegelt wurde, schrien panisch auf, wanden sich wie Epileptiker am Boden oder verloren den Verstand, weil sie glaubten, das Geschehen spiele sich unmittelbar hinter ihnen ab. Als lallende, heulende und lachende Idioten wurden sie von denen über den Haufen gerannt, die klug genug waren, Augen und Ohren vor dem Grauen aus dem Himmel zu verschließen.

Einer riss sich sogar die Augen heraus, als die ersten, fleischig-dicken Fangarme aus der Wolkenschicht brachen und wie eine düstere Drohung auf die Erde zuschossen. Das Land verdorrte, wo ihr Schatten den Boden berührte. Die Erde selbst brach auf und mächtige Fangarme wuchsen ebenfalls aus ihr hervor, reckten sich majestätisch denen aus dem Himmel entgegen. Es schien beinahe unmöglich, in dem allgemeinen Chaos auf eine einzelne Person achten zu wollen, doch ich schaffte es, als ich meinen Namen rufen hörte. Es handelte sich um Gerlach Melchior, meinen letzten und einzigen Freund. Er taumelte über die Straße, die von Kratern und brennenden Trümmern übersät war. Er blutete aus einer Wunde am Kopf, schien aber ansonsten unverletzt zu sein, also schrie er wohl eher in panischer Todesangst.

Gerlach schaffte es, mich über Leichen und umgestürzte

Fahrzeuge hinweg zu erreichen. Dabei hielt er immer wieder inne und deutete in den Himmel hinauf, wo sich die Tentakel auf eine widerlich obszöne Art ringelten und wanden wie nicht menschliche Lebewesen bei einem perversen Liebesspiel. Über ihnen, zwischen den aufreißenden Wolken, ließen sich dunkle Fleischmassen erahnen, die wie Gebirge schienen – die Leiber der *ALTEN GÖTTER*, die sich ankündigten. Sie ließen sich mitziehen im Strome *ECHIDNAS* und sie waren wirklich wie dunkle, zerklüftete Berge, drohend, gewalttätig und unheimlich. Doch ich wusste, hinter den Verwerfungen, Zerklüftungen, Tälern und Kämmen verbargen sich Augen, unzählige Augen, die so groß wie Ozeane waren. Sobald diese sich in dem dunklen, fremdartigen Fleisch öffneten, würde alles rundum vernichtet werden. Dann würde die Erde verbrennen in *IHREM* Hass. Nur das hatten SIE gegenwärtig mit IHRER einstigen Wohnstatt vor.

Vielleicht eine Neuschöpfung irgendwann, nach Äonen, nach den Maßstäben des Irrsinns, nach der Architektur *CARCOSA*'s – aber alles, was *SIE* jetzt wollten, waren Feuer und Pein, um sich nach Äonen der Verbannung daran zu laben und zu ergötzen. Seltsamerweise konnte ich nicht behaupten, dass ich darüber wirklich traurig gewesen wäre.

Andere wurden verrückt bei dem Anblick der fremdartigen Leiber, die – noch trunken vom Schlafe seit Quintillionen – mit ihrer Mutter *ECHIDNA* kamen und von ihrem Vater *DAGON* begrüßt wurden. Ich war erfüllt von einer gewissen Genugtuung, einer stillen Freude und einem Triumph, wie ich ihn nie gekannt hatte.

Ich vernahm Laute aus den ewigen Sphären rings um den bekannten Kosmos. Auch andere hörten sie, Leute wie Gerlach, und für sie mussten diese Laute das entsetzliche Gebrüll gewaltiger Ungeheuer sein. Ein Donnern wie von niederstürzenden Felsmassen, ein tobendes Fauchen, das die

Erde aufriss, und ihr lange verborgene Gräuel entlockten.

Für mich war es der schönste Gesang dunkelgeschwingter Engel, rein und klar wie nachtfarbener Diamant.

Schwarze Todesengel sangen für mich vom Thron des HÖCHSTEN herab die heilige Melodie von Feuer, Blut und Zerstörung. Die berauschendsten, herrlichsten Klänge aus den Sphären des Himmels regneten wie Blut auf die Erde herab, um sie in einer Orgie der Zerstörung zu heiligen und zu reinigen in einem Feuer gerechten Zorns, vor dem nichts und niemand bestehen konnte. Dies war die Sprache der Götter, ihr Klang gewordener Wille, der auf schwarzflammenden, blutrauchenden Engelsflügeln daher strömende Befehl zum Untergang. Das Losreißen der Bestie des Abgrunds, die die Antithese der Schöpfung, des Lichtes und des Lebens selbst war.

Ich lächelte, als sich Gerlachs Finger in meine Arme gruben. Ich lächelte verzückt. Er schluchzte, würgte und schrie mich dann unter Tränen an:

»Sie ist … tot! Ich habe es getan … beim zweiten Mal … ich musste es tun … ich habe sie getötet!«

Ich blickte ihn verständnislos an. Es dauerte eine Weile, bis ich begriff.

»Elisa … sie starb … sie haben sie auf meinen Seziertisch gelegt, meine eigene Frau … und dann ist sie wach geworden … obwohl ihre Bauchhöhle fast leer war … ihr Kopf nur noch an ein paar Muskelsträngen baumelte. Sie wollte mich beißen, sie wollte mich fressen! Ich sah den Hass in ihren leeren, toten Augen, unmenschlichen Hass … der kam nicht von ihr … da war etwas anderes in ihr … in ihrem toten Fleisch!«

Gerlach stierte mich an wie der Verrückte, für den er *mich* einmal gehalten hatte. Und nun war *er* in diesem Zustand und das war auch besser für ihn.

»Sind SIE das? Die, von denen du mir immer erzählt hast?

Sag es mir, Mann, ich muss es wissen!«

Sein Griff um meinen Arm verstärkte sich. Speichel troff von der Unterlippe. Er bebte in unaussprechlicher innerer Qual.

Ich zeigte wortlos nach oben. Die mächtigen Arme waren nähergekommen. Sie ringelten sich dicht über unseren Köpfen. Man sah jetzt, dass sie feucht glänzten und erkannte die Saugnäpfe an ihrer Unterseite.

»Sie sind es, nicht wahr? Die Wesen von den Sternen, von denen du immer erzählt hast. Ich habe dir nicht geglaubt – manchmal habe ich dir nicht einmal zugehört. Du hast mir leid getan ... ich dachte, du seist krank ... Aber wer rechnet mit so etwas? Wer kann *das* glauben?! Großer Gott! Aus! Alles aus!«

Ein trockenes Schluchzen schüttelte Gerlachs Glieder. Er wirkte dünn und abgemagert. Seine Augen stierten wie die eines Verdurstenden in finalem Fieber.

»Elisa ...«, begann er dann wieder und seine Gedanken drifteten in Vorstellungen ab, die gefährlich weit von allem entfernt lagen, woran Menschen gemeinhin glaubten, in Regionen, in denen *SIE* herrschten.

»Sie sagten mir, Elisa sei von wilden Tieren zerrissen worden. Erst allmählich begriffen wir im Labor, dass die Gerüchte stimmten. Die Toten kehrten zurück und fielen über die Lebenden her, um sie zu fressen. Sie hatten auch Elisa angefallen, auf dem Rasen vor dem Haus. Gott, sie war alles, was ich ... ich kannte sie seit dem Studium ... wir waren ... ich dachte an unseren letzten Hochzeitstag, als man sie auf meinen Tisch legte ... und dann stand sie auf. Das blutüberströmte Stück Fleisch, das die Zähne der Untoten von ihr übriggelassen hatten, bewegte sich ... wie eine mechanische Puppe ... der Ausdruck in ihren toten Augen! Das waren Sie, nicht wahr? *SIE*!«

Gerlach bebte. Zwischen seinen zusammengepressten

Kiefern drang ein Laut hervor wie Luft, die pfeifend aus einem mächtigen Reifen entweicht. »Ich musste sie … komplett … zerstören … mit einem Skalpell … einem Hammer zum Brechen der Knochen, sonst hätte sie mich …

Die ganze Zeit habe ich Glocken gehört. Da war Geläut in der Luft, um mich herum oder in meinem Kopf. Wie in der Kirche, in der wir heirateten … Glocken …«

Plötzlich stierte Gerlach mich an, als habe er einen Schlag erhalten. »Was hast *du* damit zu tun?! Du weißt so viel über SIE. Sie haben mit dir geredet. Wusstest du, dass das hier passieren wird? SIE reden mit dir, nicht wahr? Gott! Du bist … du bist …«

Ich sah: In der Ferne, am Rand der Stadt, brachen Gebäude unter ohrenbetäubendem Getöse unter dem Griff der Arme zusammen, die aus der Tiefe der Erde kamen. Die mächtigen Tentakel schlossen sich um sie wie wunderschöne, bizarre Blumen.

Ich wusste nicht, ob ich mich veränderte, aber Gerlach stieß einen gellenden Schrei aus und ließ mich los. Er rannte davon, weg von mir, immer wieder nach oben blickend. Ich sah trotz der Entfernung den Irrsinn in seinen Augen flackern. Er stürzte, stand wieder auf, rannte weiter. Er kam nicht weit: Die Straße wölbte sich mit einem Male empor. Ein LKW, der gerade an mir vorbeigebraust war, erfasste ihn und zerquetschte Gerlachs Beine und verkeilte sich in weiteren Autos. Der Pathologe lag am Boden, in Trümmern und Glassplittern, in einer Lache aus eigenem und fremdem Blut und konnte nicht mehr fliehen, sich nicht einmal bewegen, als neben ihm etwas aus der Erde emporstieg:

SIE.

Gerlach kreischte sich die Lunge aus dem Leib. Doch man hörte ihn nicht, auch nicht das Bersten, Wummern und Splittern ringsumher, als *IHR* majestätisches Gebrüll erscholl, sich *IHRE* gewaltigen, triefenden, zähnestarrenden Rachen in den düsteren Himmel hoben.

Zuerst hatte ich angenommen, dass mehrere Kreaturen der Erde entstiegen seien. Doch dann erkannte ich, dass der mächtige Leib sich elegant schlängelte und von einem gezackten Kamm gefurcht wurde, dass die langen Fortsätze, die aus ihm herauswuchsen, keine Tentakel waren, sondern Hälse. Neun an der Zahl, an deren Ende sich jeweils ein schlanker Schlangenschädel mit riesigen Kiefern und starrenden, gelb leuchtenden Augen befand, ebenfalls von einem Kamm gekrönt.

Die *HYDRA*.

Sie war erwacht. Sie war gekommen, und das ohrenbetäubende Brüllen aus ihren neun Mäulern begrüßte triumphal das Ende. Sie schob ihren gewaltigen, gleichwohl schlanken, von glänzenden Schuppen bedeckten Leib vollends aus der Erde, richtete sich zu ihrer vollen Größe auf und stieß ein bösartiges Zischen und Fauchen aus.

Ihr Schwanz fegte über den Boden, Bäume und Fahrzeuge wie Kinderspielzeug umherwirbelnd. Die Krallen ihrer mächtigen Tatzen zerrissen die Erde, die wie unter innerem Schmerz aufstöhnend erbebte, als das den Himmel verdunkelnde schlangengleiche Ungetüm sich mit fast tänzerischer Eleganz und Geschmeidigkeit bewegte. Sich in diese oder jene Richtung wandte, wie in einem magischen Ritual, als verspräche es allen vier Weltgegenden das Ende.

Dann wandte die *HYDRA* sich Gerlach zu. Seine Schreie verstummten, gingen in ein dünnes Wimmern über. Ich erkannte in bemerkenswerter Schärfe sein verzerrtes Gesicht, das Flackern in seinen Augen, das in sicherer Todeserwartung gelblich verfärbte Weiß.

Die Köpfe der *HYDRA* pendelten über ihm, mit Mäulern, groß wie Baggerschaufeln. Einer der Köpfe ruckte mit erschreckender Beiläufigkeit, fast Lässigkeit, herab und stieß zu. Ich hörte Gerlach ein letztes Mal kreischen – ein schriller, armseliger Laut …

Die *HYDRA* riss von ihm unter dem Laster hervor, was der Rachen zu fassen bekam. Das war sein Leib bis zu den Hüften, die Beine blieben zerschmettert unter dem LKW.

Einige Augenblicke herrschte gespenstische Stille. Ich hörte nur das Mahlen der kauenden Kiefer. Danach richtete sich das Monstrum auf und wuchtete seinen riesigen Leib herum. Prüfend sog es die Luft durch seine vielen gewaltigen Nüstern ein. Hielt inne …

Die *HYDRA* hatte mich gesehen. Mindestens einer ihrer neun Drachenköpfe nahm mich ins Visier. Sie stapfte auf mich zu, bis sie über mir emporragte wie ein Berg aus lebendem, von metallisch glänzenden Schuppen bedecktem Fleisch. Ihr mittlerer Kopf reckte sich auf dem federnden Schlangenhals in die Höhe und stieß ein donnerndes Gebrüll aus.

Jetzt ragten die Baggerschaufeln über mir auf. Und obwohl ich mein Ende für unabwendbar hielt, bewunderte ich doch den eleganten Schwung der Kiefer, die filigranen Strukturen, die dieser faszinierende, mythische Organismus an seiner gesamten schuppengepanzerten Oberfläche aufwies. Ja, ich registrierte sogar mit einer gewissen Kühle die Tatsache, dass die von einer unbekannten Natur oder gottgleichen Schöpfung hervorgebrachten, zähnestarrenden Rachen mich Todgeweihten in einem fast menschlich zu nennenden Ausdruck höhnisch anzugrinsen schienen.

Alle neun Köpfe näherten sich mir, dass ich sie hätte berühren können. Ich roch scharfen, strengen, moschusartigen Raubtieratem, mit den von Tod und Verfall verschlungener Opfer vermischten Ausdünstungen, sodass mir die Sinne zu schwinden drohten.

Das Brüllen, das der urgewaltige Titan ausstieß, schien mich in meinem gesamten Wesen zu negieren, ich fühlte mich bereits vernichtet und stürzte zu Boden, nicht, weil meine Beine nachgaben, sondern weil 'ich' völlig vergaß, dass 'ich' welche besaß.

Doch da kniete der Gigant zu meinem unbeschreiblichen Erstaunen vor mir nieder und senkte seine Köpfe, als erwarte diese unbesiegbare, gepanzerte Vernichtungsmaschine, dass ich sie segne.

Und ich segnete sie. Zeichnete mit den Händen Linien in die Luft. Die uralten Gesten der Macht. Obwohl ich meine Augen geschlossen hielt, sah ich, wie von meinen Fingerspitzen ein feines blaues Licht, wie Nebel, ausging, das die Linien der Zeit, des Raumes und der Macht formte, während meine Lippen lautlos die Beschwörungen murmelten, die noch kein menschliches Ohr vernommen und die doch den Tod so vieler Völker und Rassen besiegelt hatten.

Darauf sprang das Ungeheuer mit geschmeidiger Behändigkeit auf, die man der Masse dieses Leibes niemals zugetraut hätte. Alle Rachen schickten ein Triumphgeheul in den brennenden, von Fangarmen gepeitschten Himmel. Ein fürchterliches Jaulen antwortete von oben, desgleichen dumpf und schaurig aus den Kavernen im tiefsten Innern der Erde.

Ich wusste, nun war das Schicksal des Planeten besiegelt. Ein vor unendlich langer Zeit getaner Urteilsspruch erfüllte sich. Ich entfernte mich, um den intimen, ja, heiligen Akt der Vernichtung nicht zu stören, aber auch in dem Wissen, dass ich hierzu nicht mehr gebraucht wurde. Ich hatte meine Aufgabe fürs Erste erfüllt.

Eine seltsame Empfindung erfüllte mich, als ich durch die Straßen ging, eine Stimmung, die mir mit jedem Schritt klarer wurde. Es war Wehmut, die mich erfüllte. Dieser Planet war mir von Kindesbeinen an fremd gewesen. War es stets geblieben, als habe etwas in mir, – als ich die Ereignisse in der Basilika oder die mit meiner Mutter verdrängte –

meine Verbindung mit diesem Planeten stets geleugnet und mir in meinen Träumen und Fantasien meine wahre Herkunft zugeflüstert. Dennoch prägt vernunftbegabte Lebewesen nichts so sehr wie Gewohnheiten, denn ich hatte mir in den Jahrzehnten meines Fremdseins auf diesem Stern zumindest eingeredet, hierher zu gehören. Menschliche Sitten, Bräuche und Gepflogenheiten waren mir vertraut geworden. Niemand trennt sich gern von Dingen, manche vermissen sogar ihre Schmerzen und Leiden, wenn sie verschwunden sind. So trauerte auch ich dieser Welt namens Erde ein wenig hinterher.

Zudem erfüllen ein derartig umfassendes Grauen und eine solche rettungslose Zerstörung eine Seele, die nicht völlig verblödet oder abgestumpft ist, mit Mitleid und Furcht. Doch waren jene Regungen in mir vermischt mit Kälte und Triumph. Die nicht menschliche Seele, die mich bewohnte, lachte diabolisch angesichts des Niederganges, der überall herrschte, und empfand etwas wie eine perverse Befriedigung.

Menschen eilten mir entgegen, voller Dreck, Ruß und Blut. Panisch. Doch noch panischer flohen sie vor mir und meinem Schatten, den ich immer weniger verbergen konnte, genauso wenig wie meine wahre Gestalt.

Wozu auch? Oben, in den Himmeln, in einem Sternhaufen, der nun gut zu sehen war, unter dem roten, bösen Auge des Aldebarans, hockte eine majestätische Gestalt auf einem gelben Thron – ich konnte sie hören. Ich hörte das Lachen des letzten Königs von *CARCOSA* und stimmte darin ein.

Aus dieser Stimmung heraus überkam mich der Impuls, Dr. Jendresen anzurufen. Mir waren meine Motive nicht ganz klar. Zuckte ein jämmerlicher, menschlicher Rest in mir noch unter der schonungslosen, allumfassenden Wahrheit wie ein Sklave unter der Peitsche? Oder war es jener Teil in mir, der IHNEN glich, der in bösartigem Triumph das Fehlereingeständnis des großen Wissenschaftlers hören wollte? Hören wollte, dass er sich getäuscht hatte? Er, der es gewagt hatte, mich als verrückt zu bezeichnen?

Wie auch immer: Ich fand eine Telefonzelle, die noch intakt war, und wählte die Nummer des Arztes.

Der Hörer wurde abgehoben, ohne dass Jendresen sich meldete. Ich hörte nur ein Schnaufen.

»Haben Sie schon einmal aus dem Fenster geblickt?«, blaffte ich in den Hörer. »Behaupten Sie immer noch, dass das, was gerade passiert, nur meine krankhaften Fantasien sind? Können Sie es sehen, Mann der Wissenschaft, wie Ihre kümmerliche Rasse verschlungen wird vom Ende?« Ich erschrak über den Zorn in meiner Stimme.

Am anderen Ende erschollen ein Stöhnen und Wimmern unerträglicher Qual. Es erregte kein Mitleid in mir, im Gegenteil, es fachte meinen Zorn, meine Wut nur noch mehr an.

»Sie haben geglaubt, ich hätte die magischen Bücher der Beschwörung selbst hergestellt … mein kranker Geist hätte die Seiten mit Inhalten gefüllt! Was würden Sie sagen, wenn sie feststellten, dass die Seiten nun, da sie in meiner Bibliothek stehen, voll sind von alten Sigillen und Glyphen der Beschwörung. Dass sie gerade jetzt glühen von einer Macht, die Männer wie Sie niemals verstehen werden! Es ist die gleiche Macht, welche die Toten aus den Gräbern holt, die SIE von den Sternen herabgerufen und die HYDRA, den Drachen des Planeten, erweckt hat. Ist das meine Einbildung, du Narr? Ist sie das?«

Ein erbärmliches Wimmern antwortete mir. Dann rauschte und knackte es in der Leitung, als werde der Hörer bewegt, und eine dumpfe Stimme, die klang, als werde Sand zwischen Mühlsteinen zerrieben, eine Stimme, die ich unter Tausenden wiedererkannt hätte, sagte: »Er hat dich gehört.

Aber er kann dir nicht antworten. Nie wieder.«

Der Hakenmann! Das war …

»Aber ich habe dich getötet!«, stieß ich hervor.

Das Lachen am anderen Ende klang wie das einer Maschine.

»Man kann uns nicht töten. Man kann uns nur unserer wahren Bestimmung zuführen, nach *IHREM* ewigen Gesetz.«

Das Stöhnen, das diesen Worten folgte, war grauenhaft und ließ mich erkennen, dass wir alle – die wir *IHREM* ewigen Gesetz folgten – miteinander verbunden waren. Ein Bewusstsein, vervielfältigt in unzähligen Köpfen, menschlichen und nicht menschlichen, doch untrennbar aneinandergekettet, wie das Bewusstsein in einem Insektenstaat.

Ein *GEIST*. Der *GEIST* der *ALTEN*.

Ich brauchte nur meine Augen zu schließen, um zu sehen, was *SIE* – was der Hakenmann – mit Jendresen getan hatte: Er pendelte an Ketten, die in Haken endeten mit ausgestreckten Armen und Beinen unter der Decke, und erinnerte in dieser Haltung an eine Fledermaus oder einen Flughund, nur, dass die ledrigen Membranen, die diese Tiere fliegen oder segeln ließen, aus seiner Haut gebildet wurde, die man ihm abgezogen hatte. Sein Blut tränkte den dicken Teppich unter ihm. Jendresen lebte noch, ein rohes, rotes Bündel Fleisch, das vor Qual zuckte.

Die Haken zerrissen sein gehäutetes Gesicht, den Leib in der Waagrechten geschickt ausbalancierend. Zerrissen seinen Mund, sodass er nicht sprechen konnte. Doch in dem roten, feucht glänzenden Relief, das durch seine Gesichtsmuskulatur gebildet wurde, hatten *SIE* Jendresen die Augen gelassen, die weiß und grotesk riesig aus der roten Fläche stierten, hinab auf die Blutlache, die sich unaufhaltsam vergrößerte.

Seine weißen Augenbälle verdrehten sich in der Wunde

seines Gesichts, bis sie mich zu fixieren schienen. Seine Lippen, die wie von chirurgischen Instrumenten auseinandergezerrt wurden, bildeten lautlose Äußerungen unaussprechlicher Qual.

Eine Träne quoll aus einem der Augenbälle und tropfte in das Blut.

Was war das? Reue? Trauer? Angst? Ich spürte, wie es mir zunehmend egal wurde.

Jendresen gehörte zu einer aussterbenden Rasse; sie war ohne Bedeutung für mich.

Aber was SIE taten, verstand ich noch immer nicht ganz. Der Hakenmann – ein Bauernopfer? Ich sollte ihn seiner Bestimmung zugeführt haben, indem ich ihn scheinbar tötete?

Ich begriff nur: Mit Molokastor war es demzufolge ähnlich gelaufen! Von unseren ersten zaghaften Kontakten im Heimatmuseum an, über die Ereignisse mit der Tafel der Anrufung und dem Zeitpunkt, als ich in den Ruinen eines Hauses im Nachbarort das Buch des Gelben Königs gefunden hatte, über dessen Natur mir Molokastor eine Art Prüfungsfrage gestellt hatte. Bis hin zum heutigen Tag, an dem ich ihn tötete, weil ich ihn für den Geheimen Oberen des Schwarzen Ordens hielt. Von Anfang an war mir bestimmt gewesen, dass ich seine Nachfolge antreten sollte, sobald man mich für reif hielt. Bis ich alles wusste, was ich wissen musste, vor allem bezüglich meiner verdrängten Herkunft: der Auserwählte zu sein, der Zweimal-Geborene.

Plötzlich wusste ich, wohin ich mich jetzt wenden musste, weil ich den *Ruf* vernahm.

Ich unterbrach die mentale Verbindung, weil ich wusste, dass das physische Leben in Jendresen ohnehin bald erloschen sein würde. Um seine Seele würden sich andere kümmern, grauenhafte, unbeschreibliche Monstren in den Reichen der Toten, die *IHRE* Domäne waren. Sie lauerten schon auf ihn in den Winkeln und Kammern der Regionen der ewigen Finsternis, freuten sich auf ihn, mit gebleckten Fangzähnen, sabbernd und knurrend.

Ich machte mich auf den Weg.

Kapitel 19

Das Meer lag wie eine ölige, graue Masse vor mir, schaukelnd in einer sanften Dünung. Es erstreckte sich bis zum Horizont und weit darüber hinaus, verschmolz mit dem bleiernen Himmel zu Sphären ewiger, trübseliger Düsternis.

An jener imaginären Linie, die in einer Unendlichkeit fern aller Vorstellung von Sein und Bedeutung verlief und alles menschliche Streben im Universum mit purer, eisiger Nichtachtung strafte, begannen die Reiche kosmischen Wahnsinns. Im Zwielicht aus Nebelschleiern und Sternendunst überlappten sich die Dimensionen des bisher bekannten Kosmos mit den Regionen, die bisher *IHR* Exil gewesen waren.

Die Welten verschwammen in ihrer Substanz, durchdrangen sich wie Gase oder Strahlung, und bildeten, beängstigend fremd und bizarr, eine völlig neue Existenz von Sein, von Präsenz, von Leben – gnadenlos und befreit vom Fluch der Sterblichkeit.

Leben, geboren aus Macht, aus Mitleidlosigkeit, aus Wahnsinn. Erkenntnis aus der Erfahrung kreischenden Irrsinns. Höchste Vervollkommnung von Geist und Wille, verschmolzen zu einem *GEIST*, befreit von jeder Schwäche, ohne Angst, Skrupel oder Zweifel, ohne jede Liebe.

Das Meer umspülte mit seinem äonenalten Rhythmus den Strand, kam und ging im Atem der Ewigkeit, zog sich zusammen, dehnte sich aus … es war alles, was blieb.

Hier endeten und begannen die unterirdischen Kanäle, die ich – unbewusst und bewusst – ein Leben lang gesucht hatte. Die unterirdischen Stollen, die – erschreckend in ihrer Tiefe und Dunkelheit, doch zugleich faszinierend – jene Strömungen leiteten, die mich mein Leben lang, Augenblick für Augenblick, zu *IHNEN* geführt hatten. Zu meiner

Bestimmung.

Ich konnte die Insel erkennen, die sich beim Auftreffen von ECHIDNA in der Atmosphäre, beim Verschmelzen mit ihr, aus den Fluten erhoben hatte nach äonenlangem, todlosem Schlaf.

Sie war unbeschreiblich, bizarr, fremd, triefend von Schleim und Algen. Ein zyklopisches, schwarzes Grabmal, wie ein menschliches Auge noch keines je erblickt hatte, außer mir. Denn ich war in CARCOSA gewesen und hatte gleiche Türme, Mauern und Minarette dort gesehen. Wusste, dass allein der Anblick solcher Architektur den menschlichen Geist zerplatzen lassen konnte.

Die Torflügel zu dem mächtigen Mausoleum in der Mitte der Insel, das wie der Königspalast in CARCOSA aussah, standen offen. Wie eine Einladung und Drohung zugleich lockte die ewige Dunkelheit im Inneren, die dem Raum zwischen den Sternen glich – Antimaterie, von keinem Partikel Licht erhellt.

Ich konnte den ungeheuren, blasphemischen Organismus spüren, der sich im Innern des Grabesdunkels zu rühren begann. Fühlte die noch schlaftrunkenen Regungen seines massigen, ungeheuerlichen Fleisches als Vibrationen von Todesangst und unbändiger Ekstase in mir.

Auf dem Weg hierher hatte ich mich kein einziges Mal umgeblickt.

Wo vorher Zweifel gewesen waren, Unsicherheit, bezüglich meiner selbst oder der Welt, in die ich hineingeboren worden war, ja, Angst – herrschte nun absolute Stille. Keine Emotionen.

Selbst die intuitive, instinkthafte Faszination der Orte, an denen IHRE Präsenz spürbar gewesen – in der Ruine oder den Wäldern oberhalb der Stadt – mich von dort ein Leben lang begleitet und in der prosaischen Bedeutungslosigkeit meiner Existenz am Leben erhalten hatte – sie war verlorengegangen. Alles still. Tot. Dunkel. Dies war gleichsam das Auge im Innern des kosmischen Zyklons.

Ich schloss meine Augen und sah … verstand …

Zwei Tafeln der Anrufung und deren Glyphen leuchteten im kalten Feuer der Sonnen, die einst, vor Äonen, die Heimatwelten der *ALTEN* erhellt hatten.

Eine befand sich jetzt im Tempel des Schwarzen Ordens. Sie blickte in den Himmel mit seinen Dunkelsternen. Sie hatte das Tor geöffnet – sie *war* das Tor!

War das nicht die Formel, die Molokastor gebraucht hatte? Das Tor nach *CARCOSA*, das wie eine düstere Drohung über den Himmeln hing?

Die andere Tafel, jene, die mir aus Geisterhand zugegangen, in meinen Besitz gelangt war durch einen verdammten, verlorenen Geist, der vor mir die Tore geöffnet und SIE gerufen hatte: Auch ihre Glyphen glühten im grünlichen, schlammigen Glanz der tiefen Abgründe des Meeres. Sie hatte das Tor geöffnet und *war* das Tor – zu *R'LYEH*, dem Grabmal des *GROSSEN CTHULHU*, des Herrn des Neuen Äons.

Zwei Tafeln, zwei Tore. *CARCOSA*: der Anfang – eine Drohung künftigen Unheils. *R'LYEH* – das Ende, die Erfüllung. Anfang und Ende von allem. Von *UBBO-SATHLA*, dem Ewigen, Ungezeugten. *ER* war der König.

ER war der *NEUE* König, *ER,* der immer schon gewesen war. ER, der heute zurückgekehrt war aus dem Exil in sein Reich.

Am Anfang: Dunkelheit. Am Ende: Dunkelheit. Das Neue Äon: Dunkelheit jenseits der Dunkelheit.

Die Gräber waren geöffnet. Das Grabmal stand weit offen, um seine unerhörte Saat aus grünem, fauligem Fleisch über die Erde zu ergießen und sie zu ihrer wahren Form zu erheben. So, wie sie immer von *IHM,* dem Ungeschaffenen, Erstgeborenen gemeint gewesen war, ehe die olympischen

Kräfte der *ÄLTEREN* – Kräfte vermeintlicher Zivilisation – *IHN* bannten bis zum heutigen Tag.

Es war nie die Frage einer Entscheidung gewesen, nicht für mich, nicht für andere, deren Zellgedächtnis sich an die wahre Abkunft allen Lebens erinnerte, die um ihren Ursprung *wussten*. Seit eh und je galt der Ablauf eines Naturgesetzes, präzise, unbesiegbar, emotionslos, ohne Alternativen oder Fragen. Einfach ein Gesetz. Grundbestimmung der Wirklichkeit: Du lässt den Stein los. Er fällt auf die Erde. Der Stein fragt nicht. Er zweifelt nicht. Er überlegt nicht, ob es richtig ist zu fallen. Er fällt. Er folgt.

So, wie wir alle. Ob wir nach *IHREM* Willen geschaffen wurden zur Vernichtung – oder um zu herrschen.

Das Grabmal stand weit offen. Die *BESTIE* in ihm regte sich. Dorthin musste ich. Dort, in jenem Mausoleum wartete meine Bestimmung – der Herr der Welt.

» … denn in seinem Haus in *R'LYEH* wartet träumend der *GROSSE CTHULHU*.«

Danksagung

Ein fertiges Buch ist und bleibt eine Gemeinschaftsarbeit, an der nicht nur der Autor selbst, sondern etliche kreative Köpfe hinter den Kulissen beteiligt sind.

In diesem Sinne danke ich Helga Sadowski für ihr abermals hervorragendes Lektorat und den Buchsatz.

Anke Tholl danke ich für die Korrektur des Gesamttextes und Florian Krenn dafür, dass meine Fantasien ihren Weg in das World Wide Web gefunden haben, wo sie der interessierte Leser nun abholen kann.

H.J. Hettley

wurde 1968 in Rheinland Pfalz geboren.

Die Phantastik war seine erste große Leidenschaft und ist es noch immer. So entdeckte er schon früh die Welt der Bücher, Filme und Bilder, die sich mit diesem Thema beschäftigten. Vor allem das geschriebene Wort übt eine nahezu magische Faszination auf ihn aus und so entdeckte er auch schon ganz früh, zu Schulzeiten, die Liebe zum Schreiben. Die Möglichkeiten, Figuren, Szenen, ganze Welten zu erschaffen, sind so grenzenlos wie die menschliche Phantasie, der Quelle aller Magie. Der Magie des Wortes. Neben seiner Tätigkeit als Autor arbeitet Hans Jürgen im Bereich Lektorat und Korrektorat. In einem tollen und engagierten Team dabei mitzuhelfen, kreative Texte wachsen und reifen zu sehen bereitet ihm große Freude.

Aliana - Band 1

Nach dem vermeintlichen Unfalltod seiner Familie wird Howard
Price von rätselhaften Visionen heimgesucht. Es verschlägt ihn
von New York in die tiefste englische Provinz, wo er statt Ruhe
und Erholung einer großen Leidenschaft und tödlicher Gefahr
begegnet. Geisterhafte Stimmen und grauenhafte Albträume sind
nur der Anfang auf seinem Weg in den Wahnsinn. Wäre da nicht
die schöne, dunkle, geheimnisvolle Aliana. Sie wird seine Geliebte
und Unterstützerin im Kampf gegen die alles bedrohenden
dunklen Mächte. Howard erkennt: Er ist nicht zufällig hier!

ISBN: 978-3-947721-10-8

Aliana - Band 2

Der mächtige Vampirfürst Isaak de Bankloe, Alianas Schöpfer, setzt alles daran, den fehlenden Teil des Amuletts in seine Hände zu bekommen. Dessen magische Kraft ermöglichte es einst ihn zu bannen. Um dies zu verhindern wagen Howard, Aliana und ihre Gefährten den Abstieg in die tiefsten Abgründe der Hölle. Eine ganze Armada an schrecklichen Ungeheuern stellt sich ihnen in den Weg. Die Erkenntnis, dass das Erwachen des Vampirfürsten nur der Anfang des Untergangs darstellt, lässt sie das unmöglich scheinende wagen. Sie haben nichts mehr zu verlieren und setzen alles daran Isaak de Bankloes Plan, den Untergang der Welt im Dunklen des Bösen zu vereiteln.

ISBN: 978-3-947721-38-2